ケン・フォレット/著
戸田裕之/訳

ネヴァー(下)

Never

JN118052

扶桑社ミステリー
1594

ネヴァー（下）

登場人物

タマラ・レヴィット —— 中央情報局《CIA》職員

タブダル・サドウル —— フランス対外治安総局《DGSE》職員

アブドゥル・ジョン・ハダッド —— CIA職員、潜入捜査官

アル‐ファラビ —— ジハーディの指導者

キア —— チャド人女性

ナジ —— キアの息子

ポーリーン・グリーン —— アメリカ合衆国大統領

ガス・ブレイク —— 同国家安全保障問題担当顧問

ジャクリーン・ブロディ —— 同大統領首席補佐官

ジェイムズ・ムーア —— 同上院議員、共和党

ジェリー・グリーン —— ポーリーンの夫

ピッパ・グリーン —— ポーリーンの娘

チャン・カイ —— 中国国家安全部対外情報局長

タオ・ティン —— カイの妻、人気女優

フー・チューユー —— 中国国家安全部大臣

ウー・ベイ —— 中国外務大臣

チャン・ジャンジュン —— 中国国家安全保障委員会副委員長、カイの父

チェン・ハオラン —— 中国国家主席

カン・ウジン —— 北朝鮮最高指導者

防衛準備態勢《デフコン》4

通常防衛準備態勢の上のレヴェル。
情報監視と保安手段の強化。

（承前）

26

鉱山では男は長く生きられない。女は採鉱場《ピット》で働かなくていいからそうでもないが、男は何日かに一人死んでいた。その場でただ倒れる者も少なくなかった。暑さと過酷な労働の犠牲者だった。規則に従わなかったせいで射殺される者もいた。事故で死ぬ者も多かった。サンダル履きの素足に岩が落ちる、手が汗に濡《ぬ》れているせいでハンマーが滑る、角の尖《とが》った岩の破片が飛んできて皮膚を切り裂く。女性のなかに二人、看護師経験者がいたが、薬も消毒した包帯もなく、絆創膏《ばんそうこう》すらないとあっては手も足も出ず、些細《ささい》な傷でも命取りになりかねなかった。

死者はその場に放置され、その日の仕事が終わったあとでドラッグショベルが砂利《じゃり》の多い砂地を掘って、すでにそこに眠っている者たちの隣りに墓を作るのだった。一緒に働いていた者たちは、望めばそこにとどまって形ばかりの葬式をするし、望まなければ墓標も立てず、死者は忘れられることになった。

警備員は関心を示さなかった。またすぐに奴隷《どれい》がやってきて代わりをするのだという自信があるんだ、とアブドゥルは思った。

逃げなくてはならなかった。さもなければ、砂漠の墓場で朽《く》ち果てることになる。

ここへきて一日もしないうちに、この鉱山はＩＳＧＳのものなのだという確信を持った。明らかに無許可だが、いい加減でないことも確かだった。ここを管理している連中は奴隷商人や人殺しだが、とても有能でもあった。北アフリカでこれだけのことをやってのけられる犯罪企業は一つしかなく、それはＩＳＧＳだった。

アブドゥルは逃げたくてたまらなかったが、それでも何日か我慢し、決定的な情報を集めようとした。ここに住んでいるジハーディの人数を数え、全部で何挺《ちょう》のライフルを持っているかを推定し、ほかにどういう武器があるかを推測した。覆いを掛けて構内に置いてある乗り物は、ミサイル・ランチャーの可能性があるように見えた。

スマートフォンでこっそり写真を撮った。ポケットに入っている安物ではなく、ブーツの踵《かかと》に隠してある高性能のもので、いまもバッテリーが残っていた。すべての数字をドキュメントに保存し、電波の届く範囲に入ったらすぐにタマラに送信できるよう準備を整えてあった。

逃走方法については時間をかけて考えた。

最初に決めたのは、キアとナジは連れていかないということだった。彼らがいては逃走速度が落ちてしまう。それは致命的になりかねない。一人でも充分に難しいのだ。

捕まれば殺される。おれと一緒にいたら、あの二人も殺されるだろう。おれのメッセージを受け取ったらすぐにタマラが救出チームを急派してくれるはずだから、それを待つほうがいい。

自分自身が自由の身になることは、逃走を図ろうと考える要素の一つに過ぎなかった。もう一つ、この悪の巣窟《そうくつ》を叩《たた》き潰《つぶ》して、警備員が逮捕され、武器が押収《おうしゅう》され、建物が破壊され、ここが丸ごと荒れ果てた砂漠に戻るところを見たいという動機があった。

ただ歩いて出ていこうかと何度も考え、そのたびにその考えを拒否した。太陽と星を羅針盤にすれば、堂々巡りに陥ることなく北へ向かうことはできる。だが、一番近いオアシスがどこにあるかを知らない。ハキムのバスに乗ってわかったのだが、ときどき、道をたどることすら難しくなる。地図はない。徒歩や駱駝《らくだ》で旅する人々を助けてくれる小さなオアシス村までもが記入されている地図など、そもそも存在しないだろう。それに、重たい水の容器を持って砂漠の太陽の下を歩くことになる。生き延びる可能性は低すぎるぐらい低い。

宿営地を出入りする車を観察した。一日十二時間、ピットで仕事をしていたし、通り過ぎていく車をあまり長く見ていると警備員に気づかれる恐れがあったから、それは簡単ではなかった。だが、定期的にやってくる車があることがわかった。給水車、給油車、厨房《ちゅうぼう》に食料を運んでくる冷凍トラック、金《きん》を乗せて出ていき――常にライフルを持った護衛が二人同行した――、雑貨――毛布、石鹼《せっけん》、厨房の焜炉《こんろ》用のガス――を持って戻ってくるピックアップ・トラック。

出ていく車が調べられているところを見る機会が、午後遅くになってときどきあった。いい加減な調べ方ではなかった。警備員は空のタンクの内側を覗《のぞ》き込み、幌《ほろ》の下を検《あらた》め、座席の下を確認した。さらには車の下に顔を突っ込み、そこに人がしがみついていないか確かめることまでした。あるとき、冷凍食料を運ぶトラックに隠れていた男が捕まって無茶苦茶に殴られ、次の日に死んでしまった。一人を逃がしてしまえば鉱山全体が破壊される恐れがあることを、彼らは知っているのだった。そして、まさにそれがアブドゥルのしたいことでもあった。

逃走用の乗り物として、アブドゥルは行商トラックを選んだ。ヤクブというやる気のある行商人がささやかな事業を営み、オアシスからオアシスへと巡って、村人が自分たちでは作れない、あるいは、百マイル以内では買うことのできないものを売って回っていた。商品は昔から人気のアラブのスイーツ、足の形をしたペロペロキャンディ、練り歯磨きのようなチューブに入った柔らかいチョコレート、イスラム教徒のスーパーヒーローを主人公にした漫画――『運命の男』、『あり得ない男』、『ブラーク』――、煙草《たばこ》の〈クレオパトラ〉、〈ビック〉のボールペン、電池、アスピリン。それらが古びたピックアップ・トラックの荷台の鉄の箱――商売をするときだけ開けられた――に鍵《かぎ》をかけて収められていた。労働者の大半はほとんど、あるいはまったく金を持っていなかったから、客はほぼ警備員に限られた。値段は安く、大した儲《もう》けにはならないはずだった。

ヤクブのトラックは出発する前、ほかのすべての車と同じぐらい念入りに調べられた。だが、アブドゥルはその調べを回避する方法を考えついていた。

ヤクブは必ず土曜の午後にやってきて、日曜の朝早く帰っていった。今日は日曜だった。

アブドゥルは朝食の前、曙光《しょこう》とともに宿営地をあとにした。キアには何も言わなかった。彼女はアブドゥルがいなくなったことに気づいてショックを受けるだろうが、あらかじめ教える危険を冒すわけにはいかなかった。持物は水が入った大きなプラスティックのボトルだけだった。あと一時間もすれば男たちがピットで仕事を始め、その直後にはアブドゥルがいなくなっていることに気づくに違いなかった。

今日、ヤクブが普段より遅く出発しないでくれることをアブドゥルは祈った。

何ヤードもいかないうちに、声がした。「おい、おまえ！　こっちへこい」

少し舌がもつれていたから、モハンマドだとわかった。彼には前歯がなかった。アブドゥルは内心で呻《うめ》きながら、のろのろと引き返した。「何でしょうか？」

「どこへ行くんだ?」

「小便をしに」

「どうして水のボトルが必要なんだ?」

「手を洗うために」

モハンマドは馬鹿《ばか》にしたように鼻を鳴らして去っていった。

アブドゥルは男が小便をするところへとりあえず向かい、宿営地から自分の姿が見えなくなるや、すぐに方向を変えた。そして、石を積んで目印にしてあるけれども、それがなければ判別が難しい道を次の十字路まで進んだ。よくよく見てみると、一本の道がハキムのバスがやってきた方向へまっすぐに伸びているのがわかった。だとすると、それは国境からチャドへつづいているはずだった。もう一本の道も見分けることができた。北へ向かって左へ、リビアを横断する形で伸びていた。以前に地図で研究していたから、その道がトリポリへ至る舗装されたハイウェイに合流していることはわかっていた。東にいくつかの村があるから、ヤクブが北へ向かう道を行くだろうというかなりの確信があった。

アブドゥルはそのほうへ向かいながら、土地が高くなっているところを探した。ヤクブのピックアップ・トラックは上りでは速度が落ちるはずで、最も速度が遅くなっているときに追いかけ、荷台に飛び乗るという作戦だった。そのあとは、スカーフで頭を覆い、長くて苦痛な旅をひたすら耐えるのだ。

もしヤクブがまずいときにバックミラーでそのことに気づき、トラックを停めて咎《とが》めだてしようとしたら、二つに一つを選ばせる。百ドルで次のオアシスまで乗せていくか、その場で死ぬか。しかし、砂漠を走っているときにバックミラーを確認する理由はほとんどなかった。

宿営地から二マイルほど歩いて、最初の丘にたどり着いた。てっぺん近くに、隠れられるところがあった。太陽は東の空でまだ低く、岩の向こうに陰を見つけることができた。水を飲み、腰を落ち着けて待つことにした。

ヤクブがどこへ行くつもりなのかはわからなかったし、ここへやってきたときにどうするか、はっきりした計画があるわけではなかったが、待つあいだにいくつかの可能性を考えることができた。目的地が遠くに見えてきたら、すぐにトラックを飛び降りる。そして、歩いて村へ入ればいい。そうすれば、ヤクブとはまったく関係がなく見えるはずだ。さらに、そこまでの自分の話を作り上げる必要がある。聖戦士《ジハーディ》に襲われたグループの一人で、自分だけ逃げることができたのだと言えばいい。あるいは、駱駝で旅をしていたのだが、その駱駝が死んでしまったことにする。またあるいは、金鉱を探しているのだけれども、オートバイと道具を盗まれてしまったとか。レバノン訛《なま》りに気づかれることはおそらくないはずだ。砂漠の住人は自分たち独自の言葉を話すし、アラビア語を第二言語にしている者も、訛りを聞き分けるのは無理だろう。そのあと、ヤクブに近づいて、乗せていってくれるよう懇願する。彼から何も買っていないし、話もしていないから、気づかれる心配は絶対にない。

今日の正午までには、ジハーディが捜索隊を出すはずだ。チャドのある東へと、北へ。彼らよりかなり先を行っているはずだが、その優位を保つためには車が必要だ。チャンスがあったら、その場で買おう。パンクしたり故障したりしたら、それまでだ。うまくいくかいかないかは運次第だ。

車の音が聞こえて、アブドゥルは顔を上げた。だが、それはいたって健康なエンジン音を響かせている新しいトヨタで、明らかにヤクブのおんぼろトラックではなかった。アブドゥルは砂の上にふたたび身を沈め、灰褐色のローブの前をしっかりと搔《か》き合わせた。トヨタの荷台に、ライフルを持った二人の警備員の姿があった。金《きん》を護衛しているに違いなかった。

そして、推理した——あの金はどこへ向かっているのか。仲買人がいるに違いない。たぶん、トリポリだ。金《きん》を金《かね》に換え、番号を登録するだけでいい銀行口座に振り込み、ISGSが武器や車、世界を征服するという正気とは思えない計画に必要なものを買えるようにしてやるだれかだ。その男の名前と住所を突き止めたい。そいつの金が元々はどこからくるかを教えてやり、首を切り落としてやる。

キアはナジの身体を洗ってやりながら――それは無意識のうちにやっているいつものことだった――、頭のなかでウミという母の亡霊と議論していた。

「あのハンサムな外国人はどこへ行ってしまったの？」ウミが訊《き》いた。

「彼は外国人じゃないわ、アラブ人よ」キアは苛立《いらだ》った。

「アラブのどこ？」

「レバノン」

「それなら、少なくともキリスト教徒ではあるわね」

「でも、どこにいるかわからないわ」

「おまえを置き去りにして逃げたんじゃないの？」

「たぶん、そうだと思う」

「おまえは彼を愛していたのかい？」

「違うわ。それに、彼だって間違いなくわたしを愛していなかった」

ウミが両手を腰に当てた。彼女らしい戦闘的な仕草だった。キアの想像のなかの母はパンを焼いているところで、亡霊になる前によくあったように、小麦粉だらけの手の跡が黒い服にくっきりとついていた。その彼女が挑戦的な口調で言った。「だったら、教えなさいよ、彼はなぜおまえにそんなによくしてくれるんだい？」

「とても冷ややかで、取りつく島もないときだってあるわ」

「ほんとに？　おまえを乱暴な男どもから護り、ナジにお話を聞かせてくれるときもそうなのかい？」

「彼は優しいわ。それに、強いの」

「ナジを愛してくれているようじゃないの」

キアはナジの濡れた肌を襤褸布《ぼろきれ》でそっと拭《ふ》いてやった。「みんな、ナジを愛してくれているわ」

「アブドゥルはたくさんお金を持っているアラブ人のキリスト教徒だ――結婚するに打ってつけじゃないか」

「わたしと結婚したがっていないんだもの」

「なんだ！　おまえだって結婚を考えたんじゃないか」

「彼は違う世界の人なの。たぶん、もうそこへ帰ってしまったんじゃないかしら」

「違う世界って、どんな世界なんだい？」

「よくはわからない。でも、本当に安煙草の行商人だとは思えない」

「それなら、何なの？」

「警察みたいな仕事をしてるんじゃないかしら」

ウミが馬鹿にしたように鼻を鳴らした。「警察官なら、乱暴者からおまえを守ったりしないよ。警察官こそ弱い者いじめをする乱暴者だもの」

「お母さん、何にでも答えを持ってるのね」

「わたしの年になったら、おまえもそうなるさ」


一時間ほどして、ヤクブのピックアップ・トラックが見えた。喘《あえ》ぎながら坂を上って、どんどん遅くなりながら盛大に砂を巻き上げていた。荷台に飛び乗るとき、それが煙幕代わりになってくれるかもしれなかった。

アブドゥルは動かず、正しい瞬間を待った。

フロントガラスの向こうに、前方の道に集中しているヤクブの顔が見えた。トラックが隠れている前を通り過ぎ、巻き上げられた砂が煙幕代わりになってくれた瞬間、アブドゥルは弾《はじ》かれたように立ち上がった。

そのとき、別の車の音が聞こえた。

アブドゥルは悪態をついた。

エンジン音から、その車がもっと新しくて、もっと力が強いことがわかった。宿営地の立入り禁止の駐車場で見た、黒のメルセデスのSUVだろうと思われた。高速で走っていて、明らかにヤクブを追い抜こうとしていた。

見つかる危険を冒すわけにはいかなかった。巻き上げられる砂が姿を隠してくれるかもしれないが、そうでなかったら、もし見られてしまったら、逃走計画はそこで終わり、彼の命もそこで終わりになってしまう。

もう一度砂にうずくまり、スカーフで顔を隠して砂漠に溶け込んでいると、メルセデスが唸《うな》りを上げて通り過ぎた。

二台の車は何とか丘を上り切り、その向こうへ茶色の砂煙を残して消えていった。アブドゥルは重い足取りで宿営地へ引き返しはじめた。

少なくとも、二度目を試みることはできる。計画はまだ生きている。今日は運が悪かっただけだ。二台の車が一緒に宿営地を出ることは滅多にない。一週間後に、もう一度チャンスがくるはずだ。そのときまでおれが生きていればだが……。

ピットにやってくるのに遅れた罰として、昼の休憩抜きで仕事をさせられた。おれほど強い労働者でなかったら、この罰はもっと辛《つら》く感じられただろう、とアブドゥルは推測した。

その日の夕方、彼は疲れ、消沈していた。この地獄がもう一週間つづくのか。小屋の外の地面に腰を下ろし、夕食を待った。空腹が満たされた瞬間に眠ってしまいそうだった。

間歇《かんけつ》的で強力なエンジン音が聞こえた。一台のメルセデスがやってきて、居住区画をゆっくりと通り過ぎていった。黒い塗装が砂で茶色になっていた。

小屋の向かいの金網フェンスに囲まれた駐車場のなかにいた警備員が、大きな金属的な音を立てながら、背の高い門のチェーンを外した。

メルセデスがなかに入って停まると、二人の護衛がライフルを持って降りてきた。そのあとに、さらに二人の男がつづいた。一人は背が高く、ディシュダーシャと呼ばれる長くてゆったりした外衣を着て、白のタキーヤ帽をかぶっていた。その男が白いものの多くなった黒髪で、黒い鬚《ひげ》を蓄えているのを見て、アブドゥルの心臓の鼓動が速くなった。男はゆっくりあたりを見回し、感情のない冷ややかな目で探るように宿営地を見渡して、襤褸を着た女たちにも、疲れ切った男たちにも、彼らが住んでいる粗末な小屋にも、まったく反応を見せなかった。荒れ果てた景色のなかの薄汚れた羊を見ていたのかもしれなかった。

二人目は東アジア人だった。

アブドゥルは高性能のほうのスマートフォンを手のなかに隠しながら、こっそり写真を撮った。

モハンマドが小径《こみち》を急いでやってきて、嬉《うれ》しい驚きを満面に浮かべて言った。「ようこそいらっしゃいました、ミスター・パク！　またお目にかかれて嬉しい限りです！」

アブドゥルはその朝鮮人の名前を記憶し、もう一枚写真を撮った。

ミスター・パクは黒のリネンのブレザーに黄褐色のチノ・パンツ、靴底の溝が深い頑丈なアンクルブーツというきちんとした服装で、サングラスをかけていた。髪は豊かで黒かったが、顔には皺《しわ》が刻まれていて、六十歳ぐらいだろうと推測された。

そこにいる全員が彼を、長身のアラブ人の連れまでも、特別扱いした。モハンマドは笑顔を絶やさずにお辞儀をしつづけたが、ミスター・パクはそれを無視した。

彼らはごみの散らばる小径を警備員用の敷地へと歩き出した。長身のアラブ人はモハンマドの肩を抱いていて、モハンマドの肩に置かれた彼の左手が見えた。親指が付け根からなくなっていて、その傷を皮膚がねじれたようになって塞《ふさ》いでいた。きちんとした手当てがなされなかった、戦闘時の傷のように見えた。

もう疑いようがなかった。長身のアラブ人はアル・ファラビ、〝ジ・アフガン〟、北アフリカで最も大物のテロリストであり、ここがフフラ、〝穴《ホール》〟、彼の本拠地だった。それでも、朝鮮人のほうを立てているように見えた。あの地質学者も朝鮮人だった。北朝鮮がこの金鉱を仕切っているらしかった。北朝鮮は明らかにアフリカのテロリズムに関わっていた。しかも、そうではないかと欧米が疑っているどの国よりも深く。殺される前に、この情報をタマラに送らなくてはならなかった。

一行が歩き去っていくのを見送りながら、アル‐ファラビの背が一番高いことに気がついた。帽子のせいで、さらに一インチか二インチが付け加えられていた。高さが力の象徴であることをわかっているのだった。

そのとき、キアが反対のほうからやってくるのが見えた。大きなプラスティックの水の容器を一つ肩に乗せ、片方の腰を横に突き出してバランスを取って歩いていた。彼女は若く、奴隷のようにして九日も過ごしているにもかかわらず、荷物をほとんど苦もなく運んでいる様子は、強くてしなやかに見えた。キアがアル‐ファラビを一瞥《いちべつ》し、ライフルを持った二人の男に気づくと、大きく弧を描くようにして彼らを避けた。すべての奴隷と同じく、警備員と遭遇していい結果に終わることがないのは彼女もわかっていた。

だが、アル‐ファラビが彼女を見つめていた。

キアはそれに気づかない振りをして足を速めた。だが、魅惑的に見えないようにすることができなかった。重たいものを肩に乗せた状態でバランスを取るために、頭の位置を高く保ち、両肩を後ろへ引いて、必然的に胸を張る格好になって歩かざるを得ず、薄いコットンのローブの下で太腿《ふともも》が力強く動いていたからである。

アル‐ファラビは足こそ止めなかったが、肩越しにキアを振り返り、深くくぼんだ目が、足早に離れていく彼女を追いつづけた。確かに、後ろ姿も劣らず魅力的だった。

それを見て、アブドゥルはまずいことになるのではないかと危惧《きぐ》した。アル・ファラビの目に残忍さがあった。銃を見る男の顔にそういう表情が浮かぶところを、アブドゥルは一度ならず目《ま》の当たりにしてきていた。神よ、と彼は祈った。彼女にひどいことが起こりませんように。

アル・ファラビがようやく前を向き、何かを言った。モハンマドが笑ってうなずいた。

キアが小屋へ戻ってきて重たい水の容器を肩から降ろし、腰を伸ばしながら狼狽《うろた》えた顔で訊いた。「あれはだれ？」

「ここを訪ねてきた二人だ。両方ともずいぶんな大物らしい」アブドゥルは答えた。

「あの背の高いアラブ人がわたしを見る目つきったら、身震いするほど嫌だったわ」

「できれば、近づかないことだ」

「もちろんよ」

その日の夜、警備員の規律は目に見えて向上していた。宿営地を歩く足取りはきびきびしていて、ライフルを両手で持ち、煙草も喫わず、何かを食べたりもせず、冗談を言い合って笑うこともなかった。車は入ってくるものも出ていくものも検査された。サンダルやスニーカーは姿を消し、全員がブーツを履いていた。

キアは目だけが見えるようにスカーフで顔を覆った。宗教上の理由で顔を隠す女性は何人もいたから、特に不審に思われる心配はなかった。

不審に思われるのはいいことではまったくなかった。

キアはあの長身の男に呼び出され、部屋に男と二人きりにされて、何であれ男のしたいことを無理矢理やらされるのではないかと恐れていた。しかし、だからと言って行くところはなかった。宿営地には隠れるところがない。長いこといなくなるとナジが泣いて探しはじめるだろうから、小屋を出ていくこともできない。陽が落ちて気温が下がるなか、彼女は小屋の奥に坐《すわ》り、緊張して怯《おび》えていた。エスマがナジを膝《ひざ》の上に乗せ、ほかの者の邪魔にならないよう小さな声でお話を聞かせていた。ナジは親指をくわえていた。もう少ししたら、眠ってしまうはずだった。

そのとき、モハンマドが四人の警備員を連れて小屋に入ってきた。二人はライフルを持っていた。

キアはアブドゥルが警戒の呻きを漏らすのを聞いた。

モハンマドが小屋のなかを見回してキアに目を留めると、何も言わずに彼女を指さした。キアは立ち上がり、壁に背中を押しつけた。ナジが恐怖を感じ取って泣き出した。

アブドゥルもわたしを護るために飛び出てはくれないだろう、とキアは思った。いくら彼だって五人の男を相手に勝ち目はない。躊躇《ちゅうちょ》なく射殺されるに決まっている。いま、アブドゥルはそこに坐ったまま、無表情に成り行きを見守っていた。

二人の警備員がそれぞれキアの左右の腕をつかんだ。キアはその痛みに悲鳴を上げた。だが、痛みより屈辱のほうがひどかった。

エスマが叫んだ。「彼女にかまわないで！」

その訴えは無視された。

全員が急いで後ずさり、だれも関わろうとしなかった。

警備員がキアをしっかり拘束すると、モハンマドが彼女に近づいた。そして、着ているものの襟元をつかむと、その手を力任せに引き下ろした。悲鳴とともにキアの頭が前に飛び出し、着ているものが破れて、首に懸かっている細い鎖と、その先端の小さな銀の十字架が露わになった。

「異教徒だ」ムハンマドが言った。

そして、周囲を見回してアブドゥルを見つけると言った。「この女はマクフル行きだ」そして、アブドゥルの反応をうかがった。

全員がアブドゥルを見た。彼がキアと仲良くなりつつあることを知っていたし、バスでハキムと二人の武装護衛にどう立ち向かったかも見ていた。とうとうエスマの義理の父のワヘドが訊いた。「どうする？」

アブドゥルは言った。「どうもしない」

モハンマドはアブドゥルの出方を待っているようだったが、ついに小馬鹿にしたように訊いた。「おまえはどう思う？」

「女はしょせん女に過ぎない」アブドゥルは答え、顔をそむけた。

直後、モハンマドがアブドゥルへの挑発を諦《あきら》めた。二人の警備員に命令し、キアを小屋から引きずり出させた。とたんに、ナジが泣き叫びはじめた。

キアは抗《あらが》わなかった。つかまれた腕の痛みが増すだけだ。逃げられないことはわかっていた。警備員の宿舎がある敷地に連れていかれた。門の内側に立っていた見張りが門を開け、三人がなかに入ると門を閉じて鍵を掛けた。キアは彼らが言うところのマクフル、売春宿に連行された。

キアは泣かずにいられなかった。

ドアは外から閂《かんぬき》が掛けられていた。そのドアが開けられ、警備員は彼女をなかに連れ込むと、つかんでいた腕を放して出ていった。

キアは涙を拭《ぬぐ》いながらあたりを見回した。

六つのベッドがあり、それぞれにプライヴァシーのためのカーテンが引けるようになっていた。女性が三人いて、屈辱的なことに全員が欧米風の下着だけという裸同然の姿だった。若くて魅力的だが、惨めにしか見えなかった。蠟燭《ろうそく》がともっていたが、ロマンティックなところなど微塵《みじん》も感じられなかった。

キアは訊いた。「わたしはどうなるの？」

女性の一人が答えた。「どうなると思う？　無理矢理セックスさせられるのよ。ここはそのための場所なの。でも、心配はいらないわ。それで死んだりはしないから」

キアはサリムとのセックスを思った。最初のころの彼はぎこちなくて少し荒っぽかったが、それはある意味で気にならなかった。ほかの女性との経験が、少なくとも豊かではないことの証《あかし》だったからだ。それに、彼は思慮深くて思いやりがあった。結婚して最初の夜、痛くないかと二度も訊いてくれた。わたしはそのたびに、本当はそうではなかったけれど、痛くないと答えた。間もなく、この快感をわたしが愛していて、わたしを愛してくれている男性と分かち合う悦びを知った。

それなのに、これからは残忍な目をした見知らぬ男とそれをしなくてはならない。

もう一人の女性が、ここがどういうところか教えてくれた女性をたしなめた。「やめなさいよ、ニラ。あなただってここへ引きずり込まれたときは動転して、何日も泣きつづけたじゃないの」そして、キアに向き直って訊いた。「わたしはサバーよ。あなたは？」

「キア」そう答えて、キアはすすり泣きはじめた。ナジと引き離され、わたしにとって英雄だった男は護ってくれず、これからわたしはレイプされるのだ。キアは絶望した。

サバーが言った。「わたしのそばへいらっしゃい。あなたが知っておく必要のあることを教えてあげるから」

「わたしが知りたいのは、ここを出る方法だけよ」

一瞬の沈黙があり、ニラ、最初に声をかけて怯えさせてくれた女性が言った。「その方法なら一つだけ知ってるわ。死ぬのよ。死んだら出られる」

27

アブドゥルの頭は沸き返っていた。キアを救出し、この宿営地を逃げ出さなくてはならない。しかも、その二つをすぐにやらなくてはならない。しかし、それをどうやってやってのけるか？

彼はその問題をいくつかの段階に分けた。

まず、キアをマクフルから助け出さなくてはならない。

次に、車を盗まなくてはならない。

そのあと、ジハーディに追われて捕まらないようにしなくてはならない。

そういうふうに考えていくと、三段階理論は不可能なように思われた。

ふたたび必死で考えた。ほかの者たちは調理場へ行き、セモリナとマトンのシチューをもらっていたが、アブドゥルは何も食べず、だれとも話さず、ただそこに横になって計画を考えた。

この宿営地の半分を形成している隣接する三つの敷地は、頑丈な鋼鉄の枠にやはり頑丈な鋼鉄の網が張られ、電流が通されている、警備用の障害物としては標準的なフェンスでそれぞれが囲われている。採鉱場《ピット》も同様の金網フェンスに囲われているが、そこだけは筒状に巻いた有刺鉄線が上端に取りつけられている。金を盗んで持ち出そうとする気を奴隷やジハーディに起こさせないためだ。だが、おれはピットへ行く必要はない。キアは警備員宿舎のある敷地内にいるし、車は駐車場にある。

駐車場を警備しているのは武装した男が一人だけだ。フェンスの内側に小さな木造小屋があって、その男は寒い夜のほとんどの時間をそこで過ごしている。車のキイはその小屋にあるに決まっている。車は小屋の隣りにいる給油車から燃料補給されている。その給油車の燃料が少なくなったら、交替の給油車がやってくる。

アブドゥルの頭のなかで、計画がゆっくりと形になった。うまく行かないかもしれないし、たぶん殺されるだろう。だが、やってみるしかない。

まずは待たなくてはならないが、それがなかなか厳しかった。奴隷も警備員も、全員がまだ起きていた。アル・ファラビは仲間と一緒にいて、話をし、コーヒーを飲み、煙草を喫っていると思われた。アブドゥルの最高のチャンスは真夜中、全員が眠っているときに訪れるはずだった。最も難しい部分は、キアが何時間か売春宿にいなくてはならないところで、それについてはアブドゥルもなす術《すべ》はなかった。アル・ファラビが旅の疲れで早く寝ることにし、キアのところへ行くのを明日の夜に延期してくれるのを願うしかなかった。そうでなければ、彼女がアル - ファラビの手を逃れるのは不可能だろう。アブドゥルはそれを考えまいとした。

小屋の自分の居場所に横になり、計画を練り返し、瑕疵《かし》を探して修正しながら待った。仲間も横になっていた。ナジは小屋を出て母親を探しに行こうとしつづけ、エスマがそれを押しとどめていた。ナジはどんなに慰めても泣くことをやめなかったが、とうとうエスマとブシュラに挟まれて寝入ってしまった。夜が深まって気温が下がり、全員が毛布にくるまった。疲れ果てた奴隷は寝つくのが早かった。ジハーディはたぶんもう少し起きているだろうが、最終的にはわずか数人の警備員を残してベッドに入るはずだった。

今夜はまず間違いなく人生で初めて人を殺すことになる、とアブドゥルは覚悟を決めた。その見通しが思ったほど自分を狼狽えさせないことが意外だった。この宿営地にいる警備員のほとんどの名前は、彼らの会話を聞いているだけで記憶してわかっていたが、だからといって、同情を覚えるわけでもなかった。やつらは残虐な奴隷商人で、人殺しで、強姦《ごうかん》犯だ。そういうやつらに慈悲などふさわしくない。アブドゥルが心配したのは、それが自分にどういう影響を与えるかだった。これまでの彼自身の戦いの歴史のなかで、致命的な一撃を加えたことは一度もない。人を殺したことのある人間とそうでない人間とのあいだには大きな違いがあるに違いない。その一線を越えることが残念でならなかった。

眠っている者が目を覚ますことは、熟睡しているあいだはほとんどなく、そういう情況になるのは夜の最初の半分だということを、アブドゥルは知っていた。人に知られずに行動するのに一番いい時間は、彼が受けた研修によれば、午前一時か二時ごろだった。時計が午前一時を指すまで横になったまま起きていて、その時間になったとたんに静かに立ち上がった。

ほとんど音を立てなかった。いずれにせよ、小屋には常に音があった。鼾《いびき》、呻き、夢を見てつぶやく理解不能な寝言《ねごと》。だれかが目を覚ますとは思っていなかったが、隣りで横になっているワヘドを一瞥すると、彼は眠っているどころか目を大きく開けて完全に起きていて、いつものように煙草を頭の横に置いたまま、アブドゥルを見ていた。アブドゥルがうなずくと、ワヘドもうなずきを返した。そのあと、アブドゥルは目を逸《そ》らした。

外を見た。半月が宿営地を明るく照らしていた。駐車場の小屋の窓から黄色い明かりが流れ出していた。警備員本人は見えなかったが、なかにいるに違いなかった。

アブドゥルは奴隷居住区画のさらに奥へ進み、それから向きを変えると、フェンスに平行に、しかし、小屋の陰に隠れてだれにも見えないように歩き出した。静かに進みながら、地面に障害物がないか目を凝《こ》らした。見落としたらつまずくかもしれず、音を立てる恐れがある。

警備員の姿を探しつづけていると、小屋とフェンスのあいだに懐中電灯の明かりが見えた。アブドゥルは動きを止めた。警備員は自分の受持区域をきちんと巡回し、暗いところへ光を当てていた。ピットの内側を担当している警備員がフェンスのところへやってきて、彼と話しはじめた。アブドゥルは音を立てることなく、身じろぎもしないで、その様子をうかがった。やがて二人は別れたが、奴隷居住区のほうは見ようともしなかった。

アブドゥルは前進を再開した。白髪の多くなった男が半分眠ったまま小便をしているところに出くわしたが、黙って通り過ぎた。奴隷に見られるのは心配していなかった。たとえ脱走を企てているのだと推測したとしても、何もしないはずだった。どうにも避けることができない場合を除いて、だれであれ奴隷が警備員と接触することはあり得なかった。警備員は暴力的で、退屈していると決まっていた。暴力と退屈はよくない組み合わせだった。

警備員宿舎のある敷地へたどり着いた。三百ヤードのあいだに二つの門があり、一つは車が出入りできる幅があって、もう一つは人間が出入りするための通常の幅しかなかった。両方ともチェーンが掛かっていて、すぐ内側に警備員が一人立っていた。アブドゥルの立っているところから、テントに半分隠れていたが、直立不動で立っている警備員の姿が黒く見えた。

アブドゥルとマクフルのあいだをフェンスが隔てていた。月明かりの下で、マクフルは淡いブルーというより白に近かった。

ここからは深刻な危険を引き受けなくてはならなかった。足早にフェンスに近づいて躊躇なく金網をよじ登ると、枠の上端を乗り越え、両足で飛び降りて砂地に腹這《はらば》いになった。

いま見つかったら殺されるが、一番恐れているのはそれではなかった。この企てが失敗したら、キアは残りの人生をジハーディの性奴隷として過ごすことになる。それはアブドゥルにとって考えるだに耐えられないことだった。

音がしないか、驚きか警告の叫びが上がらないか、聞き耳を立てた。そのままじっと腹這いになっていると、自分の心臓の鼓動が聞こえるような気がした。警備員が目の隅で動きを捉《とら》えなかっただろうか？　そこにある黒いものがあの長身の男と同じぐらいの大きさだろうかと訝《いぶか》りながら、いま、こっちを見ているのではないか？　万一に備えてライフルを構えているのではないか？

ややあって、慎重に顔を上げ、門のほうへ目をやった。警備員の黒い形は動いていなかった。何も見ていなかったのだ。もしかしたら半分寝ているのかもしれない。

地面を転がり、マクフルが自分と警備員のあいだで等距離になったところで立ち上がると、窓のない壁へ移動して角の向こうをうかがった。

驚いたことに、一人の女が門の外から近づいてきていた。アブドゥルは内心で悪態をついた――これは何だ？ その女は二言三言警備員と言葉を交わし、なかへ入ることを許されてマクフルのほうへ歩き出した。アブドゥルは訝った――一体どういうことだ？

年寄りのような歩き方で、何かを積み上げたものを両手で持っていたが、それが何なのかは月明かりでははっきりわからなかった。清潔なタオルかもしれなかった。アブドゥルはどこの国でも売春宿に行ったことがなかったが、そういうところではタオルを大量に使うのかもしれなかった。心臓の鼓動が通常に戻った。

そのまま隠れて耳を澄ましていると、老女はマクフルの入口へたどり着いてドアを開け、なかに入った。複数の女性との短いやりとりが聞こえた。男はいないようだった。老女は何も持たずに出てくると、門のほうへ引き返した。警備員が彼女を外へ出してやった。

アブドゥルのなかで冷静さが戻りはじめた。男がいなくて、使用済みのタオルがなかったのなら、キアは今夜、運がよかったのかもしれない。

警備員はライフルをフェンスに立てかけ、奴隷居住区画のほうを見ていた。マクフルと門のあいだに身を隠すところはなかった。簡単に見つかってしまうところを百ヤードほども走らなくてはならなかった。警備員の目はフェンスの外へ向いていた。走っているところが目の隅にちらりとでも見えるだろうか？　あるいは、何の気なしにただ振り返ることがあるだろうか？　そのときはこう言うつもりだった。「煙草を一本もらえないか、兄弟？」警備員は敷地内にいるだれかを仲間だと思ってくれるかもしれず、そうなってくれれば、相手が襤褸を着ていることに気づき、奴隷が侵入しているのだと理解するまでに、わずかとはいえ致命的な時間がかかるはずだった。

あるいは、その瞬間に警報を発するかもしれなかった。

あるいは、アブドゥルを射殺するかもしれなかった。

いまが第二の大きな危険を冒さなくてはならないときだった。

六週間かそこら前にタマラからもらった帯は、いまも腰に巻いてあった。アブドゥルはその帯をほどき、木綿の覆いを取り去った。両端に取っ手のついた、長さ一メートルほどのチタンのワイヤーが現われた。いま彼の手にあるのはガラットという、音を立てずに人を殺すための、何世紀も前に使われていた武器だった。アブドゥルはそのワイヤーを巻いて輪にすると、丸ごと左手のなかに隠した。そして、時計を見た。

一時十五分。

少し時間を取り、ゆっくり身体を動かして戦闘モードに入った。複合格闘技の試合の前と同じだった。集中を高め、気持ちを静め、暴力行使の意志を強くする。

そして、建物の陰を出ると、静かに、しかしさり気なく見えるように歩き出した。警備員から目を離すことはなかった。頭の奥のほうで命が危ういことはわかっていたが、足取りに恐怖は現われていなかった。近づくにつれて、警備員は立ったまま半分寝ていることがわかった。アブドゥルは弧を描くようにして警備員の背後へ回った。

警備員のすぐ後ろまできたとき、巻いていたワイヤーを音もなくほどき、両端の取っ手を交差させて握って輪を作った。最後の最後になって、背後にだれかいると感じ取ったらしく、警備員が驚きの声を漏らして振り向こうとした。滑《なめ》らかな頰《ほお》と薄い髭《ひげ》がちらりと見えて、タハーンという若者だとわかった。だが、タハーンは間に合わなかった。輪になったワイヤーが頭の上から首まで落ちると同時に、アブドゥルは満身の力で木の取っ手を左右に引き、輪を小さく絞って相手の首を絞めつけた。

ワイヤーは首に深く食い込み、喉《のど》を圧迫した。タハーンは叫ぼうとしたが、声帯が締めつけられて閉じてしまったせいで声にならなかった。締めつけを何とか緩めたくて喉とワイヤーのあいだに手を差し込もうともがいたが、鬱血《うっけつ》が始まるほどワイヤーが深く食い込んでいて、指一本潜り込む余地がなかった。

アブドゥルは取っ手を引く手にさらに力を込めた。肺だけでなく、脳への血流も止めたかった。そうすれば、タハーンは意識を失うはずだった。

タハーンは崩れ落ちて地面に両膝をついたが、依然としてもがきつづけていた。腕を後ろへ伸ばして振り回し、何とかしてアブドゥルを捕まえようとした。アブドゥルが難なくそれを避けているうちに、タハーンの動きに力がなくなっていった。アブドゥルは危険を冒して肩越しに後ろをうかがい、敷地の向こう、警備員宿舎を見た。動きはなかった。ジハーディは眠っていた。

タハーンが意識を失い、ずっしりと重くなった。アブドゥルはワイヤーを引く力を緩めることなくタハーンを地面に下ろし、背中の上に片膝を突いた。

何とか手首をひねって時計を見た。一時十八分。ＣＩＡの指導教官によれば、死を確実なものにするためには、五分、首を絞めつづける必要があった。あと二分そうしているのは簡単だったが、だれかが現われて、すべてが台無しになる心配があった。

宿営地は静かだった。アブドゥルは周囲を見回した。何も動いていなかった。あと少しの時間、必要なのはそれだけだ。顔を上げると、月は明るかったが、一時間かそこらでいなくなってしまうはずだった。もう一度時計を見た。あと一分。

アブドゥルは自分が手を掛けた犠牲者を見た。こんなに若い顔だとは予想していなかった。若者はもちろん暴力的になる可能性を確かに持っているし、このタハーンにしても無慈悲と暴力の人生を自ら選んだのだろう。それでも、まだ始まっていないも同然の人生をこんな形で終わらなくてはならないのは可哀そうだった。

三十秒。十五秒。十、五、ゼロ。アブドゥルは力を抜いた。命を失ったタハーンが倒れ込んだ。

アブドゥルはワイヤーをゆったりと腰に回し、左右の木の取っ手の付け根の部分を緩く結んだ。そして、ライフルを手に取って斜めに背中に掛けると、膝を突き、タハーンを乱暴に肩に担《かつ》ぎ上げて立ち上がった。

足早にマクフルの裏へ行き、地面に下ろすと、建物の壁に寄り掛からせた。隠すことはできないが、少なくとも見つかりにくいことは確かだった。

ライフルをその横に置いた。アブドゥルには用のないものだった。一発撃っただけでジハーディ全員の目を覚まさせ、逃走の企ては終わりを告げてしまう。

マクフルのドアを見つめた。閂が掛かっていた。いいことだった。ジハーディはそこにいず、いるのは女性だけだということを意味していた。何であれ音を立てるような騒ぎは避けたかった。警備員に知られることなくキアを連れ出さなくてはならなかった。それに、逃げる前にやらなくてはならないことが、まだいくつも残っていた。

束の間、耳を澄ました。さっき聞こえた声は、いまは聞こえなかった。音を立てないようにしながら閂を外し、ドアを開けて、なかに入った。

身体を洗うこともなく、狭いところで一緒に暮らしている者たちの臭《にお》いがした。窓はなく、蠟燭が一本ともっているだけの部屋は薄暗かった。皺になったままのベッドが六つあり、そのうちの四つに女性がいた。全員が起きていたし、横になってもいなかった——こういう女性は夜が遅いんだろう、とアブドゥルは想像した。四つの不幸な顔が不安げに見つめていた。セックスを求めてやってきた警備員だと思っているのかもしれなかった。そのとき、一人が言った。「アブドゥル」

薄暗い明かりでキアだとわかった。アブドゥルはほかの女性にわからないようフランス語で言った。「一緒にくるんだ、急げ」逃げ出そうとしていることを気づかれる前にキアだけを連れ出したかった。さもないと、みんなを連れていくことになりかねない。

キアが一瞬のうちにベッドを飛び降りて走ってきた。着ているのは、サハラの冷え込む夜のみんなと同じく、彼女自身の服だった。

女性の一人が立ち上がって言った。「あなたはだれ？ どういうこと？」

アブドゥルは外を見た。動いている者の姿はなく、彼はキアを外へ押し出した。そのとき、女性の一人が言った。「わたしも連れていって！」もう一人もつづいた。「みんなで行けばいいわ！」

アブドゥルは急いでドアを閉め、閂を掛けた。みんなを逃がしてやりたいのは山々だが、彼女たちが警備員を起こしてしまい、すべてが台無しになる恐れがあった。残された女性がドアを開けようと押したり引いたりする音がしたが、手遅れだった。彼女たちの絶望の叫びを聞きながら、アブドゥルはそれがだれかを起こすほど大きくならないことを祈った。

警備員宿舎のある敷地はまったく静かで、動きもなかった。ピットのあたりをうかがうと、懐中電灯の明かりはなかったが、煙草の火先《ほさき》が明滅していた。そこに警備員が坐っているようだった。その男がどっちを見ているかは判別できなかった。これ以上安全を求めても無駄だろうと判断し、アブドゥルはキアに言った。「ついてくるんだ」

チェーンの掛かったフェンスへ直行しててっぺんによじ登ると、キアを手助けする必要がある場合に備えて待つことにした。金網の隙間《すきま》は二インチ四方しかなかったから指を掛けてかじりついているのが難しく、自分がその姿勢を保ったうえで彼女を引き上げられるかどうか自信がなかった。しかし、それは杞憂《きゆう》だった。彼女は敏捷《びんしょう》で力も強く、アブドゥルより速くフェンスをよじ登って反対側の地面に飛び降りて見せた。アブドゥルは彼女のあとにつづいた。

二人は奴隷居住区画へ戻った。そこのほうが警備員に見つかる可能性が低く、小屋やテントのあいだを縫って自分たちの小屋へ急いだ。

マクフルでの状況を、アブドゥルはキアに訊きたかった。いまは質問をしているときではないし、静かにしている必要があったが、それでも訊かなくてはならなかった。

彼はささやいた。「あの背の高い男はきみのところへきたのか？」

「こなかったわ」キアが答えた。「神さまのおかげよ」

アブドゥルは満足しなかった。「だれかが……」

「だれもこなかった。タオルを持った女性を除いてはね。ほかの女の子たちの話だと、ときどきそういう日があるんですって。警備員がこない日を、彼女たちは安息日って呼んでいるんだそうよ」

アブドゥルは気持ちが少し軽くなった。

一分後、小屋に着いた。

アブドゥルはふたたびささやいた。「毛布と水を持って、ナジを連れてくるんだ。抱いて寝かせたままにして、待つ。だけど、いつでも走りだせるようにしておくんだ」

「わかった」キアが静かに答えた。困惑も不安も、微塵も見せていなかった。冷静で決然としていた。何という女性だ、とアブドゥルは感じ入った。

だれかがキアに話しかけていた。若い女性の声で、エスマに違いなかった。キアが彼女を黙らせ、ささやくように返事をした。ほかの者は何事もないかのように眠っていた。

アブドゥルは外の様子をうかがった。視界に人の姿はなかった。駐車場の前まで行き、フェンスの向こうを覗いてみた。動きはなく、警備員の姿もなかった。間違いなく小屋にいるものと思われた。アブドゥルはフェンスをよじ登った。

向こう側の地面に飛び降りたとき、見えていなかった何かを左足が踏んで、金属的な音を立てた。膝を突いて確かめると、空《から》の石油缶で、彼の体重でへこんでいた。

アブドゥルは姿勢を低くした。空き缶の音が小屋のなかまで聞こえたかどうかわからなかったから、そのままの姿勢で待った。小屋からは何の音も聞こえず、動きがある気配もなかった。アブドゥルはもう一分待ってから立ち上がった。

ここの警備員にもタハーンにしたときのように気づかれずに近づき、警報を鳴らされる前に黙らせなくてはならなかった。しかし、今回のほうが難しそうだった。相手は小屋のなかにいるのだから、背後から忍び寄る方法がなかった。

小屋は内側から鍵が掛かっているかもしれなかったが、それはないだろうというのがアブドゥルの考えだった。鍵をすることに何の意味がある？

彼は車のあいだをジグザグに縫って、静かに駐車場を突っ切った。一部屋しかない小屋には窓が一つついていて、警備員はなかから車を見張ることができた。しかし、近づくにつれて、窓の向こうに顔はないことがわかった。

斜めに近づきながら見ると、ラベルを貼《は》った鍵を置く棚が壁にあるのが見えた。予想していたとおり、しっかりした組織だった。テーブルがあり、その上に水のボトルと分厚いタンブラーがいくつか、吸い殻で一杯の灰皿、そして、警備員の銃が載っていた。有名なロシアのカラシニコフを基にした、北朝鮮製タイプ68突撃ライフルだった。

二ヤードほど残して足を止め、横へ動いて視界を広くした。とたんに警備員が見え、心臓が跳ねた。クッションのきいた椅子《いす》に坐って口を開け、天を仰いで眠っていた。鬚面(ひげづら)で、ターバンを巻いていた。ナシルという男だとわかった。

　アブドゥルは腰に巻いていたガラットを外し、左右の取っ手を交差させて輪を作った。計算では、ドアを開け、小屋に入り、ナシルが銃を取るより早く――彼がよほど敏捷でない限り――圧倒できるはずだった。

まさにドアのほうへ進もうとしたとき、ナシルが目を覚まし、まともにアブドゥルを見た。

そして、驚きの叫びとともに椅子から立ち上がった。

アブドゥルはショックのあまり一瞬身体が動かなかったが、即興で切り抜けることにした。「起きろ、兄弟！」アラビア語で声をかけ、ドアへ急いだ。

鍵はかかっていなかった。

アブドゥルはドアを開けざまに言った。「ジ・アフガンが車を要求してる」そして、なかに入った。ナシルはライフルを片手に束の間困惑してアブドゥルを見つめていたが、ぼんやりした声で訊いた。「こんな夜中にか?」多少なりとも理性のある者なら、夜の砂漠で車を走らせようとはしないはずだった。

アブドゥルは言った。「もたもたするな、ナシル、彼がどんな大物かはおまえもわかってるだろう。メルセデスは満タンか?」

ナシルが訝った。「おまえ、だれだ?」

その瞬間、アブドゥルは攻撃に移った。

宙を飛んで蹴《け》りを放ち、着地と同時に一回転して四つん這いになった。複合格闘技をやっていたとき、何度か勝利に導いてくれた飛び蹴りだった。ナシルはたじろいで後ずさったが、あまりに動きが遅く、よけるだけの空間もなかった。アブドゥルの踵がナシルの鼻と口に叩き込まれた。

ナシルが痛みとショックに悲鳴を上げて後ろに倒れ、ライフルを取り落とした。アブドゥルは四つん這いの姿勢のまま、くるりと一回転しながらライフルをつかんだ。

発砲はしたくなかった。銃声がどこまで届くかわからなかったし、眠っているジハーディを起こすのは避けなくてはならなかった。ナシルが立ち上がろうとした。アブドゥルはライフルを逆手《さかて》に持ち直して台尻《だいじり》で横面を殴りつけたあと、高々と振りかざして、渾身《こんしん》の力を込めて頭頂部に振り下ろした。ナシルが昏倒《こんとう》した。

ナシルに飛び蹴りをお見舞いしたはずみで、ガラットが手を離れて床に落ちた。いま、アブドゥルはそれを拾うと、ナシルの首に回して絞め上げた。

静かになったナシルが死ぬのを待ちながら、アブドゥルは耳を澄ました。こいつの叫びを聞いた者がいるだろうか？　奴隷なら一人や二人起きたところでどうということはない。ジハーディの目を引くようなことはしたくないから、じっと横になり、静かにしているだけだ。近くにいる警備員はあと一人だけ、採鉱区域を守っている男だった。あそこなら、たぶん叫び声は届かない。巡回中にたまたま運悪く耳に入る可能性がないとは言えないが、警報は鳴っていない。いまのところは。

ナシルは意識を回復しなかった。

アブドゥルは丸々五分ガラットを引き絞ってから力を緩め、ナシルの首からガラットを外して自分の腰に戻した。

そして、鍵の棚を見た。

よく組織されたテロリストたちは鍵の一つ一つ、フックの一つ一つにラベルをつけ、要求されたときにすぐに見つかるようにしていた。アブドゥルはまず門の鍵を特定し、それをフックから外すと、ナシルの死体をまたいで小屋を出た。

可能な限り見られないようにするために、常に大型トラックに隠れるようにして駐車場を横断して門へ向かった。そこで単純な南京錠《ナンキンじょう》を外し、できるだけ音を立てないようにチェーンをほどいた。

そして、車を探した。

一台が退《ど》かなければ、別の一台を動かせないというようないい加減な駐《と》め方をしているものが結構あったが、四台あるSUVのうちの一台は簡単に動かせるところに駐まっていた。埃《ほこり》にまみれているところからすると、数時間前にアル・ファラビがやってきたときに乗っていた車に違いなかった。アブドゥルはその車のナンバープレートを確認した。

そのあと、小屋へ引き返し、南京錠の鍵を棚に戻した。

SUVのキイを見つけるのは、四つすべてにメルセデスの特徴的なマークがあったから簡単だった。一つ一つにナンバープレートの数字を書き込んだ札がついていた。アブドゥルは目的の車のキイをつかむと、ふたたび外に出た。

そこは静まり返っていた。ナシルの悲鳴を聞いた者はいなかった。マクフルの裏の壁に寄り掛かっているタハーンの死体に気づいた者もいなかった。

メルセデスに乗り込むと、自動的に車内灯がともった。外からアブドゥルが見えるということだった。明かりを消すスイッチがどこにあるかわからず、探している時間もなかったから、そのままエンジンをかけた。夜の夜中に普通の音ではなかったが、宿舎とは半マイルほど離れていたから、ジハーディに聞こえる心配はなかった。ピットの警備員はどうだ？　聞こえるだろうか？　聞こえたとして、正体を突き止める必要があると考えるだろうか？

そうでないことを祈るしかなかった。

燃料計を見ると、ほとんど空だった。アブドゥルは悪態をついた。

給油車までメルセデスを走らせ、エンジンを切った。

ダッシュボードのあたりを探し、給油口の蓋《ふた》を開けるスイッチを見つけて運転席を飛び出した。車内灯がまたともった。

給油車のホースとノズルは普通のガソリンスタンドのものと同じだった。アブドゥルはノズルを車の給油口に差し込んでハンドルを引いた。

何も起こらなかった。

何度も繰り返してハンドルを引いてみたが、無駄だった。給油車のエンジンが回っているときしか作動しないのかもしれなかった。

「くそ」アブドゥルは吐き捨てた。

給油車のナンバーを記憶して小屋へ引き返し、キイを見つけて戻ってきた。運転席に乗り込むと、車内灯がともった。イグニションにキイを挿し込んで回すと、しわがれた轟《とどろ》きとともにエンジンが始動した。

もはや目立たないどころではなかった。大型エンジンの轟きはジハーディの宿舎まで届くはずだった。遠い音だから熟睡している者は目を覚まさないかもしれないが、音に気づく者は必ずいる。それまで数秒か、あるいは数分か。

その男はまず訝るはずだ——こんな夜中に車を始動させているのはだれだ？　だれかが宿営地を出ていこうとしているに違いないが、なぜこんな時間に？　そのジハーディは隣りで寝ている仲間を起こしてこう言う。「聞こえるか？」奴隷が逃げようとしているという結論にはすぐには飛びつかないはずだ。そんなことはほぼあり得ない。緊急事態だとすら考えないかもしれない。だが、何が起こっているかを突き止めようとはするはずで、ちょっと相談したあと、音の源をたどりはじめるに違いない。

アブドゥルは運転席から飛び降りるとメルセデスへ戻り、給油口に挿し込んだままのノズルのハンドルを引いた。ガソリンが流れ出した。

その間《かん》も三百六十度、周囲をうかがいつづけた。聞き耳も立てつづけた。ジハーディが気づいて警報を発したら何らかの動きがあり、その音がするはずだった。いつ叫びが聞こえ、明かりが見えてもおかしくなかった。

満タンになると、給油は自動的に終わった。

アブドゥルは給油口を閉めると、ノズルをフックに戻し、メルセデスを門まで走らせた。依然としてジハーディの姿はなかった。

給油車へ取って返し、ふたたびノズルを手に取った。そして、腰に巻いていたガラットを外すとハンドルにしっかりと巻き付けて固定し、ポンプが作動しつづけて、ガソリンが地面に流れっぱなしになるようにした。

ノズルを地面に置くと、ガソリンはそこに並んでいる車の下に流れ込み、左右へ、そして門のほうへ広がっていった。アブドゥルはメルセデスへ駆け戻った。

門を開けたが、音を立てないようにするのは不可能だった。何から何まで錆《さ》びていて、油を差してもらっていない蝶番《ちょうつがい》が軋《きし》んだり呻いたりしつづけた。だが、必要なのはあとほんの数秒だった。

ガソリンが駐車場全体に広がっていき、その臭いが周囲に満ちた。

メルセデスを門から出した。前方には、月明かりの下で道が砂漠へと伸びていた。

エンジンをかけたまま小屋へ走った。熟睡しているナジを抱いて、キアが待っていた。足元に、大きな水の容器が一つ、毛布が三枚、そして、三本椰子《やし》を出て以来持っている大きなカンヴァス・バッグがあった。ナジに必要なものが全部入っているのだった。

アブドゥルは水の容器と毛布を持ってメルセデスへ走り、キアがあとにつづいた。

アブドゥルは水の容器と毛布を後部へ投げ込み、キアは毛布にくるんだままのナジを後部席に下ろした。アブドゥルが見ると、ナジは親指をくわえて目を閉じていた。

アブドゥルは駐車場へ駆け戻った。ガソリンの広がりはずいぶん大きくなっていたが、大火災を引き起こせるほどになっているという確信はまだなかった。ジハーディに絶対追跡されないためには、使える車を一台も残さないようにする必要があった。SUV、彼はホースを手に取ると、そこに駐車している車にガソリンをかけていった。SUV、ピックアップ・トラック、給油車そのものまでびしょ濡れになった。

キアが車を降りてフェンスのほうへ近づいてくるのが見えた。ガソリンはいまやフェンスの下をくぐって小径まで流れ出していて、彼女は注意深くそこをよけてやってくると、切羽詰まった低い声で訊いた。「何を待ってるの？」

「あと一分」アブドゥルはナシルの板小屋にガソリンをかけた。車のキイを使えなくしてしまうためだった。

男の声がした。「何の臭いだ？」

採鉱区画の警備員だった。男はフェンスのところまでやってきて、並んでいる車に懐中電灯の光を当てた。警報が発せられるまで一分か二分しかないということだった。

アブドゥルはホースを捨てた。ガソリンはそのまま流れつづけた。

また、さっきの男の声がした。「きっとガソリンが漏れてるんだ！」

アブドゥルは腰を曲げて木綿のローブの裾《すそ》を引き裂き、ガソリンが溜《た》まっているところに浸すと、それを手にして数ヤード後退した。そして、赤いプラスティックのライターを取り出し、その上にガソリンの沁《し》み込んだ襤褸をかざした。

採鉱区画の警備員が言った。「何が起こってるんだ、ナシル？」

アブドゥルは答えた。「いま対応しているところだ」そして、ライターの着火ボタンを押した。

何も起こらなかった。

「おまえ、一体だれだ?」

「ナシルだよ、馬鹿野郎」アブドゥルはもう一度着火を試みた。もう一度、さらに、もう一度。炎は出てこなかった。燃料を使い切って干上がったのかもしれなかった。

マッチは持っていなかった。

キアは敷地の外にいたから、彼女のほうが速く奴隷の小屋へたどり着けるはずだった。アブドゥルは言った。「小屋へひとっ走りして、マッチを持ってきてくれ。ワヘドなら必ず持ってる。ガソリン溜まりに踏み込むなよ。だけど、急ぐんだ!」

キアが小径を駆け戻って小屋に飛び込んだ。

警備員が言った。「嘘《うそ》をつくな。ナシルはおれの従兄弟《いとこ》だ。声が違う。おまえはナシルじゃない」

「落ち着け。この臭いで普通に話せないんだ」

「警報を鳴らすからな」

不意に別の声がした。「これは一体どういうことだ?」かすかに舌がもつれていて、モハンマドだとわかった。そういうことか、とアブドゥルは腑《ふ》に落ちた。どうやら奴隷の担当はモハンマドらしい。だから、状況を見てくるようだれかに言われて、気づかれないようこっそりやってきたというわけだ。

振り返ると、モハンマドがいかにも本職のように、九ミリ拳銃《けんじゅう》を両手で握って構えていた。アブドゥルは言った。「よくきてくれました。だれか喧嘩《けんか》しているように聞こえたんできてみたら、門が開いていて、ガソリンが流れ出していたんです」目の隅で、キアが小屋を出てくるのが見えた。アブドゥルは何歩か右へ動き、自分とキアのあいだにモハンマドが位置するようにした。そうすれば、モハンマドからはキアが見えなくなる。

「これ以上、近づくな」モハンマドが言った。「車の警備員はどこにいる?」

キアがフェンスまでやってきてモハンマドの背後に立つと、腰を屈《かが》めて地面から何かを拾い上げた。捨てられた〈クレオパトラ〉の箱のようだった。

「ナシルですか?」アブドゥルは言った。「小屋のなかにいるけど、怪我《けが》をしてるとか。たったいまここにきたばかりなんで、よくはわかりませんが」

キアがマッチを擦《す》り、手にした煙草の箱に火をつけた。

採鉱区画の警備員が声をかけた。「モハンマド、後ろ!」

モハンマドが銃を構えたまま、くるりと振り返った。アブドゥルは彼に飛びかかり、足払いをかけた。モハンマドはガソリン溜まりに倒れた。

キアが燃えている煙草の箱を手にしたまま膝を突き、ガソリンに火をつけた。

それは恐ろしいほどの速さで燃え上がり、アブドゥルは急いで後ずさった。モハンマドが腹這いになってアブドゥルを狙《ねら》ったが、バランスが崩れて片手撃ちになり、銃弾は虚《むな》しく逸《そ》れていった。モハンマドは何とか立ち上がろうとしたが、しっかりと身体を起こす前に炎に捕まった。ガソリンでびしょ濡れになっていた服があっという間に燃え上がり、恐怖と苦悶《くもん》に絶叫しながら人間松明《たいまつ》と化した。

アブドゥルは走った。熱さがはっきり感じられ、この灼熱《しゃくねつ》地獄から逃げるのは手遅れなのではないかと恐怖に駆られた。銃声が聞こえた。採鉱区画の警備員に狙われているらしかった。駐まっている車を盾にしながらジグザグに門のほうへ急ぎ、メルセデスにたどり着いて飛び乗った。

キアはすでにそこにいた。

アブドゥルはギアを入れて車を出した。

加速しながらバックミラーを見た。炎は駐車場全体に広がっていた。一台残らず動かなくなるだろうか。少なくともタイヤはすべて燃えてしまうだろうし、車のキイも警備小屋が燃え落ちるときに溶けてしまうはずだった。

ヘッドライトをつけた。そこに月明かりが加勢して、道路を見分けやすくしてくれた。標識の代わりに石が積んである十字路を北へ折れた。二マイル走ったところで、ヤクブの行商トラックに飛び乗ろうと隠れていた丘にたどり着いた。そのてっぺんでメルセデスを止め、キアと二人で後方を見た。巨大な炎が上がっていた。

電話を確認したが、案の定《じょう》、まだ圏外だった。もう一方のブーツから追跡装置を取り出して検めたが、コカインの荷物からの電波はまったく届いていなかった。

運転席と助手席のあいだの収納庫を開けると、期待に違《たが》わず充電器が見つかった。アブドゥルは高性能のほうの電話の充電を開始した。

キアはアブドゥルを見守っていた。靴に特殊な隠し場所があることも、そこに道具が隠されていることも、いま初めて知った。いま、彼女は冷静で聡明《そうめい》な顔で訊いた。

「あなた、何者なの？」

アブドゥルは宿営地を振り返った。その瞬間、凄《すさ》まじい轟音《ごうおん》とともに、巨大な火柱が空中高く噴き上がった。給油車が過熱して爆発したのだろう。アブドゥルは炎に近づくなどという馬鹿なことをした奴隷がいないことを祈った。

メルセデスは走りつづけた。車内は暖房がきいていたから寒くなかった。追手の心配がなくなったおかげで車の速度を緩めることができ、道を外れて迷わないよう気を配る余裕が生まれた。

キアが言った。「さっきの質問だけど、ごめんなさい。あなたが何者でもいいわ。

わたしを助けてくれたんだもの」

「ぼくだってきみに助けられたじゃないか」アブドゥルは言った。「モハンマドが銃でぼくを狙っていたときにね」

だが、彼女の質問を考えないわけにはいかなかった。キアにどう話せばいいのか？　彼女と彼女の息子をどうするか？　電話がつながったらすぐにタマラに報告しなくてはならないが、コカインを追跡できないでいるいま、これから先どうするかが決まらない。キアはどうしたいのか？　フランスまでの料金を払っているのに、そこはまだはるかに遠いし、金も底を突いている。

だが、利点もある。いまやキアとナジは資産《アセット》だ。敵対的な部族、疑い深い軍のパトロール、お節介な警察なども、三人一緒にいれば家族だと見てくれるだろう。彼らと一緒にいるあいだは、おれがアメリカのＣＩＡだとは想像もしないはずだ。

トリポリにはフランスの対外治安総局《DGSE》の支局がある。タブはそこに属していて、〈アントラミティエール＆シー〉という貿易会社の社員をそれとなく装っている。キアとナジをそこへ連れていって預けてしまい、問題をだれかに任せることはできる。ＤＧＳＥが二人をチャドへ帰してしまう可能性もあるが、もし彼らが鷹揚《おうよう》なら、簡単にフランスへ行かせてくれる可能性もある。キアがどっちを望むかはわかっている。

よし、このメルセデスでトリポリへ行こう。

約七百マイルの距離だった。

月が沈んでしばらく経《た》っていたが、強力なヘッドライトが前方の道路を照らしていた。右の地平線が一本の明るい条《すじ》になり、砂漠の一日が始まると、アブドゥルの緊張もほぐれはじめた。これで少しスピードを上げることができる。

それから間もなくしてオアシスが現われ、そこで缶入りのガソリンを買うこともできたが、アブドゥルはそのまま通り過ぎることにした。燃料計はまだ四分の一しかガソリンを消費していないことを示していた。ゆっくりと走っていて、距離も踏んでいないから、一時間当たりの燃料消費は低く抑えられていた。

ナジが目を覚まし、キアは大きなカンヴァス・バッグからパンを出して食べさせてやり、水を飲ませてやった。ナジはすぐに元気になった。アブドゥルはチャイルド・ロックを作動させるスイッチを押した。それで後部席のドアや窓が開かなくなり、キアは余裕のある後部席でナジを遊ばせてやることができるようになった。彼女は息子のお気に入りの玩具《おもちゃ》、黄色いプラスティックのピックアップ・トラックを出してやり、息子はそれで遊んで満足していた。

陽が高くなるにつれて、メルセデスのエアコンが自動的に動き出し、日中の暑さのなかでも走りつづけることができた。次のオアシスで食料を買い、燃料を満タンにした。アブドゥルは電話を確認したが、依然として圏外だった。三人は車を走らせながら、平たいパンと無花果《いちじく》、ヨーグルトを食べた。ナジが静かになり、アブドゥルが後部席をうかがうと、少年は後部席で手足を伸ばして眠っていた。

本物の道路に出られることを、今夜一晩ちゃんとベッドで寝られることをアブドゥルは願ったが、太陽が低くなってくると、やはり砂漠で寝るしかないとわかってきた。地殻変動が作った岩がちの鋸歯《きょし》状の丘陵地帯で、平らで広いところが見つかった。アブドゥルは電話を確かめた。電波が届いていた。

奴隷の宿営地での十日のあいだに準備していた報告と写真を、すぐにタマラに送った。電話をしたが応答がなかったのでメッセージに切り替え、ジハーディの輸送手段は壊滅させたが、遅かれ早かれ新しいものを手に入れるだろうから、明日か明後日のうちに軍が宿営地を攻撃すべきだと報告を補足しておいた。

道路を離れ、岩がちの丘の一つへ慎重に車を走らせて、その奥で停めた。そこなら、道路から見られることがなかった。

「一晩じゅう、暖房をつけっぱなしにはできないから」アブドゥルは言った。「後部席で三人かたまって寝るしかないな。そのほうが暖かいから」

アブドゥルとキアは後部席に入り、二人のあいだでナジが指をくわえていた。キアが三人全員を毛布で覆った。

アブドゥルはもう三十六時間寝ていなかったし、その半分は車を運転していたから、疲れ切っていた。明日は一日じゅうハンドルを握らなくてはならないはずだった。彼は電話の電源を切った。

膝の上に毛布を掛けて座席にもたれた。しばらくは前方の道路をじっと睨《にら》んで、道路と砂漠の切れ目を見分けようとし、同時にタイヤをパンクさせるかもしれない鋭い岩などを探しているようだったが、太陽が姿を消して砂漠が暗くなると、眠りに落ちてしまった。

アナベルの夢を見た。心の狭い彼女の両親が二人の仲を裂く前の幸せな時期の夢だった。二人は公園にいて、青々とした芝生に寝そべっていた。彼は仰向《あおむ》けになり、彼女は隣りで片肘《ひじ》をついて彼に寄りかかって、顔にキスをしていた。唇が優しく彼を撫《な》でていった。額、頬、鼻、顎《あご》、口。彼はその感触と、それが表明している愛を愉しんだ。

やがて、夢を見ているんだとわかりはじめた。目覚めたくなかった。あまりに愉しい夢だった。だが、眠ったままではいられないこともわかっていた。アナベルと緑の芝生が徐々に消えていきはじめた。しかし、夢は消えても、キスはつづいた。リビアの砂漠で車のなかにいることを思い出し、十二時間は眠ったはずだと計算して、だれがキスしているかがわかった。アブドゥルは目を開けた。早朝で、まだ外はうっすらと青かったが、キアの顔ははっきり見えた。

彼女が不安げに訊いた。「怒ってる?」

頭の遠い片隅で、何週間も前から待ち望んでいたときだった。「怒ってなんかいないよ」アブドゥルは答え、キスを返した。長いキスだった。でき得るすべての方法で彼女を探索したかった。彼女も同じことを思っているのがわかった。こんなふうにキスをしたのは初めてだな、と彼は思った。

キアが喘ぎながら唇を離した。

アブドゥルは訊いた。「ナジは?」

キアが指さした。ナジは助手席にいて、毛布にくるまれて熟睡していた。「一時間は起きないわ」彼女が言った。

ふたたびキスをして、アブドゥルは言った。「訊かなくちゃならないな」

「だったら、訊いて」

「どうしたい? いまここで、すぐにってことだけど。きみとぼくとで何をしたい?」

「すべてよ」キアが答えた。「ありとあらゆることをしたいわ」

28

火曜の午後おそく、チャン・カイは中国中央テレビのニュース専門チャンネル、CCTV‐13の速報に驚くことになった。

国家安全部のオフィスにいるとき、朝鮮問題専門家の若いジン・チンファが入ってきて、テレビをつけるよう提案した。スクリーンに現われたのは、きらびやかな軍服らしいものを着てどこかの空軍基地で戦闘機の前に立ち、演説をしている――明らかにプロンプターに映し出された原稿を読んでいるのだったが――北朝鮮最高指導者の姿だった。カイは驚いた。カン・ウジン最高指導者が生放送のテレビで話すのは異例のことだった。これは深刻なことに違いなかった。

カイは長年、北朝鮮を懸念《けねん》していた。政府は激しやすく、予測が難しく、戦略的に重要な同盟国の危険要素だった。中国は彼らを安定させる努力をしてきていたが、その体制は常にかなりの危機の瀬戸際にあった。北朝鮮は超愛国者グループの反乱以来、二週間半、静かにしていて、カイは反乱が消し止められたのかもしれないと楽観していたのだった。

しかし、この最高指導者はとりわけ手に負えなかった。丸顔で笑顔が多かったが、何世代も人々を恐怖で支配してきた王朝の一員だった。そういう彼にとって、反乱が徐々に力を失っていくのを見るだけでは充分でなく、自分が暴動を叩き潰したことを全員に見せる必要があった。そういう手段でみなを恐怖させなくてはならなかった。

CCTV-13は中国語の字幕だけでなく、朝鮮語の音声もそのまま流していた。カン・ウジンが言った。「勇敢かつ忠実な朝鮮人民軍部隊は、アメリカと結託している南朝鮮当局によって組織された暴徒と交戦し、アメリカにたぶらかされた裏切り者どもの猛攻を撃退した。裏切り者どもは逮捕され、裁かれることになった。一方で、掃討作戦は続行中であり、状況は通常に戻りつつある」

カイは音声を消した。アメリカへの非難はいつものプロパガンダだとわかっていた。中国と同じく、アメリカも安定に価値を置き、たとえ敵対する国であっても、そこで予測不能の混乱が起こることを嫌っていた。カイが気になったのは、カン・ウジンの話の最後の部分だった。

カイはジンを見た。今日のジンは黒のスーツに細いネクタイで見事に決めていた。

「事実ではないよな？」

「ほぼ間違いなく、事実ではないと考えます」

ジンは朝鮮系中国人だった。それゆえ、そういう男の忠誠心は疑わしいから、秘密情報を扱う仕事をさせるべきではないと考える馬鹿者どもがいた。カイに言わせれば、それは逆だった。移民の子孫というのは自分たちを受け容れてくれた国を過剰なほどに愛することがしばしばあり、政府の考えに異議を唱える権利はないと考えることさえ、ときとしてあった。彼らのほうが漢民族系中国人よりも忠誠心に篤《あつ》いのが一般的であり、国家安全部の厳密極まりない審査をもってすれば、そうでない者はすぐさま取り除かれることになっていた。中国は自分を自分でいさせてくれるとジンはカイに語っていて、そういう思いをすべての中国人が共有しているわけではなかった。

ジンが言った。「反乱が鎮圧されたのが事実なら、カンはそんなものはなかった振りをするはずです。それが鎮圧されたと彼が言ったという事実が、まだそうではないことを示唆《しさ》していると私には見えます。これは鎮圧に失敗したことを隠そうとする試みかもしれません」

「私も同じことを考えていたよ」

カイは感謝を示してうなずき、ジンが退出した。

依然としてそのニュースについて考えていると、個人用の電話が鳴った。「カイだ」と彼は応えた。

「私だ」

ハン・ハスン将軍の声だった。北朝鮮からかけてきているに違いなかった。カイは言った。「電話をもらってよかったですよ」本心だった。ハン将軍なら反乱についての事実を知っているはずだ。

ハンはすぐに本題に入った。「ピョンヤンの発表は戯言《たわごと》だ」

「反乱は鎮圧されていないんですか？」

「逆だ。超愛国者グループは立場を強固にし、国の北部全域を手中に収めた。そこにある三つの弾道ミサイル施設と、あの核基地も含まれている」

「では、最高指導者の言っていることは嘘なんですね？」カイとジンが推測したとおりだった。

「これはもう反乱ではない」ハンが言った。「内戦だ。どっちが勝つか予測がつかない内戦だ」

状況はカイが考えていたより悪かった。北朝鮮でふたたび紛争が始まろうとしていた。「これはとても重要な情報です」彼は言った。「ありがとうございます」

カイはそれで会話を打ち切るつもりだった。長引けば長引くほど、ハンに危険が迫ることになる。だが、将軍はまだ終わらなかった。彼は独自の考えを持っていた。

「わかっているだろうが、私がここにとどまっているのはきみのためだ」

いまの言葉が全部本当だという確信はなかったが、議論はしたくなかった。「ええ」カイは応えた。

「これが終わったら、私をここから連れ出してもらわなくてはならない」

「最善を尽くします――」

「最善を尽くすなどどうでもいい。約束してもらう必要がある。もし体制側が勝ったら、私は敵側の上級将校だという理由で処刑される。反乱グループ側が勝ち、きみとつながっていると疑われたら、やはり犬のように撃ち殺されるだろう」

それは本当だ、とカイは確信した。

「約束します」彼は言った。

「ヘリコプターで特殊部隊に国境を越えさせ、私を連れ出すことになるかもしれないぞ」

役に立たなくなったスパイ一人のためにそこまでするのは難しいかもしれなかったが、それをここで明らかにするときではいまはなかった。「そうしなければならないとしたら、そうします」カイは最大限の正直さを装って言った。

「そうするぐらいの借りは、きみは私にあるはずだ」

「もちろんです」カイは本心から応え、その借りを返せることを願った。

「感謝する」ハンが電話を切った。

カイとジンが最高指導者の演説から推測したことは、これまでにカイが出会ったなかで最も信頼できるスパイによって事実だと確認された。このニュースを共有しなくてはならなかった。

自宅でティンと静かに夜を過ごすのをカイは楽しみにしていた。二人とも仕事が忙しかったから、一日の終わりになってまでお洒落《しゃれ》をして、見たり、見られたりするはずの流行《はや》りの店へわざわざ遠出したくはなかった。静かな夜こそが二人の喜びだった。近くに〈トラットリア・レッギオ〉という店が開店していて、カイはそこのペンネ・アラビアータを食べてみたかったのだが、仕事を優先しなくてはならなかった。

国家安全保障委員会副委員長——カイの父親のチャン・ジャンジュン——に知らせなくてはならなかった。

チャン・ジャンジュンの個人用電話にかけても応答がなかったが、たぶんいまごろは自宅にいるはずだった。実家に電話すると、母が出た。何分か、彼女の質問に辛抱強く答えなくてはならなかった。蓄膿症《ちくのうしょう》からくる頭痛はいまはなかったし、もう何年も現われていなかった。ティンは恒例のインフルエンザ・ワクチン接種をすませていて、仕事に影響するような副反応も出ていなかった。ティンの母は年の割にはとても元気だった。昔の足の古傷の痛みが出ていたが、それはいつものことで大したことではなかった。最後に、次回の『宮廷の愛』がどういう展開になるかはわからなかった。

そうやって質問に答えたあと、カイはようやく父親はいるかと訊くことができた。

母が答えた。「仲間と豚足を食べに〈燃餐庁《ランツアンティン》〉へ行っているわ。きっと、すごく大蒜《にんにく》臭くなって帰ってくるわね」

「ありがとう」カイは言った。「そこへ行ってみるよ」

店へ電話することもできたが、あの老人は昔の仲間とディナーの最中に電話に呼び出されたら恨みに思うかもしれず、国家安全部から遠くなかったから、直接出向いてみることにした。いずれにせよ、電話より実際に会って話すほうがいいのが常だった。

カイはヘーシャンを呼んで待たせておくよう、ペン・ヤーウェンに指示した。

安全部を出る前にジンと会い、ハン将軍からの情報を伝えてから言った。「これからチャン・ジャンジュンに会いに行くから、何かあったら連絡をくれ」

「了解しました、局長」

〈燃餐庁〉はいくつかの専用個室を備えた大きなレストランだった。チャン・ジャンジュンはその個室の一つで、ファン・リン将軍と、カイの上司のフー・チューユー国家安全部大臣と食事をしていた。室内には唐辛子、大蒜、生姜《しょうが》の香りが満ちていた。三人とも、国家安全保障委員会のメンバーで、強力な保守グループを形成していた。全員が素面《しらふ》らしく、真剣な顔をしていて、邪魔が入ったことに苛立っているようだった。もしかすると、これは私的な懇親の集まりではないのかもしれなかった。ほかの客と接しないことを要求される相談とは何なのか、カイは知りたかった。

カイは言った。「北朝鮮からニュースが入ってきました。明朝まで待つべきでないと考えたのでお邪魔した次第です」

まあ坐れと言ってもらえるのではないかと期待していたのだが、老人たちはそういう礼儀は若造に対して必要ないと考えていた。カイの上司のフー・チューユーが言った。「話してみたまえ」

「カン・ウジン体制が国を支配できなくなりつつあるという、強力な証拠が出てきました。いま、超愛国者のグループが、あの国の北部全域を押さえています――言い換えれば、国の半分です。信頼できる情報源は、その状況を内戦と形容しました」

フーが言った。「情勢が大きく変わることになるな」

ファン将軍は懐疑的だった。「それが事実ならな」

カイは言った。「その疑問は秘密情報活動につきものです。しかし、事実だという確信がなければ、その情報を伝えるためにここへ足を運んだりはしません」

チャン・ジャンジュンが言った。「それが事実なら、われわれはどうする？」

ファンは相変わらず戦闘的だった。「裏切り者を爆撃しろ。三十分もあれば、そいつらが乗っ取った基地を壊滅させて、連中を皆殺しにできるだろう。それをやらない理由は何だ？」

それをやらない理由はわかっていたが、カイは黙っていた。代わりに、父親がもどかしそうな声で答えた。「三十分以内に、そいつらが中国の複数の都市を狙って核ミサイルを発射するからだ」

ファンが腹を立てた。「北朝鮮の反乱者どもなど烏合《うごう》の衆だ。この期《ご》に及んで何を恐れることがある？」

「そうじゃない」チャン・ジャンジュンが言った。「われわれが恐れているのは反乱グループではなくて、核爆弾だ。正気の人間なら、だれだってそうだ」

その言い方がファンを激怒させた。それが中国を弱くすると考えているのだった。彼が言った。「では、何発か核を盗んだやつはしたい放題ができて、中国はそれに対して無力で抵抗できないことになるじゃないか！」

「それは違う」チャン・ジャンジュンがきっぱり否定した。「だが、われわれは先制攻撃はしない」そして、直後に考える様子で付け加えた。「それがわれわれの最期になるかもしれないがな」

ファンが攻め方を変えた。「その情報源が言うほど状況が悪いのかどうか、私は疑っている。スパイと言うのは、自分の重要性を高めるために、報告を大袈裟《おおげさ》にするのが常だからな」

フーが同調した。「それは確かにそのとおりだ」

義務は果たした、とカイは考えた。それに、彼らと議論をしたくなかった。「では、これで失礼します」彼は言った。「よろしければ、この件についての話し合いは、私より年長で知恵をお持ちのみなさんにお任せしたいと考えます。おやすみなさい」

部屋を出たとたんに電話が鳴った。発信者はジンだった。カイは店を出たところで足を止め、電話に出た。「何かあったら連絡するようにとのことでしたので」ジンが言った。

「何があった?」

「南朝鮮のKBSニュースが、北朝鮮の超愛国者グループが咸興《ハムフン》の軍基地を制圧したと言っています。ヨンジョンドンの彼らの本拠地から南へ二百マイルのところです。彼らはわれわれが想像したより速く軍を進めています」

カイは頭のなかで北朝鮮の地図を広げた。「それはつまり、いま、彼らは国の半分以上を押さえたということだな」

「そして、象徴的でもあります」

「咸興は北朝鮮第二の都市だからな」

「そうです」

これは非常に深刻な事態だった。

「連絡に感謝する」

「はい、局長」

カイは電話を切ると、三人の老人がいる個室へ取って返した。三人が驚いて顔を上げた。「南朝鮮のテレビによると、超愛国者グループはいまや咸興を手中に収めたとのことです」

父親の顔が青ざめるのがわかった。「そういうことか」彼は言った。「国家主席に知らせなくてはならないぞ」

フー・チューユーが電話を出した。「これから知らせる」

29

ヘリコプターはサハラを横断すべく、夜を徹して飛んでいた。夜明けには金鉱に着きたかった。アブドゥルの報告が届いてから、三十六時間とちょっとが経っていた。タマラとタブは案内役の情報局員として、スーザン・マーカス大佐と一緒に先導機に乗っていた。空中にいるあいだに夜が明け、眼下に岩と砂ばかりの特徴のない景色が広がった。植物は一切《いっさい》なく、人類がいる気配もなかった。無人の別の星のようで、もしかすると火星がこうなのかもしれなかった。

タブが言った。「大丈夫か？」

実は大丈夫ではなかった。タマラは怯えていた。胃が痛かったし、震えを止めるために両手をしっかり握り締めていなくてはならなかった。機内のだれにもそれを悟られまいと必死だった。だが、タブには白状できた。「怖いわ」彼女は言った。「七週間で三度目の撃ち合いになるんだもの。わたしのことだからいずれ慣れると思ってるでしょ？」

「相変わらず、必ず一言あるわけだ」タブが応じ、こっそりと彼女の腕をつかんだ。同情の仕草だった。

「わたしなら大丈夫よ」

「わかってるよ」

それでも、タマラはこの機会を逃すつもりはなかった。アブドゥルの潜入工作の総仕上げだからだ。彼の報告は北アフリカでISGSと戦っている者たちを電撃的に興奮させた。北朝鮮がアフリカのテロリストに武器を供与していることを突き止め、ジハーディの主要な収入源になっている金鉱を見つけ、奴隷労働宿営地まで特定していた。

タマラはすぐさま正確な位置を確認した。衛星画像は広大な区域の無数の採鉱宿営地を写し出していたが、いかんせん、六千マイル上空からとあって、どれも同じに見えた。だが、タブがフランス空軍基地からファルコン・50・ジェット偵察機を飛ばし、六千マイルでなく六マイル上空から確かめると、〝フフラ〟は簡単に見つかった。アブドゥルが引き起こしたガソリンの大火災の跡が黒く大きく広がっていたからである。ドローンによるバスの探索が失敗した理由も、それでようやくわかった。舗装道路への最短距離を取るべく北へ向かうと考えていたのだが、実際には金鉱へと真西へ向かっていたのだった。

こんな短時間で情報を周知し、アメリカ軍とフランス軍の共同作戦を立案するのは難しい仕事だった。あの冷静沈着なマーカス大佐でさえ慌てる場面が何度もあったが、彼女は何とか役目を果たした。彼らは今朝の早い時間に出動し、一時間前、砂漠の星明かりのなかで合流したのだった。

これは多国籍軍の作戦としてはこれまでで最大のものになっていた。攻撃作戦の大まかな要諦《ようてい》は、防御側の三倍の力を持って攻めることにあり、アブドゥルの推定では宿営地にいるジハーディは百人ほどだったから、マーカス大佐は三百名の兵士を動員していた。歩兵はぎりぎりジハーディから死角になるところですでに位置についていた。攻撃管制チームが彼らに同行し、陸と空からの攻撃を調整して同士討ちを避けることになっていた。空からの襲撃を先導するのは、チェーン・ガン、ロケット、そして、ヘルファイア空対地ミサイルで武装したアパッチ攻撃ヘリコプター部隊だった。彼らの任務は、ジハーディの抵抗を速やかに終わらせ、攻撃部隊と奴隷宿営地にいる非戦闘員の被害を最小限にすることにあった。

部隊の最後の一機はオスプレイ垂直離着陸機で、医療スタッフ、医薬品、そして、アラビア語の堪能なソーシャル・ワーカーを輸送していた。彼らの出番は戦闘が終わったときだった。奴隷の手当てをする必要があった。健康のことなど顧みられたはずがなく、栄養失調の者もいるに違いなかった。全員が故郷へ帰らなくてはならなかった。

地平線上にぼんやりと何かが見えはじめたと思うと、すぐに集落だとわかるようになった。緑の樹木や植物が一切ないという事実が、そこが普通のオアシス村ではなく、金鉱宿営地であることを示していた。そこに近づくにつれて、無数のテントと掘っ立て小屋、それらとまったく対照的にきちんとフェンスで囲われた三つの敷地が見えてきた。一つは焼け落ちた車や大型トラックの残骸《ざんがい》が散らばり、一つは中央にピットがあって、金鉱に間違いなかった。最後の一つはセメントブロックづくりの複数の建物と、迷彩柄の覆いに隠されているミサイル・ランチャーらしきものがあった。

スーザンがタマラに言った。「あなた、あのフェンスに囲われた区域に奴隷を近づけないためには、ジハーディは手段を選ばないと言ったわよね」

「ええ。アブドゥルによれば、フェンスを越えようとしたら射殺される可能性があるそうです」

「それなら、フェンスの内側にはジハーディしかいないことになるわね」

「淡いブルーに塗られた建物のなかにいる女性たちは別です。拉致《らち》されて連れてこられたんです」

「そうとわかって大助かりよ」スーザンが無線のスイッチを入れて全部隊に指示を送った。「フェンスに囲われた区域内にいる者は全員が敵兵である。ただし、淡いブルーに塗られている建物のなかにいる女性は別で、彼女たちは捕虜である。淡いブルーの建物には発砲しないこと。フェンスで囲われた区域の外にいる者は、例外なく敵ではない」彼女は無線を切った。

そこはひどいところだった。掘っ立て小屋のほとんどが辛うじて陽をさえぎることができるに過ぎず、小径はありとあらゆるごみで汚れていた。まだ空が白みはじめたばかりだったから人の姿はほとんどなかった。襤褸を着た数人の男が水を運び、宿営地から遠くない、溝を掘っただけの便所らしきところで、数人が小便をしていた。

ヘリコプターの音に気づいて、すぐに何人かが現われた。

先導機は強力なスピーカーを備えていて、いま、アラビア語で通告を開始した。

「頭の上に両手を高く上げて砂漠へ移動せよ。武器を持っていなければ、危険は及ばない。頭の上に両手を高く上げて砂漠へ移動せよ」

奴隷居住区画の者たちが砂漠へと走り出した。急ぐあまり両手を上げる余裕はないようだったが、丸腰なのは間違いなかった。

三つ目の敷地は違っていた。男たちが宿舎から外へ飛び出してきた。大半が突撃ライフルを持っていたが、なかには携帯式ミサイル・ランチャーを抱えている者もいた。

ヘリコプターは全機が素早く高度を上げて退避行動に移った。アパッチは射撃精度が高く、五マイルの距離からでも的《まと》に命中させることができた。敷地内のあちこちで爆発が起こり、宿舎のいくつかが破壊された。

歩兵は奴隷居住区画での戦闘を回避するために、大半が砂漠側から接近していた。身を隠せるところはほとんどなかったが、ある分隊がピットに迫撃砲を据えることに成功し、警備員宿舎のある敷地への砲撃を始めた。空からの指示があるに違いなく、照準の精度が急速かつ見事に上がっていった。

タマラは遠くからそれを見ていたが、携帯式ミサイル・ランチャーの高度な照準精度を考えれば、それほど安全な距離だとは思えなかった。しかし、ジハーディに勝ち目がないことは明らかだった。数において劣るだけでなく、隠れるところのない明らかに限られた空間に閉じ込められていて、全滅はほとんど目に見えていた。

ジハーディの放ったミサイルの一発が命中し、アパッチが空中で爆発して、破片が地面に落下していった。タマラは狼狽えて悲鳴を上げ、タブは呪詛《じゅそ》の言葉を吐き捨てた。空と陸からの敷地への攻撃が激しさを増したように思われた。

敷地ではジハーディがばたばたと倒れ、死者と負傷者が折り重なることも珍しくなかった。いまも無事でいるジハーディが武器を捨て、両手を高く上げて降伏の意志を示しながら敷地の外へ出ていきはじめた。

タマラは気がつかなかったが、歩兵部隊が奴隷居住区を通り抜けて敷地へ接近し、門の近くに身を潜めていた。いま、彼らは降伏してくるジハーディに向かって銃を構え、小径に俯《うつぶ》せになるよう命令していた。

ジハーディからの応射が収まると、歩兵部隊が敷地のなかに殺到した。その兵士の一人一人に、アル・ファラビと黒のリネンのブレザーを着た北朝鮮の男が一緒に写っている、アブドゥルの撮ったカラー写真が渡されていた。できれば二人を生け捕りにするのが、彼らの任務だった。その可能性は低いだろう、とタマラは悲観した。あの敷地のなかで、いまも生きているジハーディはいないも同然だった。

ヘリコプター部隊が宿営地の上空を離脱し、その近くの砂漠に着陸した。タマラとタブは外に出た。銃撃戦は終わっていた。タマラは気分がよくなり、戦闘が始まるや否や恐怖を感じなくなっていたことに気がついた。

タマラは宿営地へ入って小径を歩きながら、アブドゥルが成し遂げたことに改めて驚かされた。ここを見つけ、ここを脱出し、わたしに情報を送信し、駐車場に火をつけてジハーディを足止めすることに成功したのだ。

警備員の宿舎がある敷地に着いてみると、アル・ファラビと北朝鮮の男はすでに見つかっていた。価値の高い二人の捕虜を見張っているのは若いアメリカ陸軍中尉だった。「あなたが狙っておられた二人です、マム」中尉は誇らしげな顔で、タマラに英語で言った。「朝鮮人らしき死体がもう一つありましたが、ここにいるのがあなたの写真に写っていた男です」この二人は別扱いになっていて、ほかの捕虜は後ろ手に縛られ、歩くことはできるけれども走ることはできないよう足枷《あしかせ》を嵌《は》められているところだった。

タマラは一瞬、三人の女性に気を取られた。三人ともあられもないレースの下着姿で、まるで安物のポルノ映画のオーディションでも受けていたかのようだった。淡いブルーの建物にいた女性たちに違いなかった。ソーシャル・ワーカーのチームが彼女たちや、いまにも脱げ落ちてしまいそうな襤褸を着ている奴隷たちの衣服を持ってきているはずだった。

タマラは特別な捕虜の二人に目を戻し、アラビア語で言った。「あなたはアル‐ファラビ、ジ・アフガンね」

返事はなかった。

次に北朝鮮の男を見た。「名前は?」

「キム・ユンフン」

タマラは中尉に言った。「陰ができる場所を作って、椅子を二脚見つけてきてちょうだい。この二人を尋問するから」

「承知しました、マム」

アル‐ファラビは明らかに英語がわかるようだった。なぜなら、英語でこう言ったからだ。「尋問《じんもん》を拒否する」

「慣れたほうがいいわよ」タマラは言った。「これから何年も尋問されることになるんだから」

30

カイはCIA北京《ペキン》支局の彼の連絡員、ニール・デイヴィッドソンから至急会いたいと要求するメッセージを受け取った。二人の関係を秘密のままにしておくために会う場所をそのたびに変えていて、今回はペン・ヤーウェンからキャディラック・センターの運営部長に電話をさせ、国家安全部が今日の午後の北京ダックス対新疆《しんきょう》フライング・タイガースのバスケットボールの試合の席を二つ必要としている旨を伝えた。一時間後、メッセンジャーが自転車でチケットを届けてきて、ペン・ヤーウェンがその一枚をアメリカ大使館のニールに送った。

北朝鮮で大きくなりつつある危機についての話だろう、とカイは考えた。今朝はもう一つ、懸念すべき兆候があった。朝鮮半島の西の沖合、黄海で船が衝突したのである。その海域は好天で、衛星写真の画質も鮮明だった。

例によって、写真の分析には手助けがなくてはならなかった。船の動きは主にその航跡をたどることによってわかるのだが、この場合は、大きいほうが小さいほうにぶつかったことが明らかになった。専門家のヤン・ヨンによれば、大きいほうは海軍艦船、小さいほうはトロール船で、彼はどこの国の船かまで充分な推測をしてくれた。

「あの海域ですからね、海軍艦船はほぼ間違いなく北朝鮮のものです」彼は言った。「それがトロール船に激突したように、かなりはっきり思われます。たぶん南朝鮮の漁船です」

カイも同じ考えだった。北朝鮮と南朝鮮の海の国境線についてはいまだに論争がづいていて、一触即発の状態にあると言っても過言ではなかった。一九五三年に国連によって設定されたその線を北朝鮮は受け容れたことがなく、より豊かな漁場を含む別の国境線を一九九九年に勝手に宣言していた。それは領土を巡っての古典的な口論で、しばしば衝突につながっていた。

正午、南朝鮮のテレビが、トロール船の乗組員が撮影したヴィデオを放送した。そこにはカメラに向かって直進する、赤と白と青の風にはためく北朝鮮海軍旗がはっきりと映っていた。それは回避運動をしようともせずに接近しつづけていて、漁船の乗組員が恐怖の悲鳴を上げていた。直後、大きな衝突音が轟き、絶叫がそれにつづいて、映像が途切れた。それは劇的な恐怖の映像で、あっという間にインターネットで世界に拡散されていた。

南朝鮮の漁船員二人が死亡しました、とアナウンサーが言った。一人は溺死《できし》、もう一人は飛来した破片がぶつかっての死であります。

それから間もなくして、カイはキャディラック・センターへ向かった。車中でジャケットとネクタイを取り、黒の〈ナイキ〉の薄手のダウンジャケットに着替えた。そのほうがほかの観客に溶け込みやすかった。

会場の観客のほとんどが中国人だったが、そうでない者も、少なくない数があちこちにいた。カイが〈燕京啤酒《ヤンジンビール》〉の缶を二つ持って席に着いたとき、ニールはすでにそこにいた。彼はリーファー・ジャケットを着て、黒のニットのビーニー帽を深くかぶっていた。カイもニールもほかの観客にすっかり溶け込んでいた。

「悪いな」ニールが缶ビールを受け取った。「それにしてもいい席じゃないか」そして、栓を開けて一呷《あお》りした。ダックスはホームチーム用の真っ白なユニフォームで、新疆フライング・タイガースはスカイブルーだった。「アメリカとそっくりだな」ニールが言った。「黒人選手までいる」

「彼らはナイジェリア人だ」

「ナイジェリア人がバスケットボールをやるとは知らなかったな」

「とても上手だぞ」

試合が始まり、会話の声が聞き取れないぐらい歓声が大きくなった。第一クォーターはダックスが先行し、58‐43と差が開いたときにハーフタイムになった。

そのあいだに、カイとニールは額を寄せて仕事の話をした。「北朝鮮は一体どうなっているんだ？」ニールが訊いた。

カイは一瞬考えた。わずかでも秘密を明かすへまは犯せなかった。とはいうものの、アメリカに充分な情報を与えることが中国の利益になると信じてもいた。誤解はしばしば危機につながる。

「どうなっているかというと、内戦状態になっている」カイは答えた。「そして、反乱グループが勝利しつつある」

「そうじゃないかと思っていたよ」

「それが南朝鮮の漁船を沈めるなどという愚かなことを最高指導者がしでかした理由だ。自分が実際よりも弱くないように見せようと必死なんだ」

「率直に言わせてもらうが、カイ、中国がこの問題を解決するために何かをしない理由を、アメリカは理解できない」

「例えばどんな何かなんだ？」

「例えば、軍を介入させて反乱グループを叩き潰すとかだ」

「やろうと思えばできないことはないが、そのあいだに、彼らが中国の都市に向けて核兵器を撃ち込んでくる可能性がある。そんな危険を冒すわけにはいかない」

「軍をピョンヤンへ送り込んで、最高指導者を排除するというのはどうだ」

「同じ問題がある。それをやったら、われわれは反乱グループと核兵器を相手に戦争をすることになる」

「反乱グループに新しい政府を作らせればいいじゃないか」

「たぶんわれわれが介入しなくてもそうなるんじゃないかと、おれはそう考えている」

「何もしないのも危険だろう」

「それはわかっている」

「問題はほかにもある。北朝鮮が北アフリカでISGSのテロリストを支援しているのを知っていたか？」

「どういう意味だ？」カイはニールの言葉を正確に理解したが、用心する必要があった。

「われわれはニジェール国境に近いリビアで、〝フフラ〟と呼ばれていたテロリストの隠れ家《が》を急襲した」

「よくやった」

「その急襲で、われわれはアル・ファラビを逮捕した。ISGSのリーダーだとわれわれが考えている男だ。彼と一緒にいたのが、自ら名乗ったところではキム・ユンフンという朝鮮人なんだ」

「キム・ユンフンという名前の朝鮮人なら何千人もいるだろう。アメリカのジョン・スミスと同じだ」

「自走式のフワソン‐5短距離弾道ミサイルも三基発見されている」

カイはショックを受けた。北朝鮮がテロリストにライフルを売っているのは知っていたが、弾道ミサイルは別物だった。彼は驚きを隠して言った。「武器は北朝鮮が成功している唯一の輸出産業だからな」

「それでも……」

「そのとおりだ。あの狂信者どもにミサイルを売るなど、正気の沙汰《さた》じゃない」

「では、北京の同意があってやっているんじゃないんだな」

「当たり前だ」

選手が戻ってきて、試合の後半が始まった。カイは叫んだ。「行け、ダックス！」

北京語だった。

ニールが英語で言った。「ビールをもう一本どうだ？」

「いいな」カイは答えた。

その日の夕方、天安門広場の大会堂の国立宴会場で、中国を訪問中のザンビア大統領のための晩餐会《ばんさんかい》が催された。中国はザンビアの銅鉱山に数百万ドルを投資していて、ザンビアは国連で中国を支持してくれていた。

カイは招待されていなかったが、晩餐会前の懇親会には出席した。中国版シャンパンの〈シャンドン・メ〉のグラスを手に、彼は外務大臣のウー・ベイと話をした。ウーはミッドナイトブルーのスーツで優雅の極致にあった。

ウーが言った。「南朝鮮が自国の漁船に対する攻撃に報復することは間違いないな」

「そして、北朝鮮はその報復に対して報復するでしょう」

ウーが声をひそめた。「もはや最高指導者が核兵器を管理できなくなったのは、たぶんいいことだ。彼は南朝鮮に対してそれを使う誘惑に駆られていたからな。もし実際にそれをされたら、われわれはアメリカを巻き込んで戦争をしなくてはならなくなったはずだ」

「それは考えるだに耐えられません」カイは言った。「ですが、忘れないでください、彼はほとんど核に匹敵するほど恐ろしい別の武器を持っています」

ウーが眉《まゆ》をひそめた。「どういう意味だ?」

「北朝鮮は二千五百トンの化学兵器を保有しています——神経ガス、糜爛《びらん》剤、嘔吐《おうと》剤、さらに生物兵器も持っています——炭疽菌《たんそきん》、コレラ菌、天然痘《てんねんとう》ウィルス」

ウーがパニックを露わにした。「くそ、それは頭になかったな」彼は言った。「知ってはいたが、忘れていた」

「たぶん、それらの兵器を何とかすべきです」

「そういう兵器を使うなと警告しなくてはならないな」

「そして、もし使ったら、中国は……どうすると警告しますか？」カイは避けがたい結論へとウーを誘導しようとした。

「すべての支援を停止する、かな」ウーが言った。「緊急支援だけでなく、すべての支援を打ち切る、と」

カイはうなずいた。「そう脅せば、われわれが本気だと嫌でもわかるはずです」

「われわれの支援がなかったら、ピョンヤン体制はものの数日で崩壊するだろうからな」

それはそのとおりだが、とカイは思った。おそらく最高指導者は単なる脅しに過ぎないと考えるはずだ。中国にとって北朝鮮が戦略的にどれほど重要かを彼はわかっているし、いざとなったら中国も隣人を捨てることは不可能だとわかるはずだと判断するかもしれない。そして、その判断が当たる可能性がある。

しかし、カイはその懸念を胸にしまい、どっちつかずの言い方をした。「確かに、ピョンヤンに圧力をかけつづける価値はありますね」

ウーはカイの声に熱がこもっていないことに気づかなかった。「それについてはチエン主席に話すつもりだが、おそらく同意してくれるのではないかな」

「今夜は北朝鮮のパク・ナム大使がここにきていますね」

「ものを買いにきて色々面倒なことを言う、扱いにくい客のような男だ」

「そうですね。あなたと話してほしいと彼に伝えましょうか？」

「そうだな。明日、会いにくるよう言ってくれ。主席には今夜のうちに手短かに話しておく」

「それがいいと思います」カイはウー・ベイと別れ、会場を見回した。千人かそこらの招待者で混んでいて、北朝鮮代表団を見つけるのに数分かかった。パク大使は細《ほそ》面《おもて》で、くたびれたスーツを着ていた。カイは何度か会ったことがあったが、パクは再会を喜んでいないようだった。


カイは言った。「大使、われわれが緊急支援した米と石炭は遅滞なく届いていると確信していますが、いかがですか？」

パクが完璧《かんぺき》な北京標準語で応えた。「チャン、あれを遅らせたのはあなただそうだな」

だれが教えたんだ？　政策会議でだれが何を発言したかは、秘密にしておくのが暗黙の規則だった。反対意見が表に出れば、最終決断に影響が及ぶ恐れがある。だれかがその規則を破ったのだ――おそらくカイへの嫌がらせとして。

カイはその疑問をいったん脇《わき》へ置いた。「外務大臣からのメッセージをお伝えしにきたのです。明日、ウー大臣との面会を予定に入れていただけませんか」

カイは丁重さを保ちつづけた。外務大臣からのこういう要求を拒否する大使はいな

いはずだった。だが、パクはすぐにはうんと言わず、横柄《おうへい》な口調で訊いた。「用件

は？」

「北朝鮮が保有している生物化学兵器についてです」

「われわれはそんな兵器は持っていない」

カイはため息を押し殺した。政府の口調はその最高位にいる人間のそれになり、パ

クは独善的かつ教条的な頑《かたく》なさを持つ最高指導者の猿真似《さるまね》をしているに過ぎなかった。

四の五の言わずに〝わかりました〟と答えればいいんだ、くそったれ、とカイはうん

ざりしたが、口ではこう言った。「では、短時間で終わるかもしれません」

「短時間では終わらないかもしれないぞ。私もウー大臣との話し合いを要求しようと

していたところだ。別の話でな」

「どんな話か教えてもらえますか？」

「アメリカに煽動《せんどう》されたヨンジョンドンの暴動を叩き潰すのに、貴国の助けが必要に

なるかもしれない」

カイはアメリカ云々《うんぬん》の部分には反応しなかった。それはステレオタイプのプロパガ

ンダで、パクもカイと同じぐらい信じていないはずだった。「どんな助けでしょう？」

「それはウー大臣に話す」

「軍事的な支援ではありませんか？」

パクがその質問を無視して言った。「あす、ウー大臣に電話をする」

「伝えておきます」

ディナーの席に着くよう招待客が促されているちょうどそのとき、カイは再度ウー・ベイを見つけた。ウーが言った。「チェン主席が私の提案に同意した。北朝鮮が生物化学兵器を使ったら、われわれはすべての援助を停止する」

「よかったです」カイは言った。「大臣は明日の面会でパク大使にそれを伝えることになるわけですが、そのとき、向こうは反乱鎮圧のための軍事支援を要請してくるはずです」

ウーが首を横に振った。「チェン主席は北朝鮮での戦闘に軍部隊を派遣することはしない。いいか、反乱グループは核兵器を持っているんだぞ。たとえ北朝鮮を守るためであっても、核戦争をする価値はない」

カイとしては、パクの要求をにべもなく断ることはしてほしくなかった。「限定的な支援は可能かもしれません」彼は提案した。「実戦部隊の派遣は論外ですが、武器、弾薬、情報は提供してもいいのではないでしょうか」

ウーがうなずいた。「南朝鮮に対して使われる可能性のない、接近戦限定のものだけならな」

「実は」カイは考えていることを口に出した。「未解決の海上国境線を挑発的に侵犯するのをやめるという条件を向こうが呑《の》めば、支援は可能だと考えます」

「現状では、それはいい考えだと思う。大人しくしているという条件を付けての限定的支援か」

「そうです」

「チェン主席に進言してみよう」

カイは主会場を覗いた。百人のウェイターが最初の料理を運び込んでいるところだった。「では、ディナーを愉しんでください」彼は言った。

「帰るのか？」

「私がここにいることが必須だとは、ザンビア政府は考えていないんです」

ウーが残念そうな笑みを浮かべていった。「きみは運がいいな」


翌朝、彼らは外務省で再会した。カイが先に到着し、そのあとにパク大使が四人のお供を連れてやってきた。テーブルに着くと、お茶が冷めないよう蓋がしてある磁器の湯呑が待っていた。社交辞令が交わされ、双方慇懃《いんぎん》ではあったが、雰囲気は硬いままだった。ウーが話し合いの口火を切った。「生物化学兵器に関して話をしたいのです」

パクがすぐさま反応し、昨夜カイに言った言葉を繰り返した。「われわれはそんな兵器は持っていません」

「あなたが知る限りでは、そうなのでしょう」ウーが逃げ道を与えた。

「私が確かに知る限りでは、です」パクは譲らなかった。

ウーは対応を準備していた。「貴国がそういう兵器を将来獲得した場合、また、あなたは知らないけれども実際には貴国の軍がそういう兵器を保有している場合を考慮し、チェン国家主席は自身の見方をあなたに明確に理解していただくことを望んでいます」

「貴国国家主席の見方はよくわかっています。私自身――」

ウーが負けじと声を高くしてパクの言葉をさえぎり、腹立ちを隠そうともせずに言った。「主席は私に、改めて確認するよう指示されているのです!」

パクが口を閉じた。

「北朝鮮は南朝鮮に対して、そういう兵器を絶対に使ってはならない」ウーは再反論しようとするパクを手で制した。「この条件を無視する、ないがしろにする、あるいは、たまたまであれ違背した場合、即座に取り返しのつかない結果を招くことになる。

それ以上の話し合いも、警告すらも行なうことなく、中国は北朝鮮へのあらゆる種類の支援をすべて、永久に停止する。以上」

パクは傲然《ごうぜん》と顔を上げていたが、そのかすかな軽蔑《けいべつ》の下にショックがあることをカイは見抜いた。パクが皮肉な口調になるよう努力しながら言った。「貴国が北朝鮮を致命的に弱体化させれば、アメリカがわが国の乗っ取りを試みるでしょう。アメリカが隣人になることを貴国は望んでいないと、私は確信していますがね」

「話し合いをするためにあなたを呼んだのではない」ウーがきっぱりと言った。いまや普段の礼儀正しさは完全に姿を消していた。「私は事実を提供しているのです。それをどう考えようとあなたの勝手だが、あのおぞましい制御不能な兵器がどこに隠されているにせよ、それに手をつけないこと、また、それを使うなど考えもしないことです」

パクが態勢を立て直して応えた。「非常に明確なメッセージです。外務大臣、感謝します」

「結構。では、あなたのほうの話を聞かせてもらいましょう」

「わかりました。ヨンジョンドンで始まった暴動は、わが政府がいまのところ公式に認めているより対処が難しいことがわかりつつあります」

「正直に話していただいたことに感謝します」ウーが穏やかさを取り戻して言った。

「これを終わらせる最も迅速《じんそく》で最も効果的な方法は、北朝鮮と中国の合同軍事作戦だとわれわれは信じるに至りました。そういう力の誇示は、自分たちが圧倒的な敵と対《たい》峙《じ》しているという事実を裏切り者どもに見せつけることになるはずです」

「なるほど」ウーは言った。

「そして、その裏切り者どもを支持している南朝鮮とアメリカに、北朝鮮にも強力な味方がいることを見せつけることにもなるはずです」

数は多くないがな、とカイは思った。

ウーが言った。「いまの話は確かにチェン主席に伝えます。しかし、彼は中国軍部隊をその目的で北朝鮮には送らないだろうということは、いまここで言うことができます」

「それは大変残念です」パクが強《こわ》ばった声で言った。

「しかし、そんなにがっかりしないでください」ウーは言った。「武器、弾薬、今回の暴動について、われわれが集めた情報は提供できるかもしれません」

パクはその申し出を突っぱねたかったが、即座に拒絶するには抜け目がなさすぎた。

「いかなる支援も歓迎しますが、充分とは到底言えません」

「付け加えますが、いま提案した支援も条件付きのものなのです」

「どんな条件でしょう?」

「合意に至っていない海上国境線を越えての挑発的な侵入をやめること、です」

「いわゆる北方限界線を一方的に押しつけられることを、わが国は受け容れていません――」

「それはわが国も同じです。しかし、それが問題ではないのです」ウーがさえぎった。「あなた方が漁船を沈めることで自分たちの主張を通そうとするにはいまは時期が悪いと、われわれは単にそう考えているのです」

「あれはトロール船でした」

「チェン主席はあなた方が暴動を鎮圧することを願っていますが、南朝鮮に対する挑発行為は意図とは逆の結果を招くと考えているのです」

「朝鮮民主主義人民共和国は」パクが北朝鮮の正式国名を大仰《おおぎょう》に口にした。「脅しには屈しないのです」

「脅しに屈してほしいとはわれわれも考えていません」ウーは言った。「しかし、問題には一つずつ対応すべきです。そのほうが二つを解決する可能性が高くなりますからね」そして立ち上がり、話し合いが終わったことを示した。

パクがそれに気づいて言った。「あなたのメッセージを本国に伝えます。我らが最高指導者に代わり、今日の話し合いに感謝します」

「どういたしまして」

パク一行が一列になって出ていった。ドアが閉まると、カイはウーに言った。「彼らはわれわれの提案を理解して実行するでしょうか？」

「望みはないだろうな」ウーは悲観的だった。

防衛準備態勢《デフコン》3

軍の準備態勢の強化。空軍を十五分以内に出動可能にする。
（アメリカ空軍にデフコン3が発令されたのは二〇〇一年九月十一日）

31

ガスが地図を手にオーヴァル・オフィスへ入ってきて言った。「朝鮮海峡で爆発があった」

ポーリーンは議員時代に韓国を訪れたことがあった。そのときの写真のおかげで、シカゴにいる四万五千の韓国系アメリカ人に愛してもらうことができたのだった。彼女は言った。「朝鮮海峡の正確な位置を思い出させてちょうだい」

ガスが机を回ってやってきて、彼女の前に地図を広げた。彼の特徴的な香りが鼻をくすぐった。燻煙《くんえん》とラヴェンダーと麝香《じゃこう》。ポーリーンは彼に触りたいという誘惑をこらえた。

ガスは徹底して仕事本位だった。「韓国と日本のあいだの水道だ」彼が指をさした。「爆発が起こったのは海峡の西端、済州《チェジュ》という大きな島の近くだ。海水浴場のあるリゾートだが、中規模の海軍基地もある」

「アメリカ軍部隊はいるの？」

「いない」

「よかった」韓国を訪れたとき、そこに駐留する二万八千五百人のアメリカ軍兵士の何人かと話をした。そのなかには彼女の選挙区の者もいた。世界の反対側で生活するのはどんな感じかと彼らに訊いてみた。ソウルのわくわくするようなナイトライフは大好きだけれども、と彼らは答えた。韓国の女性は恥ずかしがり屋なんですよ。

ポーリーンにはそういう若者に対する責任があった。

ガスがその島のすぐ南に指を置いた。「爆発は海軍基地から遠くなかった。あのあたりでは大きな地震も核爆発もなかったが、近くの地震計が反応した」

「原因は何だった可能性があるの？」

「いかなる種類であれ、自然現象ではなかった。昔の魚雷とか対潜爆弾かもしれないが、それより爆発の規模が大きいらしい。圧倒的な可能性は潜水艦の爆発だ」

「何か情報は？」

電話が鳴り、ガスがポケットから端末を出して言った。「これから入ってくるんじゃないかな」そして、スクリーンを見た。「ＣＩＡだ。出てもいいか？」

「もちろん」

「ガス・ブレイクだ」と応えて、耳を澄ました。

ポーリーンは彼を見ていた。女性の心は不発弾になり得るのよ、と彼女は思った。

わたしを慎重に扱いなさい、ガス。さもないと爆発するかもよ。間違った二本のワイヤーを結びつけたら、わたしが吹き飛び、わたしの家族と、わたしの再選の望みと、あなた自身のキャリアをも破壊しかねないんですからね。

そういう不適切な思いが、以前より頻繁《ひんぱん》に頭に入り込んでくるようになっていた。ガスが電話を切って言った。「CIAが韓国の国家情報院と話したそうだ」

ポーリーンは顔をしかめた。韓国の国家情報院は怪しげな組織で、腐敗、選挙妨害、そのほかの違法行為の長い歴史があった。

「わかってる」ガスが彼女の胸の内を読んで言った。「われわれのお気に入りの連中とは言えないからな。だが、まあ彼らの話はこうだ。韓国領海内で水中艦船の存在を検知し、ロメロ級潜水艦、中国で建造されて北朝鮮に供与されたものにほぼ間違いないと特定した。その潜水艦は三発の弾道ミサイルを装備していると考えられたが、確かなことはわかっていない。それが済州島の基地へ接近しはじめたので、海軍がフリゲート艦を向かわせた」

「そのフリゲート艦は潜水艦に警告しようとしたの？」

「通常の水中無線通信がつながらなかったので、潜水艦に危険が及ばない距離を保って水中爆弾を投下した。そういう情況でのほぼ唯一の通信手段だ。だが、潜水艦は基地への接近をやめなかった。ゆえに、何らかの攻撃任務を帯びているものと判断された。それで、フリゲート艦に命じてレッドシャーク対潜ミサイル一発を発射させた。それがまともに命中して潜水艦を破壊し、生存者もいない、ということだ」

「大した説明にはなっていないわね」

「われわれは必ずしもその話を信じているわけではない。その潜水艦はたまたま韓国領海内に迷い込んだだけで、韓国側が自分たちも北に負けないほど荒っぽいことができるところを見せつけてやろうと決めた可能性のほうが高いんじゃないか」

ポーリーンはため息をついた。「北は南のトロール船を攻撃する。南は北の潜水艦を破壊する。報復合戦じゃないの。収拾がつかなくなる前にやめさせる必要があるわ。すべての破滅は小さな問題を放置することから始まるのよ」彼女はそれを恐れていた。

「チェスにウー・ベイに電話をさせて、中国に北朝鮮を押さえるよう提案して」

「中国をもってしても、それは無理かもしれないぞ」

「やってみることはできるわ。でも、あなたの言うとおり、最高指導者は聴く耳を持たないでしょうね。独裁者でいるための困難は、立場が脆弱《ぜいじゃく》なことなの。一瞬たりと力を緩められないのよ。弱みを見せたとたんに血の臭いが宙に漂い、ジャッカルが集まってくるの。愛されるより恐れられるほうがいいとマキャヴェリは言ったけど、彼は間違っているわ。人気のあるリーダーはミスを犯してもあるところまでは生き延びられる。でも、独裁者にはそれはないの」

「韓国を落ち着かせることはできるかもしれない」

「チェスに韓国とも話をしてもらってちょうだい。説得して、何らかの和平提案を最高指導者にするように仕向けられるかもしれないわ」

「ノ大統領は融通がきかないぞ」

「そうね」ノ・ドゥフイは誇り高い女性で、自らの聡明さを信じ、あらゆる障害を乗り越えられると自負していた。うけを狙う政治家で、選挙に勝ったのも南と北の再統一を誓ったからだった。そのとき、それはいつになるのかと訊かれて、「わたしが死ぬ前に」と答えていた。流行に敏感な韓国の若者のあいだで〝わたしが死ぬ前に〟のロゴが入ったTシャツが大人気になり、それが彼女の決定的なスローガンになった。

再統一が決して簡単でないことを、ポーリーンはわかっていた。半ば飢えている二千五百万の北朝鮮の人々が、自分たちの信じていることがすべて嘘だったのだと気づいたとき、巨額の経済損失と社会的混乱という代価を払うことになる。ノ大統領はおそらくそれをわかっていて、経済のつけはアメリカが何とかしてくれ、自分の勝利の勢いで問題はすべて克服できると、たぶん計算しているのだった。

ジャクリーン・ブロディ首席補佐官がやってきて言った。「国防長官が話があるそうよ」

ポーリーンは訊いた。「国防総省《ペンタゴン》から電話をかけてきているの？」

「そうじゃなくて、もうホワイトハウスにいるわ。いま、シチュエーションルームに向かっているところよ」

「わかった、いますぐ会いましょう」

ルイス・リベラはアメリカ海軍最年少の大将で、ワシントンで標準とされるダークブルーのスーツ姿にもかかわらず、黒い髪は短く刈り込まれ、ネクタイは固く締められ、靴は磨き上げられて、依然として軍にいるかのような雰囲気を醸し出していた。彼はポーリーンとガスに丁重に挨拶《あいさつ》して言った。「韓国に駐留しているアメリカ第八軍に大規模なサイバー攻撃が仕掛けられています」

第八軍は韓国における最大のアメリカ軍部隊だった。

ポーリーンは訊いた。「どういう種類の攻撃なの？」

「DDoSです」

わたしを試しているわね、とポーリーンは気がついた。専門用語《ジャーゴン》を使うことで、わたしが理解しているかどうかを見てやろうということなのだ。だが、それが何の略語かぐらいは彼女も知っていた。「分散型サーヴィス拒否ね」彼女は言った。訊き返したというより答えに近い口調だった。

正解だ、とリベラがうなずいた。試されたけれども、それを上首尾に切り抜けたということだった。「そのとおりです、マム。今早朝から始まり、われわれのファイアウォールが破られ、無数の発信源から、何百万もの数の要求が洪水のようにサーヴァーに流れ込んできました。ワークステーションの速度が落ち、イントラネットが使用不能になり、全電子的通信が停止しました」

「どう対処したの？」

「入ってくる通信をすべて遮断しました。現在、サーヴァーの復元とフィルターの強化を行なっているところで、一時間以内には通信を復旧できるのではないかと考えています。付け加えてお伝えしておくべきだと考えますが、兵器の指揮統制については、別のシステムのなかに囲い込んであるので影響はありませんでした」

「それは何よりだったわね。犯人はだれだったの？」

「世界じゅうのサーヴァーから流れ込んできましたが、ほとんどはロシアです。そもその発信源は北朝鮮でほぼ間違いありません。そうと特定できる、特徴的な痕跡《こんせき》があるようです。しかし、私に理解できているのはここまでで、これから報告するのはペンタゴンの専門家が突き止めたことです」

「彼らからしたら、わたしなんかたぶん幼稚園児でしょうよ」ポーリーンは言い、ガスが小さく笑った。「でも、どうしていまなのかしら？」彼女は訊いた。「北朝鮮は何十年も前からアメリカに敵対しているのよ、それなのに、今日がアメリカのシステムを攻撃するときだといきなり気づいたわけ？　彼らは何を考えているの？」

リベラが答えた。「これは戦略家の一致した考えですが、サイバー戦争は本物の戦争の本質的な序曲なのです」

「それはつまり、最高指導者が北朝鮮は間もなくアメリカと戦争になると考えているということ？」

「おそらく、間もなく戦争になるかもしれないと考えているのではないでしょうか。ただし、相手はたぶん韓国です。ですが、米韓の同盟関係の強さを考えて、予防措置としてアメリカを弱体化させようとしているのかもしれません」

ポーリーンはガスを見た。「私もルイスと同じ考えだ」彼が答えた。

「わたしもよ」ポーリーンは言った。「こっちもサイバー攻撃での報復を計画しているの、ルイス？」

「現地司令官はそれを熟慮しているところですが、私は結論を急がせていません」ルイスが答えた。「やろうと思えば大規模なサイバー攻撃が可能ですが、彼は手の内を見せたくないようです」

ガスが言った。「われわれがサイバー兵器を使うときは、それが敵に恐るべき衝撃を与えるものであるべきだ。準備が整っていなくて対応できないような攻撃が望ましい」

「そうね」ポーリーンは同意した。「でも、ソウル政府はそこまでの我慢ができないかもしれないわよ」

ルイスが言った。「そうなのです。彼らがすでに反撃している可能性があると、実は私は疑っています。あの北朝鮮の潜水艦はなぜ済州島の海軍基地に接近したのでしょう？　もしかすると、航行システムに不具合が生じて迷い込んだのかもしれませんん」

ポーリーンが残念そうに言った。「それなら、乗組員は何の理由もなく死んだことになるわね」そして、顔を上げた。「わかりました、国防長官、ご苦労さま」

「失礼します、大統領」ルイスが退出した。

ガスが言った。「北京とソウルに電話をする前に、チェスターと話すか？」

「そうね。思い出させてくれてありがとう」

「彼をここへ呼ぼう」

ポーリーンは電話で話すガスを見守った。ジェリーとピッパが留守のときのことを思い出していた。ジェリーがアメリア・ジャッドとベッドに入っているとき、わたしはガスとベッドに入ることを夢想した。わたしとジェリーの結婚生活はまだ救われる可能性があり、わたしはその可能性を壊さないようにするつもりでいる――ピッパのためにそうでなくてはならない。でも、心の奥では違うことを欲している。

ガスが電話を終えて言った。「チェスは通りの向かいのアイゼンハワー・ビルディングにいた。五分でここにくる」

ホワイトハウスはこんなふうだった。何時間も仕事の緊張がつづき、そのあいだはポーリーンの集中力が揺らぐことはない。そのあと、いきなり間ができて、人生のほかの部分が洪水のように戻ってくる。

ガスが小声で言った。「あと五年で、きみはこのオフィスを去るわけだ」

「一年後かもしれないわよ」ポーリーンは応じた。

「だが、五年の可能性のほうが高い」

ポーリーンはガスの顔を観察し、強い男が深い感情を吐露しようと苦闘しているのを見た。何を言おうとしているのだろうと思うと、身体が震えそうだった。ポーリーンは驚いた。そんな気持ちになったことはこれまでなかった。

ガスが言った。「五年後にはピッパも大学生だ」

ポーリーンはうなずきながら自問した。わたしは何に怯えているの？

ガスが言った。「そのとき、きみは自由になる」

ポーリーンは鸚鵡返《おうむがえ》しに繰り返した。「自由……」

話がどこへ進んでいこうとしているかがわかりはじめ、期待と不安の両方を感じた。

ガスは目を閉じて自分を抑え、ふたたび目を開いて言った。「私は二十歳のときにタミラに恋をした」

タミラはガスの元の妻だった。ポーリーンは彼女をはっきりと憶えていた。四十代後半の長身の黒人女性で、身体つきは細くはなかったが引き締まっていた。そして、きちんとした身なりで、自信に満ちていた。かつては短距離走のチャンピオンで、いまは有名スポーツ選手の代理人をして成功していた。美人で、頭がよく、政治にはまったく関心がなかった。

ガスが言った。「長いことぴったりと寄り添っていたが、徐々に隙間ができていった。私は十年前から独りだ」後悔の色があり、独身の人生は彼の理想ではなかったのだとわかった。「その間《かん》、修道士のように生きていたわけじゃない。デートだってした。一人、あるいは二人、これはという女性がいた」自慢している気配はまるで感じられなかった。事実を述べているだけだった。完全開示をするつもりなのかしら、とポーリーンは思い、〝完全開示〟という法律用語を思いついた自分が少しおかしくなった。ガスがつづけた。「年下の女性も、年上の女性も、政治の世界の女性も、政治の外の世界の女性もいた。黒人が多かったが、白人もいなくはなかった。聡明でセクシーな女性ばかりだった。だが、彼女たちには恋しなかった。近しくすらならなかった。きみを知るまでは」

「何を言おうとしているの？」

「きみを十年待ったことをだ」ガスが微笑した。「そして、もしそうしなければならないのなら、あと五年待つことをだ」

　ポーリーンはどうにも気持ちが抑えられなくなるのを感じた。喉が締めつけられ、言葉が出てこなくなった。涙が込み上げた。彼に抱きつき、胸に顔を押し当てて、チヨークストライプのスーツを涙で濡らしながら泣きたかった。だが、チェスター・ジャクソン国務長官が入ってきた。彼女はすぐさま自制し、態勢を整えなくてはならなかった。

　机の引き出しから何枚かティッシュペーパーを取り出し、顔を背けて鼻をかんだ。窓の向こう、サウス・ローンからナショナル・モールへと目を向けた。そこでは数千本の楓《かえで》と桜の木が赤、オレンジ、黄色になって秋の色に輝き、冬が近づいてきているけれどもまだ楽しみの時間があることを思い出させてくれた。

「秋風邪《かぜ》をひきかけているのでなければいいんだけど」ポーリーンは滲《にじ》んだ涙をこっそり拭きながら言い、当惑と喜びの両方を感じながら腰を下ろして二人に向かい合った。「早速仕事にかかりましょう」

　その日の夕刻、ディナーの終わりにピッパが言った。「お母さん、一つ訊いてもいい？」

「もちろんよ、ハニー」

ポーリーンはびっくりしたが、ためらいはなかった。「ええ、撃つわよ。でも、どうしてそんなことを訊くの？」

「核兵器を撃つの？」

「学校でそれを話し合ったんだけど、そのときにシンディ・ライリーがこう言ったの――『あなたのお母さんがそのボタンを押すのよね』って。でも、本当に押すの？」

「押すわよ。それをするつもりがないのなら、大統領になってはいけないわ。仕事の一つなんだから」

ピッパが正面からポーリーンに向き直った。「でも、お母さんだって広島の写真を見てるでしょう、きっとそうよね？」

ポーリーンにはまだやるべき仕事が残っていた。毎晩そうなのだが、これは重要な会話だったから適当に切り上げるつもりはなかった。ピッパは困惑していた。ピッパが簡単な質問をしていた時期が懐かしく思い出された。例えば、月は見えないときにはどこへ行っているのかというような。いま、ポーリーンは答えた。「ええ、しっかりと見たわ」

「まるでぺちゃんこになったみたいだったじゃない――たった一発の爆弾でよ！」

「そうね」

「そして、そこにいた全員を殺した――八万人よ！」

「知っているわ」

「生き延びた人たちはもっと悲惨だった――ひどい火傷《やけど》を負って、そのあとは放射線宿酔《しゅくすい》に苦しめられたのよ」

「わたしの仕事で一番重要なのは、それを二度と絶対に起こさないようにすることなの」

「でも、核兵器を発射するって言ってるじゃない！」

「ねえ、一九四五年以降、アメリカは数多くの戦争に関わってきているわ、大きなものも、小さなものも、核武装している他国が絡んだものもある――でも、核が使われたことは一度もないの」

「それはわたしたちに核兵器は必要ないことの証明じゃないの？」

「残念ながら、その証明にはなっていないわ、抑止力として機能していることは証明しているけどね。ほかの国が核兵器でアメリカを攻撃するのを恐れるのは、わたしたちが報復をすること、自分たちに勝ち目がないことをわかっているからなの」

ピッパが腹を立てはじめ、甲高《かんだか》い声で言った。「でも、もし核で攻撃されて、お母さんが報復を理由に核のボタンを押したら、わたしたちはみんな殺されてしまうじゃない！」

「必ずしもみんなではないわ」ポーリーンはわかっていたが、そこが彼女の議論の弱点だった。

「核のボタンを押すことはないって、ただそう言えばいいじゃない。嘘をつく後ろめたさを感じながら」

「わたしは物事をでっちあげてうまく行くとは考えないの。事実、うまく行かないもの。必ず見抜かれるのよ。いずれにせよ、わたしに振りは必要ないわ。本気で言うだけよ」

ピッパの目に涙が浮かんだ。「でも、お母さん、核戦争は人類の終わりになる可能性があるのよ」

「わかっているわ。気候変動だってそうだし、彗星《すいせい》だってそうだし、新しいウィルスだってそうでしょう。人類が何とか抑え込んで生き延びなくてはならないものは核兵器だけじゃない、ほかにもあるわ」

「でも、核のボタンを押すのはいつなの？　どういう状況になったらってことだけど？　世界が終わりになる危険をお母さんに冒させる可能性があることって何なの？」

「あなたも想像できるでしょうけど、それについては何年もたくさんのことを考えてきているわ」ポーリーンは始めた。「三つの可能性があるの。一つ目は、問題が何であれ、それを平和的に解決できる見込みのある手段はすべて外交チャンネルを通じて試みて、それでも失敗した場合ね」

「もういいわ、そんなわかり切ったことを聞いてもしょうがないもの」

「まあ、我慢して聴きなさい、ハニー。すべてが重要なんだから。二つ目は、われわれの強力な通常兵器を使っても問題が解決されなかった場合ね」

「想像するのが難しいけど」

まったく難しくはなかったが、ポーリーンはそれを説明するという脇道へは入らなかった。「三つ目――これが最後よ――は、アメリカ国民が敵に殺された、あるいは殺されようとしている場合よ。だから、いい、核戦争はほかのすべての手段が失敗したときの最後の手段よ。それがわたしがジェイムズ・ムーアといった人々と立場を異《こと》にしているところなの。彼は選択肢の一番目に核兵器を置いているわ。それを使ったら、そのあとわたしたちに残された手段は何もなくなるんだけどね」

「でも、その条件がすべて満たされたら、お母さんだって全人類が消滅する危険を冒すのよね」

それがそんなに悪いことだとはポーリーンは思わなかったが、悪いことには違いなく、したがって、論争に持ち込みたくなかった。「ええ、冒すでしょうね。その質問に〝イエス〟と答えられなかったら、わたしは大統領たり得ないの」

「何よ、それ」ピッパが言った。「恐ろしいわね」しかし、彼女はそれほど感情的ではなかった。事実を知ったことが、悪夢に直面している彼女を助けたようだった。

ポーリーンは立ち上がった。「これからオーヴァル・オフィスへ戻って、それが起こらないようにしなくちゃならないの」

「頑張ってね、お母さん」

外はさっきもそうだったが、ますます気温が下がっていた。ウェスト・ウィングへは、レーガン大統領が造ったトンネルを経由することにした。地下へ下りると、閉まっているドアを開けてトンネルに入り、沈んだ淡褐色のカーペットを急いだ。核攻撃を受けてもここにいれば安全だとレーガンは想像したのだろうか。ウェスト・ウィングへ向かうあいだに風邪をひきたくなかっただけのような気がした。

壁の単調さを、アメリカン・ジャズのレジェンドたちの額に入った写真が救っていた。たぶんオバマが選んだのだろう、だって、レーガンがウィントン・マルサリスを好きだとは思えないもの。トンネルは中間で直角に曲がると上のコロネードに出られるようになっていて、そこから階段を上がって秘密のドアを開けるとオーヴァル・オフィスの前だった。

だが、ポーリーンはオーヴァル・オフィスを迂回《うかい》し、こぢんまりと居心地のいい、儀式的な雰囲気のある書斎《スタディ》に入った。そこでサハラ砂漠のフフラ急襲の報告書を読み、有能な二人の女性、スーザン・マーカスとタマラ・レヴィットが再登場していることを記憶に留めた。そして、宿営地で見つかった北朝鮮製の兵器と、キム・ユンフンを名乗る謎《なぞ》の男のことを考えた。

頭をピッパとの会話へ戻し、自分が言ったことをもう一度考えてみたが、修正したい部分はなかった。わが子に対して自分を正当化しなくてはならなかったわけだが、あれはいい演習だった。考えを整理して明確にできたのだから。

それでも、そのあとに残された圧倒的な感情は、孤独だった。

ピッパが質問してきた問題について決断を下さなくてはならなくなることはたぶんない——そんなことがあってはならない——だろうが、わたしは毎日重大な問題と向かい合っている。わたしの選択如何《いかん》で人々に富と貧しさ、公平と不公平、生と死がもたらされる。もちろん最善を尽くすけれども、自分の選択が正しいという百パーセントの確信はない。

そして、その重荷をだれとも分かち合うことができない。

その夜、リンカーン・ベッドルームで独りで眠っていたポーリーンは電話で起こされた。ベッドサイドの時計は午前一時を指していた。電話を取ると、ガスの声が聞こえた。「北朝鮮が韓国を攻撃しようとしているようだ」

「何てこと」ポーリーンは思わず言った。

「こっちの時間の夜半を過ぎてすぐ、北朝鮮のチュンフワにある朝鮮人民空軍と対空部隊司令部軍周辺で緊張した通信活動があることを信号情報が確認した。いま軍上層部と政治部門のスタッフがシチュエーションルームできみを待っている」

「すぐに行くわ」

熟睡していたが、すぐに頭をはっきりさせなくてはならなかった。ジーンズを穿《は》き、スウェットシャツを着て、ローファーに足を突っ込んだ。そして、一瞬足を止めて寝乱れた髪を野球帽をかぶって隠してから、ウェスト・ウィングの地下へ急いだ。そこへ着くころには、はっきり目が覚めて、頭は完全に活動しはじめていた。

シチュエーションルームが使われるとき、そこは人で埋まり、長テーブルに空席はなく、壁に取り付けられた複数のスクリーンの下に補助員がずらりと並んでいるのが普通だった。だが、そこにはいま、わずか数人の姿しかなかった。ガス、チェス、ルイス、ジャクリーン・ブロディ首席補佐官、ソフィア・マリアーニ国家情報長官、そして、一握りの補助員。それ以外の者を招集する時間がなかったということだった。すべての席にコンピューター・ワークステーションと電話のヘッドセットがあった。ルイスがヘッドセットを装着していて、ポーリーンが姿を現わすや否やいきなり本題に入った。「大統領、一分前に赤外線早期警戒衛星が、北朝鮮の軍基地であるシノ・リから六発のミサイルが発射されたことを検知しました」

ポーリーンはまだ腰も下ろしていなかった。「そのミサイルはいまどこにいるの?」ガスが彼女の前にコーヒーのマグを置いた。ブラックにミルクを少し、好みにぴったり合っていた。「ありがとう」彼女は小声で礼を言い、ありがたく一口飲んだ。そのあいだもルイスは報告をつづけた。

「一発は打ち上げに失敗して数秒後に墜落しました。残る五発は韓国へ向かいましたが、そのうちの一発は飛行中に爆発しています」

「その理由はわかっているの?」

「わかっていませんが、ミサイルの打ち上げ失敗は珍しいことではありません」

「わかりました、つづけてちょうだい」

「目標はソウルだというのが、われわれの最初の考えでした。首都を狙うのは理屈に適《かな》っていますから。しかし、残る四発はソウルを越えて、いまは半島の南部沿岸へ近づいています」ルイスが壁のスクリーンを指した。「レーダーおよびそのほかの偵察機器から入ってくる情報を画像化したもので、ミサイルの現在地を視覚的に知ることができます」

ポーリーンはそれを見た。四本の赤い弧が韓国の地図の上に重ねられていた。それぞれの弧の先端の矢印が、ゆっくりと南へ動いていた。「標的である可能性の高い場所は二つね」彼女は言った。「釜山《プサン》と済州じゃないかしら」釜山は南部沿岸にある韓国第二の都市で、人口は三百五十万、韓国とアメリカ両海軍の基地が存在していた。しかし、リゾートでもある済州ははるかに小規模の韓国軍しかいない基地であり、そこが標的になるというのは、昨日、北朝鮮潜水艦が破壊された場所であることから、象徴的な意味合いを持っているのかもしれなかった。

ルイスが言った。「同感です。いずれにしても、間もなくどっちかわかるでしょう」そして、静かにするよう全員を手で制してヘッドセットに耳を澄まし、ややあってから言った。「ピョンヤンによれば、ミサイルは現在韓国の半ばを越えて飛んでいて、二分で南部沿岸に到達するとのことです」

ミサイルというのは凄まじい速度で百マイルを移動するのね、とポーリーンは息を呑んだ。

チェスが言った。「三つ目の可能性がある。標的はないという可能性だ」

「説明して」ポーリーンは促した。

「単に韓国を恐れさせるだけのデモンストレーションだとすれば、韓国を端から端まで飛んで海へ落ちればいいわけだ」

「そうであってくれればいいけど、それは最高指導者のやり方ではないように、なぜかわたしには思えるの」ポーリーンは言った。「ルイス、いま飛んでいるのは弾道ミサイルなの、それとも、巡航ミサイルなの?」

「中距離弾道ミサイルと考えられます」

「搭載しているのは通常の高性能爆弾、それとも、核？」

「高性能爆弾です。これらのミサイルが発射されたシノ・リは依然として最高指導者の手中にありますが、あそこに核兵器はありません。核兵器がある基地はすべて超愛国者グループが押さえています」

「ミサイルがいまも飛んでいるのはなぜ？　韓国だってミサイル迎撃ミサイルを持ってるんでしょ？」

「飛んでいる最中の弾道ミサイルを撃墜するのは不可能です。高度が高すぎるし、速度が速すぎます。韓国の天弓《チョングン》4HL地対空システムが迎撃できるのは、敵のミサイルが目標に近づいて降下段階に入り、速度が遅くなったときです。ソウル上空を飛んでいるときに撃ち落とすことはできません」

「でも、いまならできるはずよね」

「いつでもできます」

「それを期待しましょう」ポーリーンはチェスを見た。「これを止めるために、わたしたちがこれまでにしたことは何かしら」

「通信活動についての警告が入るや否や、私が中国のウー・ベイ外務大臣に電話をした。戯言をいくつか並べてくれたが、最高指導者が何をやろうとしているか知らなかったのは明らかだ」

「ほかにはだれと話したの？」

「韓国は自分たちが攻撃される理由がわからないでいた。国連の北朝鮮使節団にも電話をしたが、折り返しの電話はまだきていない」

ポーリーンは国家情報長官を見た。普段のソフィアは寸分隙のない服装をしているのが常だったが、今夜は急いだらしく、長く波打つ髪を後ろでまとめて丸く結い、黄色のウォーミングアップ・ジャケットを着て緑のランニングパンツを穿いていた。しかし、頭はしっかり稼働していた。「CIA北京支局で一番優秀なデイヴィッドソンが、必死で国家安全部の局長と話をしようとしているところです。デイヴィッドソンがよく知っている人物ですが、まだ捕まっていません」

ポーリーンはうなずいた。「チャン・カイね。北京政府で状況を知る者がいるとすれば彼だと聞いたことがあるわ」

ルイス・リベラがふたたびヘッドセットに聴き入ったあとで報告した。「ペンタゴンが確認しました、目標は済州です」

「これで決まりね」ポーリーンは言った。「あのミサイルは報復よ。最高指導者は済州の海軍基地に自分の潜水艦を破壊した罰を与えようとしているんだわ。自国の反乱グループと戦うので手一杯のはずなのにね」

ガスが言った。「彼はその反乱を鎮圧できていなくて、それが彼を弱く見せているようだ。そのうえに潜水艦を沈められて、立場がなくなろうとしている。自分を強く見せるために必死なんだろう」

ルイスが言った。「済州の海軍基地のヴィデオを入手してあります。公開されていないので、きっとハッキングしたんでしょう」壁のスクリーンに画像が現われ、ルイスはつづけた。「基地を警備している監視カメラの画像です」

大きな港が人工の堤防に囲まれていた。堤防の内側に、巡洋艦が一隻《せき》、フリゲート艦が五隻、潜水艦が一隻、停泊していた。画像が変わった。別の監視カメラのものだろうと思われるそれに写っているのは、甲板《かんぱん》にいる乗組員だった。部屋の奥にいるだれかが何種類ものヴィデオを整理し、いま最も有益と思われるものを選んでいるのだろう、また画像が変わり、今度は道路、低層のオフィス・ビル、アパートが現われた。その画像には、猛烈に忙しそうな活動も写っていた。走り回る人々、猛スピードで走る車、電話に向かって怒鳴っている将校。

ルイスが言った。「迎撃ミサイルが発射されました」

ポーリーンは訊いた。「何発？」

「一基のランチャーから一度に八発発射しています。待ってください……」間があって、ふたたびルイスが言った。「八発のうち一発は、発射数秒後に墜落しました。残る七発は飛行中です」

一分後、七本の新しい弧がレーダー画面に現われた。七本とも、侵入してくるミサイルを迎え撃つルート上にあった。

「接触まで三十秒」ルイスが言った。

スクリーン上の弧は接近をつづけていた。

ポーリーンは言った。「人口密集地帯の上空でミサイルが爆発したら……」

ルイスが答えた。「ミサイル迎撃ミサイルは弾頭を搭載していません。侵入してくる飛翔体《ひしょうたい》にぶつかって対象を破壊するだけです。しかし、侵入飛翔体が墜落したときに、その弾頭が爆発する可能性はあります」間があった。「十秒」

シチュエーションルームが静かになった。全員がレーダー画像を凝視した。弧の先端の赤い矢印が出会って一つになった。

「接触」ルイスが言った。

画像が静止した。

「空が破片で一杯です」ルイスが言った。「レーダーが不鮮明になりました。命中はしましたが、数はわかりません」

ポーリーンは言った。「一発残らず破壊したんじゃないの——たった四発のミサイルのために七発も撃ったのよ?」

「そうなんですが」ルイスが言った。「ミサイルは完璧ではありません。さあ、どうでしょう……くそ、二発だけか。残りの二発は依然として済州へ向かって飛んでいます」

チェスが言った。「迎撃部隊は一体なぜ全弾撃たなかったんだ？」

今度答えたのはポーリーンだった。「そんなことをして、北朝鮮が新たに六発撃ってきたらどうするの？」

チェスが別の疑問を口にした。「目標に命中しなかった五発の迎撃ミサイルはどうなったんだ？　もう一度狙いをつけ直すことができるのか？」

「あの速度で向きを変えることは不可能よ。最終的には失速し、墜落することになる。願わくは海にね」

ルイスが言った。「三十秒」

全員が標的になっている海軍基地のテレビ画像を見つめた。

人間の目ではとらえられない高速で飛んでくるのだから、そこにいる人々はたぶんミサイルが見えないはずだ、とポーリーンは思った。だが、自分たちが攻撃されていることは明らかにわかっていた。全員が走っていた。ある者はきびきびと意図を持って、またある者はパニックになって闇雲《やみくも》に。

「十秒」ルイスが言った。

ポーリーンはできないことはわかっていたが、顔を背けたかった。人々が死ぬところを目の当たりにしたくなかった。だが、怯《ひる》むことは許されなかった。何が起こったかを見たと言うことができなくてはならないのだ。

低層の建物の列を見ているとき、スクリーンの何箇所かで閃光《せんこう》が上がった。五つか六つ、すべて同時だった。多弾頭ミサイルだったに違いない、とポーリーンはその間《かん》に辛うじて気がついた。壁が壊れ、机が一つと人間が一人、宙を飛んだ。一台のトラックが駐まっている車にぶつかり、現場は分厚い灰色の煙に覆われた。

画像が港に切り替わり、一発のミサイルが停泊している艦船の上にクラスター爆弾の子弾《こだん》をばらまいているのが見えた。運がよかったんだ、とポーリーンは推測した。弾道ミサイルの精度はそんなに高くないんだ。炎と煙、ねじれた金属、海へ飛び込む乗組員が見えた。

そのとき、スクリーンから画像が消えた。

実際には一瞬だったが、もっと長く感じられる驚愕《きょうがく》の沈黙があった。

ルイスがようやく言った。「送信が途絶えました。システムが破壊されたようです——驚くには当たりませんが」

ポーリーンは言った。「見れば充分にわかるけど、数十人の死傷者が出て、数百万ドル相当の被害が生じているわね。でも、これで終わりなの？　さらなるミサイルが朝鮮半島のどこかで発射されていれば、その情報がここにも届いているはずだと思うんだけど」

ルイスがペンタゴンに問い合わせ、しばらく待ったあとで言った。「いえ、いまのところそれはありません」

いま、ポーリーンは初めてテーブルの一番奥の席に腰を下ろした。「みなさん、これは戦争の勃発《ぼっぱつ》ではありませんでした」

全員が一瞬の間を置いてその意味を理解し、ガスが言った。「私もそう考える、大統領。しかし、あなたの考えを聞かせてもらえるかな?」

「もちろんです。一つ、これは六発のミサイルで一箇所の目標を狙っただけの、厳密に限定的な攻撃で、韓国を征服する意図も、破壊する意図もないものでした。二つ、彼らはアメリカ国民を殺さないよう慎重に配慮し、アメリカ艦船が使っていない海軍基地を攻撃しました。要するに、この攻撃はすべてにおいて抑制的なものであったことを示唆しています」ポーリーンはテーブルを見回して付け加えた。「逆説的ですけどね」

ガスが考える様子でうなずいた。「彼らは自分たちの潜水艦を沈めた基地に報復した、それ以上でも以下でもない。バランスの取れた対応をしたと見てほしいんだ」

「彼らは平和を欲しているんです」ポーリーンは言った。「内戦に勝つ努力をするので精一杯で、その上韓国と戦わなくてはならなくなることなど望んでいるはずがありません？」

チェスが言った。「そうだとして、われわれはこれから何をしなくてはならないのかな」

ポーリーンは躊躇なく決断し、そこにいる同僚より何歩か先行することにした。「韓国に報復をやめさせなくてはなりません。彼らは気に入らないでしょうが、我慢しなくてはならないのです。米韓のあいだには、一九五三年に締結された相互防衛条約があり、その第三条に、韓国が外部から武装攻撃を受けて脅威にさらされた場合はアメリカに相談しなくてはならないと規定されています。彼らはわれわれと意見の一致を見なくてはならないのです」

ルイスが懐疑的な顔になった。「それは理屈の上でのことでしょう」

「そうね。政府が条約義務を履行するのは自分たちに都合がいい場合に限られるというのは、国際関係の基本的な法則なの。そうでない場合、政府は言い訳を見つけるのよ。いまわたしたちがやらなくてはならないのは、それを確実に履行させることなの」

チェスが言った。「同感だ。だが、どうやってやるんだ？」

「停戦和平会議を提案しようと思っているわ。参加国は、北朝鮮、韓国、中国、そして、アメリカよ。開催場所は多かれ少なかれ立場が中立なアジアの国――スリランカなんかいいかもしれないわね」

チェスがうなずいた。「あるいは、フィリピンかな。中国が共産党独裁の国がいいというなら、ラオスか」

「何であれ」ポーリーンは立ち上がった。「チェン国家主席とノ大統領と電話で話せるよう手配してちょうだい。国連の北朝鮮使節団と連絡をつける努力をつづけて。わたしも最高指導者に電話してくれるようチェン主席に頼んでみるから」

チェスが言った。「了解、大統領」

ルイスが言った。「韓国に駐留している軍関係者の家族を退避させるべきです」

「そうね。あそこには十万のアメリカ国民がいるわ。退去するよう助言すべきね」

「もう一つあります、大統領、防衛準備態勢をデフコン3に上げる必要があると考えます」

ポーリーンはためらった。それをやると、世界がさらに危険になったことを世に知らしめることになる。軽々しくやってはならないことだ。

防衛準備態勢に関する決定は、大統領と国防長官が一緒にしなくてはならなかった。ポーリーンとルイス・リベラの考えが一致すれば、ビル・シュナイダー統合参謀本部議長が発表することになっていた。

ジャクリーン・ブロディが初めて発言した。「問題は、それをやると国民が動揺することです」

ルイスが苛立った。彼は民主主義一辺倒ではなかったから、世論云々《うんぬん》に関心はなかった。「軍に準備をさせる必要があるんです！」

「でも、アメリカ国民を動揺させる必要はないでしょう」ジャクリーンが言った。

ポーリーンがその議論を落着させた。「ルイスが正しいわ。デフコンのレヴェルを上げます。明朝の記者会見で、ビルにそれを発表させてちょうだい」

「ありがとうございます、大統領」ルイスが言った。

「でも、ジャクリーンも正しいわ」ポーリーンは言った。「これは予防措置であり、アメリカ合衆国がいま危機にあるわけではないことを説明する必要があります。ガス、国民を安心させるために、統合参謀本部議長の記者会見に同席してちょうだい」

「了解、大統領」

「これからシャワーを使うから、電話の手配は少しあとに予定してもらえると嬉しいわね。でも、東アジアの一日が終わる前にこの件に取りかかれるようお願いします。今夜はベッドに戻らないから」

朝食の時間のテレビで、ジェイムズ・ムーアがインタヴューを受けていた。客観的に報道する振りすらしないチャンネルで、インタヴュアーはカリル・コール、郊外に住んで子供を育てている中流階級の母親で、保守を自称していたが、実は偏見に凝り固まった女性に過ぎなかった。ポーリーンは食事のテーブルを離れ、旧ビューティ・サロンへ移動してテレビをつけた。一分後、ピッパが学校へ行く準備をしてやってきて、テレビに気づいて足を止めた。

カリルのことだからムーアに都合のいいほうへ話を誘導するのだろうというポーリーンの予想は見事に的中した。

「極東は悪い地域だ」ムーアは例によって気さくさを装った口調だった。「自分たちの望むことは何でもできると考える中国のろくでなしどもに操られている」

「朝鮮半島はどうでしょう?」

ポーリーンは思わず感想を漏らした。「あまり挑戦的とは言えない質問ね」

ムーアが言った。「韓国はわれわれの友人だ。悪い地域に味方がいるのはいいことだ」

「北朝鮮はどうです?」

「最高指導者は悪いやつだが、自分自身の考えで動いているわけじゃない。北京の悪党どもに取り入って、やつらの指示を受けて動いているんだ」

「救いようがないぐらい問題を単純化しているわね」ポーリーンは言った。「でも、とてもわかりやすいし、覚えやすいわ」

ムーアが言った。「韓国はわれわれの味方であり、われわれは彼らを守らなくてはならない。だから、あそこにわが軍を派遣している……数千人もの部隊をだ」

ポーリーンはテレビに向かって訂正してやった。「あなたが言い淀《よど》んだ上に間違って口にした兵士の数は、正しくは二万八千五百よ」

ムーアが言った。「われわれの若者があそこにいなければ、朝鮮半島は丸ごと中国に蹂躙《じゅうりん》されてしまうだろう」

カリルが言った。「そう聞くと、はっとさせられますね」

「つい昨日」ムーアが言った。「北朝鮮がわれらの友人を攻撃した。海軍基地を爆撃し、多くの人々を殺したんだ」

カリルが言った。「グリーン大統領は和平会議を呼びかけています」

「馬鹿馬鹿しい」ムーアが言った。「顔を殴られたのに和平会議だって？――殴り返すに決まっているじゃないか」

「あなたが大統領なら、北朝鮮をどういう形で殴り返しますか？」

「大規模な爆撃を行なって、やつらのところにある軍基地を一つ残らず叩き潰すまでだ」

「核を使うということですか？」

「使わなかったら、核を持っている意味がないじゃないか」

ピッパが訊いた。「あいつ、本当にそう言ったの？」

「本当よ」ポーリーンは答えた。「いいことを教えてあげましょうか、しかも本気で言ってるの。ぞっとするわね」

「愚かだわ」

「人類の歴史で人が口にした、一番愚かなことかもしれないわね」

「あいつ、あんなことを言って、ダメージにならないの？」

「そうあってほしいわね。これが彼の大統領選挙運動に悪い影響を与えなかったら、もう何をしても無駄でしょうね」

ポーリーンはムーアの発言に対して自分がピッパに返した言葉をあとでサンディップ・チャクラボーティに繰り返し、彼はそれを和平会議についてのプレス・リリースに載せてもいいかと訊いた。「もちろん」彼女は答えた。

その日、すべてのテレビが二つの発言をそのまま伝えた。

〝使わなかったら、核を持っている意味がないじゃないか〟

そして――

〝人類の歴史で人が口にした、一番愚かなことかもしれないわね〟

32

リビアのオアシスの町ガダミスは、おとぎ話のなかの魔法をかけられたお城のようだった。昔の中心部はすでにさびれ、泥と藁《わら》と椰子の木で造った白い家がすべて一緒につながって、一つの大建築のようになっていた。地上部分では建物のあいだがアーケードになって陰を作り、伝統的に女性のためのものである屋上は小さな橋でつながっていた。白い室内は、窓の開口部やアーチに赤い模様が精緻《せいち》に描かれていた。ナジは明かりのなかを走り回った。

そこはアブドゥルとキアの気分にぴったりだった。ほぼ一週間、何かをしろと命じる者も、金を巻き上げようとする者も、銃を突きつける者もいなかった。二人はわざとゆっくり進んでいた。トリポリへ急いで着こうとしていなかった。

悪夢は終わったと、ようやく信じられるようになっていた。アブドゥルはそれでも警戒を怠らず、尾行されていないことをバックミラーで確認し、メルセデスを停めるときは近くに停まろうとしている車がないことを確かめた。だが、凶兆らしきものは見えなかった。

ISGSが支援者や仲間に通報して逃走車を探させている可能性はあったが、アブドゥルとキアは二歳の子連れの若いアラブ人カップルであり、そういうカップルはたくさんいた。それでも、アブドゥルは戦闘の傷痕《きずあと》のある、ジハーディを思わせる強ばった顔を油断なく探しつづけた。だが、ほんの少しでも疑わしさを感じさせる顔は見えなかった。

三人は車や、だれかの家の床で寝た。家族を装っていた。身の上話はこうだった——キアの兄弟がトリポリで死に、そこには親戚《しんせき》がいないので、自分たちが後始末をしなくてはならなくなった。家や車を処分して、兄弟が残したお金を故郷のンジャメナにいるキアの母に持って帰らなくてはならない。だれもが同情してくれ、疑う者はいなかった。ナジが役に立ってくれた。子連れのカップルを不審に思う者はいない。

ガダミスは恐ろしく暑いところで、年間降水量は一インチほどに過ぎなかった。人々のほとんどはアラビア語を解さず、独自の、ベルベル人の言葉を使っていた。しかし、ホテルがあった。ホテルを見たのはチャドを出てから初めてだった。魔法のような旧中心街を見て回ってから、現代的な新市街のホテルにチェックインし、大きなベッドとナジのための子供用の寝台がある部屋を取った。アブドゥルは現金で支払いをし、チャドのパスポートを提示した。それですべてが事足りた。キアがそういう書類を何一つ持っていなかったことを考えれば、運がよかった。

アブドゥルが狂喜したことに、部屋にはシャワーがついていた。水しか出ない粗末なものに過ぎなかったが、これまでの幾多の困難と不自由を思えば、贅沢《ぜいたく》の極みだった。彼は長いこと水しぶきの下にとどまり、ようやくそこを出ると、タオルを探してあたりを見回した。

キアが裸の彼を見てショックのあまり息を呑み、顔をそむけた。

アブドゥルは笑みを浮かべて優しく言った。「どうした?」

彼女が目を覆ったまま半分向き直り、やがてくすくす笑い出した。アブドゥルは気が楽になった。

ディナーはホテルの隣りのカフェでとった。そこにはテレビがあった。アブドゥルが数週間ぶりに目にしたそれは、イタリアのサッカーの試合を放送していた。

ナジを子供用の寝台に寝かし、彼が眠りに落ちてしまうや否や、セックスをした。朝になってもう一度身体を合わせたあとで、ようやく起き出した。アブドゥルはコンドームをいくつか持っていたが、この調子ではすぐになくなってしまいそうだった。コンドームを買うのは、世界のこの部分では簡単ではなかった。

キアを愛している、そこに疑いの入り込む余地はなかった。彼の心は彼女の美しさ、勇気、精彩ある聡明さの虜《とりこ》になっていた。それに、彼女も愛してくれているという確信もあった。だが、その気持ちを完全には信用できない自分がいた。二人でくぐり抜けてきた試練の副産物以上のものではないかもしれなかった。長い七週間、昼も夜もずっと、強烈な不快と深刻な危険を互いに助け合ってしのいできたのだった。駐車場でキアがガソリンに火をつけたときのことを思い出した。恐れている様子はまったくなかった。そうやってモハンマドを殺し、おれの命を救ってくれた。そのあとも、後悔しているところをこれっぽっちも見せなかった。あの勇気と度胸は敬服に値する。だが、それで充分だろうか？　おれたちの愛は、文明世界に戻っても生き延びるだろうか？

それに、グランド・キャニオンのように大きな文化的な溝がある。彼女はチャド湖の岸で生まれ育ち、数週間前まではンジャメナより遠くへ行ったことがなかった。貧しい田舎社会の、狭くて抑圧的な社会習慣しか知らない。おれはベイルートとニューヨーク、そして、ワシントンＤＣの郊外で暮らしていた。高校と大学では、おれを受け容れてくれた国の寛容な道徳を学んだ。だから、たとえ一緒に寝ているとしても、おれがホテルの部屋を裸で歩き回るのを見て――おれにとっては普通のことだが――キアはショックを受けたのだ。

それに、おれは彼女を誤解させた。彼女はおれがレバノンの煙草行商人だと思っている――もっとも、最近では嘘だと疑っているのが明らかだ。早晩、おれがアメリカ市民でCIAの工作員であることを打ち明けなくてはならないだろう。彼女はそれを聞いてどう思うだろうか？

二人は向かい合って横になっていた。ナジはいまも子供用寝台で眠っていた。閉じられた鎧戸《よろいど》が暑さをさえぎってくれていて、アブドゥルは彼女の鼻の曲線、褐色の目、柔らかいベージュ色の肌を愉しんでいた。彼女の身体を撫でながら何となく陰毛をいじると、彼女が身じろぎして咎めた。「何をするの？」

「何もしてないよ。きみに触れているだけだ」

「でも、失礼だわ」

「どうして？　愛の発露なんだけどな」

「それって売春婦にすることよ」

「そうなのか？　ぼくは売春婦を知らないんだ」

もう一つの溝だった。キアはセックスが大好きで——それはまさに一回目のときから明らかだった——、そのときは彼女が主導権を握ったのだが、彼女が育ってきたところの控えめであることについての考えが、アメリカの都市で育った者のそれとは驚くほど異なっていた。彼女はそれに適合するだろうか？　それとも、おれが彼女に合わせるか？

ナジが身じろぎし、二人はそろそろ活動を開始する時間だと気がついた。シャワー

を浴び、ナジを着替えさせ、朝食をとろうと戻ったフェで、そのニュースを知ること
になった。
腰を下ろそうとしたとき、ミサイルが発射される映像が目に飛び込んできた。最初
は試射だろうぐらいにしか思わなかった。だが、数が多すぎた。数十発。単なる実験
にしては金がかかり過ぎているように思われた。そのあとに、地対空ミサイルが発射
される映像がつづいた。そうとわかる主たる理由は白い航跡雲だった。巡航ミサイル
だ、とアブドゥルは気がついた。弾道ミサイルは高速すぎるし高度が高すぎるから撮
影不可能だ。
キアが訊いた。「どうして坐らないの？」
だが、アブドゥルは立ったまま、全身で恐怖を感じながらテレビ画面を凝視しつづ
けた。
解説は彼に理解できない言語だったが、東アジアのもののように聞こえた。やがて
その音声が消えていき、アラビア語に翻訳されたものに変わった。それで、韓国軍が
発射したミサイルであり、韓国軍が撮影したものであること、北朝鮮からのミサイル
で自分たちの基地が攻撃されたことへの報復であることがわかった。
キアが訊いた。「何を食べたい？」
「静かに」アブドゥルは制した。

画面が軍基地の映像に代わり、低層建築群へつづく、特徴的な格子状の直線道路が現われた。標識は象形文字のようだったが、アラビア語の翻訳で北朝鮮のシノ‐リという基地だとわかった。地対空ミサイルのように見えるものの周囲で慌ただしい動きがあった。偵察衛星か、もしくはドローンが撮影したものかもしれなかった。突然爆発が起こり、炎が噴き上がって、煙の雲が立ち昇った。カメラの近くの空中で爆発が連続した。地上部隊が反撃しているのだった。しかし、地上の被害は甚大で、目標を完全に殲滅《せんめつ》する意図を持った急襲であることは明らかだった。

アブドゥルは恐怖した。韓国が北朝鮮を巡航ミサイルで攻撃した。それはこれに先立つ小事件の報復であるらしい。この災厄を引き起こす原因として何があったのか？

ナジが言った。「レーベンが食べたい」

キアがたしなめた。「静かにして。お父さんがニュースを聞きたいみたいだから」

アブドゥルの心のどこかに、たったいま〝お父さん〟と呼ばれたという事実が記録された。

そのとき、テレビの解説が決定的な詳細を付け加えた。「シノ‐リは韓国の済州にある海軍基地を狙ってミサイルを発射した基地です」

おれが砂漠で外界と遮断されているあいだに、また報復の歴史が繰り返されたわけだ、とアブドゥルは思った。だが、このよくできた映像は、自分たちは反撃しただけだと世界に見てほしがっていることを明らかにしていた。

こんなことが起こるのを、アメリカと中国はどうして許したのか？

一体どうなっているのか？

これからどうなるのか？

33

チャン・カイは北京を出るよう、ティンに頼んだ。

正気の沙汰とは思えないぐらい忙しい国家安全部を何とか工夫して抜け出し、ティンと彼女の母親のアンニと、二人が行っているジムで会った。ティンが仕事でない日は、二人はいつもそこにいた。アンニは脚の古傷のリハビリのためであり、ティンはランニングマシンで走るためだった。今日、母娘が更衣室から出てきたとき、カイはカフェでお茶を飲み、包子《パオズ》を食べながら待っていて、二人が腰を下ろしてお茶を一口飲んだとたんに切り出した。「話があるんだ」

「嘘でしょ、やめてよ！」ティンが声を上げた。「浮気をしてるのね。わたしを捨てるんでしょ？」

「馬鹿なことを言うなよ」カイは苦笑した。「きみを捨てるなんて、あるはずがないじゃないか。そうじゃなくて、北京を出てほしいんだ」

「なぜ？」

「きみの命が危険だからだ。ぼくは戦争が始まると考えている。それが正しければ、北京は爆撃される」

アンニが言った。「それについては、インターネットで大騒ぎになっているわ。どこを見ればいいかを知っていればだけど」

カイは驚かなかった。中国の人々の大半が、政府の作ったファイアウォールを回避して西側のニュースに接触する術を知っていた。

ティンが言った。「事態は本当にそこまで悪化しているの？」

悪化していた。南朝鮮がシノ-リを攻撃したとき、すべてを知っているはずだったカイは、驚くしかなかった。ノ大統領はそういう行動を起こす前に、アメリカと相談する義務がある。ということは、攻撃をホワイトハウスが許したということか？　それとも、ノ大統領がそれをしないと判断したのか？　カイはそれを突き止めなくてはならなかったが、突き止められずにいた。

カイはしかし、どうすべきかをノ・ドゥフイに教える者がいないのではないかという気がしてならなかった。カイは彼女に会ったことがあり、細面で無表情の、鉄灰色の髪の女性を思い浮かべた。彼女は北朝鮮政府が企てた暗殺計画を生き延びていた。その企てでは、一人の上級顧問が殺された。カイと内輪の少人数の者しか知らないことだったが、その上級顧問は彼女の愛人だった。それが最高指導者に対する彼女の憎悪を掻き立てたことに疑いの余地はなかった。

シノ‐リは壊滅し、ノ大統領はあの北朝鮮の基地からミサイルが発射されることは二度とないと、勝ち誇って宣言した。まるで一件落着したかのような言い方だったが、もちろん、そんなことはなかった。

カン・ウジン最高指導者の報復能力は限定されたが、ある意味では、それが状況を悪化させることになった。北朝鮮軍の半分はすでに反乱グループに押さえられていて、残る半分もシノ‐リがいまや壊滅したことによってさらに弱体化した。もう二度か三度、そういう攻撃を受けたら、最高指導者は南朝鮮に立ち向かう力をほとんど失うことになる。というわけで、最高指導者はチェン国家主席に電話をし、中国軍部隊の応援を要請した。しかし、チェンはそれに応じるのではなく、グリーン大統領の和平会議に参加するよう促した。カンは絶体絶命だが、絶体絶命の男は何をするかわからない。

大きな国のリーダーも恐れていた。普段は敵対するロシアとイギリスが国連安全保障理事会で同一歩調を取って停戦を提案し、それをフランスが支持した。最高指導者がグリーン大統領の提案を受け入れ、一旦矛《いったんほこ》を収めて和平会議に参加する可能性はほんのわずかではあるものの、なくはないと言えた。だが、カイは悲観的だった。段階的縮小は独裁者には難しい、弱腰に見えるからだ。

全面戦争を考えるときにカイが何よりも恐れるのは、ティンに危害が及ぶことだった。彼には十四億の中国の民全員の安全を守る責任があったが、主に気になるのはそのなかに一人しかいなかった。

カイは言った。「今度のことは、すでに中国とアメリカの手に負えなくなっているんだ」

ティンが訊いた。「それで、わたしをどこに行かせたいの？」

「厦門《アモイ》のぼくたちの家だ。あそこならここから千マイル以上離れている。少なくとも生き延びるチャンスはある」カイはアンニを見た。「あなたも一緒に行くべきです」

ティンが言った。「厦門へ行くなんて論外よ。それはわかるでしょう。わたしには仕事があるの──成功への道を捨てるわけにはいかないわ」

彼女の抵抗は想定内だった。「病気で休むと電話を入れて」カイは言った。「うちへ帰って荷造りをし、明日の朝、きみの素敵なスポーツカーで出発するんだ。どこかで一晩泊まって、それを休暇の代わりにすればいい」

「病欠の電話なんてできないわ。わたしたちの業界はすぐにそれを嘘だと見抜くわよ。あなただってよくわかってるでしょう。ショウビジネスの世界では言い訳は通用しないの。そこにいなかったら、代わりを見つけるまでよ」

「きみはスターじゃないか！」

「それはあなたが思ってるほど大きな意味を持たないの。スクリーンから消えたら、忘れられるのは時間の問題なの」

「死ぬよりはいいだろう」

「わかったわ」彼女が言った。

カイは意外だった。こんなに簡単に折れてくれるとは思っていなかった。しかし、彼女はただで転んだわけではなく、つづけてこう言った。「わたし、行くわ——あなたが一緒にきてくれればね」

「まずきみが行くんだ。可能になった時点でぼくも合流するから」

「駄目よ、一緒じゃなきゃ行かないわ」

それが無理だということはティンだってわかっているはずだ。「それはできない」

カイは言った。

「いいえ、できるわ。仕事を辞めればいいのよ。お金ならもう充分あるわ。一年やそこらなら底を突く心配はないし、節約すればもっと長くもつでしょう。そして、安全だとあなたが思ったら北京に帰るのよ」

「ぼくはこれが戦争にならないようにしなくてはならない。ぼくが戦争を阻止《そし》できれば、ぼくの家族やぼくの国を守ることができる。それがぼくにとって最善の道だ。それに、これは単なる仕事ではなくて、ぼくの命だ。それを全《まっと》うするためには、ここにいなくてはならないんだ」

「そして、わたしもここに残らなくてはならないわ、あなたへの愛を全うするためにね」

「しかし、危険が――」

「もし戦争で死ぬことになるのなら、一緒に死にましょうよ」

カイは反論しようと口を開いたが、その言葉が見つからなかった。彼女の言うとおりだ。もし戦争になるのなら、一緒に立ち向かうべきだろう。

カイは言った。「もっとお茶をどうだい？」


オフィスへ戻ると、コンピューターの画面に上司のフー・チューユー国家安全部大臣からのメッセージが残されていて、ひと月後の辞任を知らせていた。

理由は何だろう、とカイは訝った。フーはまだ六十代半ばで、それが中国政府上層部での辞任の理由にはならなかった。カイは秘書のヤーウェンに声をかけた。「大臣のメッセージを見たか？」

「全員が受け取っています」彼女が答えた。

カイはそれがひどく気になった。二人しかいないフーの次席の一人として、あらかじめ知らされていてもよさそうなものなのに、そうではなくて、秘書たちと同時に知らされたのはどういうことか。

カイはさらにヤーウェンに訊いた。「辞める理由は何なんだろう?」

「理由は大臣の秘書から聞いています」ヤーウェンが答えた。「癌《がん》だそうです」

「そうなのか」カイは軍の薬きょうで作られたフーの灰皿と、彼の好みの煙草〈紅双喜〉を思い浮かべた。

「しばらく前に前立腺《ぜんりつせん》癌の告知を受けたけれども、治療を拒否して、ほんの数人にしか教えられなかったとのことです。いまは肺に転移していて、入院が必要なのだそうです」

これで大半の説明がついたな、とカイは思った。とりわけ、ティンと、彼女に連なるおれ自身を貶《おとし》めようとする動きの原因が明らかになった。フーの後を襲うことを目《もく》論《ろ》んでいるだれかが、フーが癌であることを先んじて知り、筆頭候補者であるおれを脱落させようとしているんだ。たぶん、犯人は対内情報局長でもあるリ・ジャンカン副大臣だ。

フーは典型的な昔の共産主義者だ。その彼が死のうとしている。だが、ただ死ぬはずはない。自分の後継者は自分と同じぐらい強固な保守でなくてはならないと考えているはずだ。そういう連中は自分が負けるまで諦めることがない。

おれ自身は大丈夫なんだろうか、どのぐらい危ういところにいるんだろう、とカイは考えた。朝鮮半島が全面戦争の瀬戸際にあるときに、それは些末《さまつ》な問題に思われたが、自問しないではいられなかった。父親が国家安全保障委員会の副委員長である場合、この手の策謀をどこまで跳ね返せるものだろう？

そのとき、個人専用電話が鳴った。ヤーウェンが席を外し、カイは電話に出た。北朝鮮のハン将軍だった。「最高指導者は自分の政治生命を救うために戦っているところだ」

たぶん自分の文字通りの生命を救うために戦ってもいるはずだ、とカイは思った。南朝鮮が殺さなくても、おそらく超愛国者グループがそれをやるのではないか。だが、こう言うにとどめた。「あなたがそう考える根拠は何ですか？」

「彼は反乱を鎮圧できないでいる。とりあえずは現状を維持しているけれども、武器弾薬が不足しはじめていて、敵のほうが優勢になりつつある。彼らが残っている政府軍部隊を掃討しない唯一の理由は、それを南朝鮮がしてくれると考えているからなんだ」

「最高指導者はそれを知っているんですか？」

「知っているはずだ」

「それなら、南朝鮮に戦争を挑発しているのはなぜですか？　自殺行為のように見えますが？」

「自分を失う余裕が中国にはないと考えているからだ。中国は自分を助ける——その考えがこびりついている。中国は増援部隊を送らざるを得ない、そうする以外の選択肢はない、そう信じているんだ」

「われわれが北朝鮮に軍を派遣することはあり得ません。それはわれわれがアメリカとの戦争の巻き添えになることを意味します」

「しかし、北朝鮮を南朝鮮に乗っ取らせるわけにもいかないだろう」

「それもそのとおりです」

「これを終わらせる方法は一つしかないとカンは考えている。それは中国が彼に力を貸し、南朝鮮を寄せつけないでおいて反乱グループを殲滅することだ。彼のダメージが大きくなればなるほど、彼を助けなくてはならないというプレッシャーが強く中国にかかることになる。それが自分は無謀ではないと彼が考える理由だ」

反論の余地はないな、とカイは思った。だれであれ自ら最高指導者を名乗る者は、そういう妄想を信じるのかもしれない。

ハンが言った。「カンは正気を失っているわけじゃない。いたって論理的だ。戦争をするにしても、ゆっくりとした長期戦はできない。それだけの戦力も物資も持っていない。また、勝ち負けを大きく見せるようにしなくてはならない。彼が勝てば大勝利と見え、負ければ中国が助けざるを得ないように見せて、その結果、勝利する」

それも事実だった。

カイは訊いた。「シノ-リから発射したあと、彼はまだミサイルを持っているんですか？」

「きみが考えている以上の数を持っている。すべて可動式だ。済州へ向けて六発撃ったあと、すべての発射台を移動させて隠してしまった」

「一体どこへ隠したんでしょう？　小型のものでも全長四十フィート近くあるはずですが？」

「北朝鮮全土だ。上空から見えないところに置いてある。主にトンネルや橋の下だ」

「抜け目がありませんね。そうしておけば、それを攻撃するのはほぼ不可能だ」

ハンが言った。「すまない、そろそろ切るぞ」

「用心してください」カイは言ったが、すでに電話は切れていた。

カイは重たい気分でいまの会話を思い返し、報告書を書くための詳細をメモしていった。ハンの言ったことはすべて筋が通っていた。いまや戦争を回避する唯一の方法は、中国が北朝鮮を抑え、アメリカが南朝鮮を抑えることしかなかった。だが、言うは易《やす》し、行なうは難《かた》しだ。

数分考えたあと、アメリカ政府をつつく方法を見つけたような気がした。まずは中国共産党守旧派を相手に、それを試してみることにした。カイは父親に電話をした。

ほかのことを話したあと、その会話のなかに自分の考えを忍び込ませるつもりだった。

「お父さんはフー・チューユー大臣の友だちですよね」電話がつながると、カイは言った。「死が近いことは知っていましたか？」

チャン・ジャンジュンがややためらったあとで答えた。「ああ、数週間前に知った」

「ぼくに教えてほしかったですね」

チャン・ジャンジュンは黙っていたことを明らかに後ろめたく感じていたが、そうでないように装い、怒鳴るようにして言った。「秘密にしておいてくれと頼まれたんだ。それがどうした？」

「あなたの義理の娘を標的にした、小さいけれども性質《たち》の悪い運動があって、悪意のある噂《うわさ》を広めているんですよ。その本当の狙いはぼくなんです。ぼくを貶めようとしているんですよ。その理由がようやくわかりました。ぼくをフー大臣の後継者にさせないためです」

「それは初耳だな」

「フー大臣はリ副大臣と共謀しているんじゃないでしょうか」

「その情報は――」チャン・ジャンジュンが咳払《せきばら》いをして――喫煙常習者の癖だった――からつづけた。「私のところには届いていない」

ろくでもない煙草が父も殺さなければいいんだがと思いながら、カイは言った。

「ぼくは犯人はリだと確信していますが、その後ろにさらに五人いる可能性がありますね」

「厄介だな、ずいぶんいるじゃないか」

「厄介と言えば、朝鮮半島の危機についてのお父さんの見方はどうなんです？」

チャン・ジャンジュンが面倒な話題から離れられることに安堵《あんど》した口調で言った。

「早晩、断固たる態度を取らざるを得ないだろう」

それはチャン・ジャンジュンの口癖と言ってよかった。

そろそろ例の考えを試してみてもいいだろう、とカイは判断した。「北朝鮮の最も信頼できる情報源と話したばかりなんですが、彼によると、最高指導者は崖《がけ》っぷちに立たされていて、武器も底を突き、間違いなく一か八かの賭《か》けに出るだろうとのことでした。われわれはカン・ウジンを制御する必要があります」

「それができればどんなにいいか」

「あるいは、アメリカに南朝鮮を抑えてもらうかです。次にカンが何をしようと報復しないよう、ノ大統領を説得してもらうんです」

「その場合、われわれにできるのは祈ることだけだな」

カイはさりげなさを装って言った。「あるいは、ホワイトハウスに事実を明らかにし、最高指導者はひどく弱体化しているから何をしでかすかわからないと、グリーン大統領に警告することもできます」

「それは論外だ」チャン・ジャンジュンが憤然として拒否した。「わが同盟国が弱体化していることをアメリカに教えるだと？」

「こういう状況では例外的な手段も必要でしょう」

「だが、完全な裏切りは駄目だ」

まあいいか、とカイは思った。答えは手に入った。守旧派はおれの考えを一顧だにしない、という答えが。カイは納得を装って言った。「そうですね」そして、話題を変えた。「お母さんは北京を出ることを考えてくれないでしょうかね？　もっと安全な、爆撃される可能性が低いところへ？」

一拍あって、チャン・ジャンジュンが断固として言った。「お前の母親は共産主義者だ」

カイは戸惑った。「ぼくがそれを知らないとでも思ってるんですか？」

「共産主義は単なる理論ではない。われわれがそれを受け容れているのは、たとえばメンデレーエフの元素の周期表のような、充分な科学的根拠があるからだ」

「どういう意味ですか？」

「共産主義は聖なる使命で、ほかのすべてのものの上にある。自分の家族の絆《きずな》やわれわれ自身の個人的な安全は、その下に位置しているんだ」

カイは信じられなかった。「では、お父さんにとって、共産主義はあなたの妻より大事なんですか?」

「そのとおりだ。彼女だって私について同じことを言うだろう」

カイは愕然《がくぜん》とした。推測していた以上に極端だった。

チャン・ジャンジュンが言った。「ときどき思うんだが、おまえたちの世代はあまりよくわかっていないな」

それについてはそのとおりだ、とカイは認めた。

彼は言った。「ともあれ、共産主義についての話をするために電話をしたんじゃないんです。ぼくに対する悪意ある動きについて、何か耳に入ったら教えてください」

「もちろんだ」

「妻を攻撃することでぼくの立場を悪くしようとしている犯人がわかったら、そいつの金玉を錆びたナイフで切り取ってやりますよ」カイは電話を切った。

アメリカに情報を提供するという考えに父が反対するのではないかという懸念は的中した。彼は資本主義的帝国主義を生涯の敵とみなすよう教育されて育ってきたのだった。中国は変わり、世界も変わったが、老人たちは過去にしがみついていた。

しかし、それはカイの考えが間違っていることを意味しなかった。ひそかに実行しなくてはならないというに過ぎなかった。

カイは電話を取って番号を押した。応答はすぐに返ってきた。「ニールだ」

「カイだ。ノ大統領のシノ-リ攻撃にアメリカが事前承諾を与えていたかどうかを教えてくれ」

ニールがためらった。

カイは言った。「われわれはお互いに対して正直でなくてはならないんだ。そうでないと、状況が危険すぎる」

「いいだろう」ニールが言った。「だが、おれの言葉をあんたが表で使ったら、おれは否定するぞ」

「わかった」

「答えは〝ノー〟だ。アメリカは事前に何も知らなかった。知っていたら、同意なんかしなかったはずだ」

「ありがとう」

「今度はこっちの番だ。カン最高指導者が済州を攻撃するのを中国は知っていたのか？」

「知らなかった。事情はこっちも同じだ。事前通告はなかった。あったら、やめさせようとしたはずだ」

「最高指導者は何を考えているんだ？」

「それを突き止めるために、きみと話をしなくちゃならないんだ。この危機はきみが考えている以上に深刻だ」

「そうなのか」ニールが言った。「想像し難いけどな」

「信じてくれ」

「つづけてくれ」

「問題は北朝鮮の体制が弱体化していることなんだ」

「北朝鮮の体制が弱体化している？」

「そうなんだ。よく聴いてくれ。いま、北朝鮮軍の半分が反乱グループに押さえられている。残る半分の小さくない部分もシノ・リが攻撃されたことで破壊された。最高指導者は可動式ミサイル発射台を国じゅうに分散して隠している」

「国じゅうのどこに？」

「トンネルや橋の下だ」

「くそ」

「そうしなかったら、北朝鮮の残存軍事力のすべてが、南朝鮮からのさらなる二度か三度の攻撃で壊滅してしまうかもしれないんだ」

「では、カンは最悪の状況に陥っているわけか」

「それによって、彼が自暴自棄《じき》になる恐れがある」

「何をするだろうな？」

「過激な何かだ」

「われわれはそれを止められるのか？」

「ノ大統領に二度目の攻撃をさせないようにするんだ」

「だが、最高指導者が彼女を挑発するかもしれないぞ」

「挑発するに決まってるだろう、ニール。彼はシノ・リの仕返しをしなくちゃならないんだ。グリーン大統領にあそこでの事態のエスカレーションを確実に止めてもらって、ノ大統領がレヴェルを上げてやり返さないようにしてほしいんだ」

「すべてはカンの復讐《ふくしゅう》の程度によるな。それに、最高指導者を抑えられるのはあんたたちだけだ――中国政府だけなんだ」

「中国はそのための努力をしているところだ、信じてくれ、やっているんだ」

34

「わたし、ホワイトハウスを離れられそうにないの」サンクスギヴィングの前日、ポーリーンはピッパとジェリーに言った。センター・ホールのピアノの横の彼らの足元、磨き上げられた床には、スーツケースが並んでいた。「本当にごめんなさい」

コロンビア大学ロウ・スクール時代からのジェリーの最古で生涯の友が、ヴァージニアで牧場を営んでいた。ジェリーとピッパはサンクスギヴィングをそこで、友人夫婦とその娘――ピッパと同じ年だった――と過ごす計画を立てていた。学校は二日間休みだから、水曜の夕方に出発して、日曜に帰ってくればよかった。牧場はミドルバーグの近くで、ホワイトハウスから五十マイルほどしか離れていなかったから、車で一時間もあれば――混雑していればもう少しかかるかもしれなかった――着くだろうと思われた。ピッパは大興奮していたが、それは彼女が同じ年頃の女の子の例に漏れず、馬が大好きだからだった。

「心配は無用だよ」ジェリーがポーリーンに言った。「ぼくもピッパもそれには慣れているから」実際、そんなにがっかりしているふうでもなかった。

ポーリーンは言った。「朝鮮半島が落ち着いてくれれば、土曜の夜のディナーに合流できるかもしれないわ」

「そうなってくれるといいけどね。まあ、そのときは電話をもらえるかな。席を一つ増やしてくれるよう、あらかじめ彼らに頼む必要があるからね」

「もちろんよ」ポーリーンはピッパを見て言った。「風邪をひかないでね。一日じゅう、外で馬に乗るんでしょ？」

「馬が温めてくれるから大丈夫よ」ピッパが言った。「ヒーター付きの車の座席に坐ってるようなものだもの」

「まあ、それでも暖かい服装をすることも忘れないでね」

ピッパが思春期の女の子らしく気紛れなところを見せ、楽しみに輝いていた顔が突然心配そうな表情に変わった。「本当に大丈夫、お母さん——サンクスギヴィングを独りきりで過ごすなんて？」

「そりゃ、あなたがいなくて寂しいわよ、ハニー。でも、あなたの休日を台無しにしたくはないわ。牧場へ行くのをあなたがどんなに楽しみにしていたか、わたしだってよく知ってるんだから。それに、世界を救うのに忙しすぎて、孤独を感じる暇もないでしょうしね」

「わたしたちみんなが爆撃されて木端微塵《こっぱみじん》になるんだったら、そのときは三人一緒でいたいわ」ピッパは明るい調子で言ったが、その下に深刻な懸念があることをポーリーンは感じ取った。

ポーリーンも、表にこそ出さなかったが、二度と娘に会えないのではないかという恐怖を抱えていた。だが、娘と同じく明るい口調を装って応じた。「そう言ってくれてありがとう。でも、日曜の夜までは爆撃を押しとどめておけると思うわよ」

荷物を運びにきたホワイトハウスのポーターにジェリーが訊いた。「シークレットサーヴィスを待たせてしまっているかな?」

「はい、サー」

ポーリーンは二人にキスをし、去っていく後ろ姿を見送った。

ピッパの言葉が胸に痛かった。ポーリーンは隠してはいたが、数日以内に実際にワシントンに爆弾が落ちてくるかもしれないという恐怖を消すことができないでいた。だから、ピッパがワシントンを留守にしてくれるのが嬉しかった。できれば、もっと遠くのほうがいいのだけれど。

シノ-リ爆撃はショックだった。ノ大統領がアメリカに相談なしであんな過激な行動に出るとは、誰一人予想していなかった。ポーリーンも腹を立てていた。韓国は同盟国であり、行動は共にしなくてはならないはずだった。だが、ノ・ドゥフイは謝罪の素振りすら見せていない。同盟が弱体化しているのではないか、とポーリーンは不安だった。チェン国家主席が北朝鮮に言うことを聞かせられなくなっているのと同じで、わたしも韓国に言うことを聞かせられなくなりはじめている。それは危険な成り行きだ。

オーヴァル・オフィスへ戻ってみると、チェスが出発の挨拶をしようと待っていた。ダウンジャケットにスニーカーという格好で、これからスリランカのコロンボまで飛ぶことになっていた。「どのぐらいの時間がかかるの？」ポーリーンは訊いた。

「給油のための立ち寄りを含めて二十時間だ」

チェスは和平会議に参加することになっていた。中国はアメリカの国務長官と同等の、ウー・ベイ外務大臣を送り込むことになっていた。

ポーリーンは言った。「ＣＩＡ北京支局の報告書を読んだ？」

「もちろん。あの中国の情報機関の男は驚くほど率直だな」

「チャン・カイね」

「そうだ。中国政府からあんな正直なメッセージを受け取ったことはないんじゃないか？」

「あれは政府からのものじゃないんじゃないかしら。チャン・カイが勝手にやっているような気がするわ。カン最高指導者が北朝鮮でやろうとしていることを恐れていて、中国政府がその危険を充分深刻に受け止めていないと懸念しているわけだから」

「まあ、私としては、最高指導者に魅力的な申し出をするつもりではあるがね」

「それを魅力的だと、カンが受け取ってくれることを祈りましょう」

彼らは今日の閣議ですでにこの問題を話し合い、カンに何かを与える必要があることで意見が一致し、北朝鮮と韓国双方の喉に刺さった小骨である海上国境線の見直しを提案することにしていた。ポーリーンに言わせれば、その見直しはとうの昔にやっておくべきことだった。問題の海上国境線は一九五三年に引かれたのだが、それは北朝鮮が戦争に負け、中国がまだ強国でないときだった。というわけで、国境線は韓国に有利になるよう北朝鮮沿岸に接近していて、黄海の一番の漁場を韓国に譲る形になっていた。したがって、見直しはまったく公平でしかなく、最高指導者も面子《メンツ》を保つことができるはずであり、韓国のノ大統領は反対するだろうが、結局は受け容れるしかないはずだった。

「そろそろ行かなくちゃ。もう飛行機が待っているからな。七人の外交及び軍事関係のスタッフが同行するんだが、全員がスリランカへ向かう機内で私にブリーフィングをしたいと言っているんだ」チェスが腰を上げ、膨らんだブリーフケースを持ち上げて見せた。「まあ、やつらが説明を終えたとしても、私にはまだこんなに読む資料があるんだがね」

「無事な旅を祈っているわ」

チェスが退出した。

ポーリーンは書斎《スタディ》へ移り、サラダを持ってきてくれるよう頼んでから、書類に目を通していった。邪魔はほとんど入らなかった。コーヒーを頼んで時計を見ると、九時だった。チェスはもう空の上なんだという思いがちらりと頭をよぎった。

ひと月前、スーダン‐チャド国境での戦争勃発阻止へと世界のリーダーを誘導したときのことが思い出された。わたしの外交は今度もうまく行くだろうか。朝鮮半島の危機はもっとはるかに難しいのではないだろうか。

そのとき、ガスがやってきた。

ポーリーンは微笑《ほほえ》んだ。彼を見て幸せだったし、スタディで二人きりになるのが嬉しかった。ちくりと感じた後ろめたさを抑え込んだ。わたしはジェリーを裏切ってはいないわ、白昼夢のなかでは別だけど。

いまのガスは仕事一辺倒だった。「最高指導者が何かをしようとしているようだ」彼は言った。「兆候が二つある。一つは、北朝鮮軍基地周辺で緊張した通信のやりとりが活発化している点だ。暗号化されているからメッセージを読み取ることはほとんどできていないが、そのパターンからすると、攻撃を準備していると考えられる」

「最高指導者が報復しようとしているんだわ。二つ目は何？」

「韓国軍のネットワークのなかで眠っていたウィルスが目を覚まして活動を開始し、偽の命令を送り出している。韓国軍は全部隊に対し、電子的メッセージはすべて無視し、人間による電話での命令にのみ従うよう指示せざるを得なくなっている」

「大規模な先制攻撃の前触れの可能性があるわね」

「そのとおりだ、大統領。ルイスとビルがすでにシチュエーションルームで待っている」

「行きましょう」ポーリーンは立ち上がった。

シチュエーションルームは人で一杯になりはじめていた。ジャクリーン・ブロディがやってきたと思うと、ソフィア・マリアーニがつづき、さらに副大統領がつづいた。

スクリーンのいくつかはすでに稼働していて、街中の防犯カメラらしき映像を映し出していた。ポーリーンが見たのは、おそらくソウルだと思われる市街中心部の映像だった。警報が鳴り響いているに違いなく、通りでは人々が蜘蛛《くも》の子を散らすようにして逃げまどっていた。「何が起こっているの？」ポーリーンは訊いた。

ペンタゴンからの報告をヘッドセットで聞いているビル・シュナイダーが答えた。

「砲弾が接近しているようです」

ルイスが説明した。「ソウルは北朝鮮との国境から十五マイルしか離れていません——戦車に搭載してある一七〇ミリのような旧式の大砲でも充分に届く距離です」

ポーリーンは訊いた。「どこを狙っているの？」

ビルが答えた。「ソウルだと思われます」

「対応は？」

「韓国軍が同じく砲撃で応戦しています。アメリカ軍は命令を待っています」

「わたしが命じるまで、アメリカ軍を展開させないように。いまのところは防御行動のみに限定します」

「了解しました、マム。着弾が始まりました」

ソウルから送られてくるヴィデオ映像をみていると、道路に突然大きな穴ができ、家が倒壊し、車が横へ転がった。心臓が止まるのではないかとポーリーンは思った。最高指導者は一線を越えてしまった。これは〝目には目を〟の同等の報復でも、前触れの攻撃でも、形だけの仕返しでもない。戦争だ。

そのとき、ビルが言った。「偵察衛星からの情報です――北朝鮮上空、雲の上にミサイルが姿を現わしつつあります」

ポーリーンは訊いた。「数は？」

「六」ビルが数え始めた。「九、十。増えつづけています。すべて北朝鮮の西半分、つまり、政府が押さえている地域からで、反乱グループ側からは一発も飛んできていません」

別のスクリーンが稼働し、朝鮮半島の地図にレーダー情報が重ねられていった。ミサイルはあまりに密集していて、ポーリーンは数を数えられなかった。「いまは何発なの？」彼女は訊いた。

「二十四発です」ビルが答えた。

「これは本格攻撃じゃないの」

ルイスが言った。「大統領、これは戦争です」

ポーリーンは凍りついた。わたしはこうなることをずっと恐れていて、戦争阻止に全力を挙げてきたのに、それに失敗してしまった。

ポーリーンは考えた――わたしはどこで間違ったんだろう？

死ぬまでその疑問の答えを探すことになるのではないか。

彼女はその思いを脇へ押しやって言った。「韓国には二万八千五百人のアメリカ軍部隊がいるわ」

「そこに彼らの妻や子供が加わります」

「たぶん、夫もね」

「夫もです」ルイスが認めた。

「チェン国家主席と電話をつないでちょうだい」

ジャクリーン・ブロディ首席補佐官が応えた。「いまやります」そして、電話を取った。

　ポーリーンは言った。「カン最高指導者はどうしてこんなことをしているのかしら？　自殺願望でもあるの？」

「違うな」ガスが答えた。「自暴自棄ではあるかもしれないが、自殺願望はない。彼は超愛国者グループとの戦いに敗れつつあり、そんなに長くは持ちこたえられなくなっている。超愛国者グループは最終的に彼を処刑するだろうから、彼は自分自身の死に直面しているんだ。それを変え得る唯一の方法は中国の助けを得ることだが、中国は自国軍隊を送り込んでくれそうにない。しかし、送り込まざるを得なくする状況を作り出すことはできる、とカンは考えているんだ。カンを反乱グループから助ける気はないにしても、北朝鮮を韓国に乗っ取られるのを阻止するためなら介入するのではないかというわけだ」

　ジャクリーンが言った。「向こうも準備ができています、大統領」明らかに中国側が電話を待っていたということだった。ジャクリーンが付け加えた。「あなたの前にある子機で話すことができます、マム。この部屋にあるほかの電話は会話を聴くことしかできないようになっています」

　全員が子機を手にすると、ポーリーンは自分の子機に向かって言った。「大統領です」

ホワイトハウスの交換手が応えた。「お待ちください、チェン国家主席とおつなぎします」

直後にチェンの声が入ってきた。「連絡をいただいて何よりです、グリーン大統領」

「推察しておられるかもしれませんが、朝鮮半島のことで電話をさせてもらいました」

「ご承知と思いますが、大統領、中華人民共和国は北朝鮮に軍を置いたことはありません。現在も過去も、です」

それは理論的には真実だった。五十年代初めに朝鮮戦争を戦った中国人兵士は、理屈の上では志願兵ということになっていた。だが、その議論に踏み込む気はポーリーンにはなかった。「もちろん承知していますが、それでも、北朝鮮がいましていることは一体何なのか、それをわたしが理解する力になってもらえるのではないかと思ったものですから」

チェンが北京標準語に切り替え、通訳が入ってきて英語で伝えた。それは明らかに、どういう発言をするかをあらかじめ準備していたということだった。「北朝鮮からと思われる砲撃もミサイル発射にも、中国政府は許可もしていなければ同意もしていません」

「それを聞いて安堵しました。それから、現地にいるわれわれの軍部隊が自衛行動をとることを理解していただけるとありがたく思います」

チェンが慎重な口ぶりで発言し、通訳が同じことを英語で言った。「アメリカ軍部隊が北朝鮮領土、領空、領海内に入らない限り、中国政府は異議を唱えません。それは保証します」

「わかりました」チェンの表向きの保証は実は警告で、アメリカ軍部隊は韓国内にとどまらなくてはならないと言っているのだった。ポーリーンもそうしたいのは山々だったが、約束するのは気が進まなかった。彼女は言った。「現在、わが国務長官、チェスター・ジャクソンが、貴国のウー・ベイ外務大臣たちと会談するためにスリランカへ向かっているところです。今回の衝突がその会談によって終結に至ることを、わたしは切望しています。それ以前ならもっといいのですが」

「それは私も同じです」

「何であれ受け容れられない、あるいは挑発的であると国家主席が見なされることが起こったら、いつでも遠慮なくわたしに電話をください、夜でも昼でも構いません。アメリカと中国は戦争をしてはなりません。私は何としてもそれを回避したいのです」

「それは私も同じです」

「ありがとうございました、国家主席」

「こちらこそ、大統領」

双方が電話を切った瞬間に、シュナイダー将軍が言った。「いま、北朝鮮が巡航ミサイルを発射しました。爆撃機も離陸しつつあります」

ポーリーンはシチュエーションルームを見回して言った。「チェンはこう明言しました――アメリカが北朝鮮の外にいる限り、中国はこの衝突に介入しない。ビル、われわれはそれを基に戦略を構築しなくてはなりません。中国を介入させないことが、韓国を助けるためにわれわれができる最善のことかもしれないから」

そう言っているときでさえ、ポーリーンはすでに覚悟していた――この対処について、ジェイムズ・ムーアや彼の味方のメディアからどれほどの軽蔑が浴びせられることか。

「了解しました、マム」ビル・シュナイダーは本質は好戦的だったが、その彼でさえ、このやり方が理に適っていることを理解していた。彼がつづけた。「アメリカ軍部隊はチェンの条件に沿う範囲内での行動準備を完了しています。大統領の命令があり次第、北朝鮮軍事施設への砲撃を開始します。戦闘機はすでに滑走路にいて、侵入してくる爆撃機への迎撃態勢を整えています。ただし、この段階では、有人の航空機を北朝鮮領空内に入れるつもりはありません」

「いますぐ砲撃を開始してください」

「了解」

「戦闘機を離陸させてください」

「了解」

さらに多くのスクリーンが稼働しはじめた。ポーリーンが見ていると、パイロットがジェット戦闘機へ走り出していた。ソウルから南へ三十マイルの烏山《オサン》にあるアメリカ空軍基地だろうと推察された。彼女はそこにいる面々を見渡して言った。「意見を聞かせてちょうだい。北朝鮮はこれに勝利できると思いますか?」

ガスが答えた。「まあ無理だろうが、まったくあり得ないとも言えないな」テーブルを囲んでいる何人かが同意を示してうなずいた。ガスはつづけた。「北朝鮮に唯一望みがあるとしたら、それは電撃戦《ブリッツクリーク》だ。韓国の港と空港を迅速に使えなくして、韓国への応援部隊の到着を阻止できれば、可能性はなくはない」

「ちょっと待って。そういうことがあり得るとして、それに対してわれわれが何をできるかを考えましょう」

「二つある。ただし、二つとも新たな危機を招来する恐れもある。当該地域の戦力を大幅に増強すればいい。南シナ海に軍艦を増派し、日本のわれわれの基地に爆撃機を増派し、グアムに航空母艦を増派するんだ」

「でも、中国がその増派を挑発と見るかもしれないでしょう。自分たちに向けられたものだと疑うはずよ」

「そのとおりだ」

「もう一つは何？」

「こっちはもっと危険だ」ガスが答えた。「核攻撃で北朝鮮軍を無力化することはできる」

「明日の朝のテレビで、ジェイムズ・ムーアがそれを主張するんじゃないかしら」

「しかし、核による攻撃は核による報復を呼ぶ危険がある。北朝鮮で生き延びた核兵器、あるいは、こっちはもっとまずいんだが、中国の核兵器による報復だ」

「いいでしょう。では、当面は従来の戦略を堅持します。でも、戦闘はしっかり監視すること。いまわたしたちがペンタゴンから必要としているのは、ビル、北朝鮮のミサイルと航空機が何機撃墜されて、何機生き延びているか、その総数がスクリーンに遅滞なく表示されつづけることなの。ガス、サンディップと話して、一時間ごとにメディアに情報を提供させてちょうだい。そのためには、彼にも情報を流しつづけないとね。さらに、在外大使館に対しての状況説明を国務省にさせる必要があるわ。それから、ここへコーヒーとサンドウィッチを運ばせないとね。長い夜になりそうだから」

東アジアが夜になり、ホワイトハウスに朝が訪れようとしているとき、北朝鮮の電撃戦が成功しなかったことをシュナイダー将軍が発表した。少なくとも半分のミサイルが目標到達に至っていなかった。ミサイル迎撃ミサイルに撃墜され、あるいは、サイバー攻撃でシステムに障害が起こって飛行不能になり、あるいは、原因不明の墜落をしていた。爆撃機も何機か、ジェット戦闘機に撃墜されていた。

それでも、韓国人もアメリカ人も、軍民を問わず、多くの被害が出ていた。CNNがソウルをはじめとする幾つかの都市の映像を、韓国のテレビのニュースやソーシャル・メディア上に現われたものを援用して流していた。映し出されているのは、倒壊した建物、燃え盛る炎、負傷者を助けようと、あるいは死者を回収しようと苦闘する救急隊員だった。それでも、使えなくなった港も軍の飛行場も、一つもなかった。攻撃はつづいていたが、結果は疑いようがなかった。

ポーリーンはコーヒーと緊張のあいだを行ったり来たりしていたが、ついに目指すところが見えたような気がした。ビルの報告を聞き終えると、彼女は言った。「そろそろ停戦を提案すべきだと考えます。チェン国家主席ともう一度電話をつないでちょうだい」

ジャクリーンが手筈《てはず》を整えはじめた。

ビルがなおも主張した。「大統領、ペンタゴンとしては、北朝鮮の軍事力を完全に無力化するほうがいいと考えます」

「遠隔操作でそれをするのは無理でしょう」ポーリーンは言った。「そのためには、北朝鮮に実際に派兵しなくてはならないし、それをやったら新たな戦争を始めることになります。中国という、北朝鮮よりはるかに打ち負かすのが難しい国を相手にね」

同意を示す声があちこちから上がり、ビルは渋々矛を収めた。「わかりました」

ポーリーンは付け加えた。「しかし、北朝鮮が停戦に応じるまでは、現地の総力を挙げて対応するよう提案します」

ビルの顔が晴れた。「了解しました、大統領」

ジャクリーンが報告した。「電話がつながりました」

ポーリーンは送話口に向かうと、短い儀礼的なやりとりの後でチェンに言った。「北朝鮮の韓国に対する攻撃は失敗に終わりつつあります」

チェンが通訳を介して応じた。「ソウル当局の朝鮮民主主義人民共和国に対する攻勢は、不当と言わざるを得ません」

ポーリーンは仰天した。この前話したときは理性的だったのに、いまはプロパガンダを鸚鵡返しにしているみたいだ。彼女は言った。「それでも、北朝鮮は戦闘で負けているんです」

「北朝鮮人民軍はアメリカにそそのかされた攻撃に対し、朝鮮民主主義人民共和国を守るべく精力的に戦いつづけるはずです」

ポーリーンは送話口を手で塞いで言った。「わたしはチェンを知っているけど、こんな戯言を本気で口にする人ではないわ」

ガスが言った。「強硬派が同席していて、そう言わせているんだろう」

何人かが同意を示してうなずいた。

出鼻をくじかれて面食らってはいたが、それでもメッセージを口にすることはできた。「アメリカ合衆国の人々と中国の人々は殺し合いをやめる方法を見つけることができる、とわたしは信じています」

「もちろん、中華人民共和国はあなたの言われることを慎重に考慮します」

「ありがとうございます。わたしは停戦を望みます」

長い沈黙があった。

ポーリーンは付け加えた。「このメッセージをピョンヤンのあなたの同志に伝えていただければありがたいのですが」

今度もすぐに返事は戻ってこなかった。チェンが送話口を手で塞ぎ、中南海《ジョンナンハイ》の湖畔《こはん》の宮殿で同席している古参の共産主義者と話しているところを、ポーリーンは想像した。いったいどんな話をしているのか？　北京政府の誰一人として、この戦争を望んではいないはずだ。北朝鮮に勝ち目はない――昨夜のありようがそれを証明している

――し、中国もアメリカとの武力衝突に巻き込まれたくないだろう。

慎重に構えていたチェンがようやく電話に戻ってきた。「ソウルのノ大統領がこの提案を受け容れる保証はありますか？」

「ありません、もちろんです」ポーリーンは即答した。「韓国は自由の国です。ですが、彼女を説得すべく死力を尽くします」

またもや長い沈黙があったあとで、チェンが言った。「ピョンヤンと話し合うつもりです」

ポーリーンは一押しすることにした。「それはいつでしょう？」

「今度の返事はためらいがなかった。「すぐに、です」これはチェンの番人ではなく、彼自身の答えだ、とポーリーンは推測した。

彼女は言った。「ありがとうございます、国家主席」

「こちらこそ、大統領」

双方が電話を切ったあと、ポーリーンは言った。「北京で変化があったわ」

ガスが言った。「軍というのは、撃ち合いが始まったらすぐに出しゃばるものなんだ――それに、中国の軍は強硬派が牛耳《ぎゅうじ》っているからな」ポーリーンはちらりとビルを見て思った。軍人の大半は強硬派なんじゃないかしら。

ポーリーンは言った。「いいでしょう、ソウルと話しましょう」

ジャクリーンが言った。「ノ大統領と電話をつなぎます」

交換台がソウルと電話をつなぎ、ポーリーンは送話口に向かって言った。「あなたにとって大変な一日でしたね、大統領。ですが、韓国軍部隊は勇敢に戦って敵を撃退しているではありませんか」

彼女はノ大統領の姿を思い浮かべた。白いものが多くなって灰色に見える髪を引っつめ、秀でた額を露わにして、黒い目は射貫《いぬ》くように鋭く、口元の皺が闘争の歴史をほのめかしていた。

ノ大統領が応えた。「最高指導者は、韓国を攻撃したら罰を受けずにはすまないことを学習したはずです」心からの満足の口調が、ノ大統領が自分の愛人を殺した自分への暗殺未遂と、この数時間前の爆撃を彼女が考えていることを示唆しているように、ポーリーンには思われた。ノが付け加えた。「アメリカの人々の勇敢で気前のいい、貴重な手助けに感謝します」

それはもういいわ、とポーリーンは思った。「次に何をするべきかを、いまから話し合わなくてはなりません」

「こちらは暗くなりはじめていて、ミサイルの応酬は一旦途切れていますが、明日の朝にはまた始まるでしょう」

ポーリーンはその言い方が気に入らなかった。「それは、われわれが阻止しなければ、です」彼女は言った。

「どうやって阻止するのですか、大統領?」

「停戦を提案するのです」

電話の向こうが沈黙した。

その沈黙を埋めるために、ポーリーンはつづけた。「わが国の国務長官が数時間後にスリランカに到着し、中国のウー・ベイ外務大臣と北朝鮮のカウンターパートと会談することになっています。すぐに停戦に関する詳細を話し合い、そのあと、和平合意への交渉に移ります」

ノ大統領が言った。「停戦は最高指導者のピョンヤン体制をそのまま残すことになり、残存兵器を彼が保有することになり、依然としてわれわれの脅威でありつづけることを意味します」

もちろんそのとおりだと内心で認めたうえで、ポーリーンは言った。「殺し合いをつづけることで達成できる目標はありません」

それに対する返事を聞いて、ポーリーンはショックを受けた。「同意できませんね」ノが言った。

ポーリーンは訝った。この拒絶はわたしの予想を上回っているけれど、ノは一体どういうつもりなのだろう? 「あなたは北朝鮮を敗北に追い込もうとしているのですよ。これ以上、何を欲しておられるのでしょう?」ポーリーンは訊いた。

「最高指導者がこの戦争を始めたのです」ノが言った。「わたしがそれを終わらせます」

何てこと、ポーリーンは驚いた。ノは無条件降伏を欲しているんだ。

ポーリーンは言った。「停戦が戦争終結の第一歩になるのではありませんか?」

「これは北朝鮮の同胞を残忍な独裁者から解放する、千載一遇《せんざいいちぐう》のチャンスです」

ポーリーンは落胆した。最高指導者は確かに残忍な独裁者だが、中国の意志に逆らってまで彼を打ち倒すだけの力はノにはないのに。「どうやってそれを実現するのですか?」

「北朝鮮の軍事力を完全に無力化し、新たな非好戦的な体制をピョンヤンに作るのです」

「それは北朝鮮へ侵攻するということですか?」

「必要とあらば」

ポーリーンは即座にその考えを叩き潰したかった。「そのときにアメリカが軍を協力させることはありませんよ」

ノの答えはまたもやポーリーンを驚かせた。「われわれもそれを望まないでしょう」

ポーリーンは束の間言葉を失った。

一九五〇年代以降、こういう物言いをした韓国の指導者はいなかった。この戦争で北と南が再統一されたとしても、二千五百万の難民がいきなり南に押し寄せることになる。しかも、半ば飢えていて、資本主義経済のなかで生きていく術を知らない者たちが。ノは大統領選挙で再統一を約束したが、いつまでにと明言したわけではない。〝わたしが死ぬ前に〟というスローガンは〝まったくなくはない〟という意味でもあり、〝いまではない〟という意味にも取ることができる。だが、ノにとっての最大の問題は、経済ではなくて中国だ。

ポーリーンの胸の内を読んだかのように、ノが言った。「アメリカが介入しなければ、中国も同様の立場を取ると、われわれはそう信じています。朝鮮半島の問題は朝鮮半島の人々によって他国の手を借りることなく解決されなくてはならない、というのがわれわれの考えです」

「ピョンヤンに親アメリカの政府を作ることを北京は認めないでしょう」

「それはわかっています。もちろん、われわれは北朝鮮と韓国の将来を同盟国や近隣の国と話し合います。しかし、朝鮮半島は南も北も、他人のゲームの単なる駒であることをやめるときがきていると、われわれはそう信じているのです」

それはあまりに現実離れしている、というのがポーリーンの見方だった。それをやろうとしたら、途方もない代価を払うことになる。彼女は深呼吸をしてから言った。

「大統領、あなたの気持ちはわかりますが、あなたの企ては朝鮮半島にとっても世界にとっても危険だと考えます」

「わたしは自分の国を再統一すると約束しています。いまのようなときはこれから五十年待ってもないかもしれないのです。わたしはそのチャンスを逃した大統領として歴史に名を遺すつもりはありません」

そういうことか、とポーリーンは腑に落ちた。これは愛人を殺されたことへの復讐、選挙公約、何よりも歴史にどう名を残すかに関わることなのだ。六十五歳のいま、歴史における自分の位置を考えている。それはノの宿命と言わざるを得ないのかもしれない。

これ以上言うことはなかった。ポーリーンはいきなり会談の終了を告げた。「ありがとうございました、大統領」そして、電話を切った。

ポーリーンはテーブルを見回した。全員がいまの会話を聴いていた。彼女は言った。

「朝鮮半島危機に関するわれわれの戦略は、いま崩壊しました。北は攻撃して敗北し、南は侵攻を決意しています。わたしの和平会議は、生まれる可能性を探るより早く死んでしまいました。ノ大統領は世界政治のなかで大きく道を踏み外すことを計画しています」

そして間を置き、事態の重大さを全員が確実に理解する時間を取ったあとで、実際的な細々《こまごま》としたことに移った。

「ビル、今日の午前中に、ホワイトハウスの記者会見場へメディアを集めて会見を開いてちょうだい」シュナイダーが気乗りのしない顔になったが、ポーリーンは制服組にそれをやってほしかった。「サンディップを同席させます」危うく〝お目付け役として〟と付け加えそうになり、すんでのところで思いとどまった。「その記者会見で発言してもらいたいのは、以下のとおりです——われわれは攻撃に対する準備を整えていて、それを撃退した。被害は最小限に食い止められた。そのうえで、軍に関する情報をできるだけ詳しく明らかにしてちょうだい。発射されたミサイルの数、撃墜した敵機の数、軍の死傷者数、民間の死傷者数。わたしが夜を徹して中国の国家主席と韓国の大統領と接触したことは話してもらって構わないけど、政治的な質問には一切答えないこと。政治的状況はいまだはっきりせず、いずれせよ自分は一兵士に過ぎないということで逃げてちょうだい」

「承知しました、マム」

「運がよければ、数時間は考える余裕があるでしょう。全員、副官をここへ呼び、彼らと役目を交代して、東アジアが眠っているあいだに少し休んでください。わたしはシャワーを使ってきます。今夕刻、ふたたびここに集まりましょう。朝鮮半島で夜が明けるときにね」

ポーリーンが腰を上げると、全員がそれに倣《なら》った。一緒に退出したがっているガスの視線に気づいたが、それをすると彼を重用しているのがあまりに見え見えになってまずいと考え、顔をそむけたまま、一人でシチュエーションルームをあとにした。

レジデンスへ戻ってシャワーを浴びた。気分は一新されたが、疲れていて、どうしようもないほど眠りたかった。しかし、タオル地のバスローブ姿でベッドの端に腰かけて最初にしたのは、ピッパに電話をして休日の首尾を尋ねることだった。

「昨夜は渋滞がひどくて、ここに着くまでに二時間もかかったわ！」ピッパが言った。

「それは大変だったわね」ポーリーンは言った。

「でも、そのあと、みんなで晩御飯を食べて最高に愉しかった。今朝はジョゼフィーンと馬を走らせたわ」

「どんな馬に乗ったの？」

「パースリーっていう素敵なポニー。元気いっぱいだけど、言うことはちゃんと聞いてくれるの」

「完璧ね」

「そのあと、お父さんが車でわたしたちをミドルズバーグへ連れていってくれたの。パンプキン・パイを買いにね。でも、そこでだれに出くわしたと思う？　ミズ・ジャッドよ！」

ポーリーンは身体の奥深いところが冷たくなるのを感じた。では、ジェリーはサンクスギヴィングの愛人との逢瀬《おうせ》をあらかじめ仕組んでいたんだ。結局のところ、ボストンは単なる一夜の浮気ではなかったんだ。「あら、それは驚きだったわね」無理矢理明るい声で応じたが、こう付け加えずにいられなかった。「凄《すご》い偶然じゃないの！」そこに入り込まざるを得なかった皮肉の響きにピッパが気づかないでくれることをポーリーンは祈った。

ピッパは気づいていなかった。「ミドルズバーグから遠くないところにワイナリーを持っているお友だちがいて、今度の休暇をそこで過ごしているんですって。それで、お父さんが老いぼれジャダーズとコーヒーを飲んでいるあいだに、わたしとジョーはパイを買いに行ったの。いまは牧場へ帰る途中なんだけど、帰ったら、ジョーのお母さんと一緒に七面鳥に詰め物をするのよ」

「楽しい休日になってよかったわね」ポーリーンは自分の声が少し沈んでいることに気がついた。

ピッパは若いけれども、女性の勘は持っていた。母のわずかながら沈んだ声を聞き、いまの母は休日を楽しんでいるわけではないのだと思い出して訊いた。「ねえ、韓国はどうなってるの？」

「戦争を止めようとしているところよ」

「大変じゃないの。わたしたちみんなが心配しなくちゃならないのかしら？」

「それは任せてちょうだい。みんなの心配はわたしが何とかするから」

「お父さんと話す？」

「運転中なら話さなくてもいいわ」

「そうね、運転中よ」

「それなら、愛しているとわたしが言ったと伝えてちょうだい」

「わかった」

「じゃあね、ハニー」

「じゃあね、お母さん」

　ポーリーンは電話を切った。口のなかに嫌な味が残った。

ジェリーとアメリア・ジャッドは示し合わせていたのだ。週末、ジェリーは口実を作って牧場を抜け出し、目的を達するに違いない。彼はわたしを裏切った――わたしが必死で誘惑に抵抗しているときに。

　わたしがどんないけないことをした？　わたしがガスを思いはじめていることを勘づかれた？　人は気持ちを抑えることはできない。だから、ジェリーがミズ・ジャッドに多少なりと惹《ひ》かれているのではないかと疑いはじめたときも、わたしはあまり気にしなかった。でも、人は行動を抑制することはできる。ジェリーはわたしを裏切った。わたしはジェリーを裏切らなかった。大きな違いだ。

八時、テレビのニュースの時間帯だった。どこかの番組がジェイムズ・ムーアに朝鮮半島についての質問をするはずだった。いかにも彼が何かを知ってでもいるかのように。そう思うと、ポーリーンは苦々しかった。あの男は朝鮮半島が地図のどこにあるかも知らないはずなのに。テレビをつけてチャンネルをあちこち変えているうちに、一般大衆向きのモーニングショウにその姿を見つけることができた。

今朝のムーアは房縁のついた黄褐色のスエードのジャケットを着ていた。これは新機軸で、彼は大統領候補にふさわしく見せようとする振りすらしなくなっていた。国民はデイヴィ・クロケットのように見える大統領を本当に欲しているのだろうか？

インタヴュアーはミアとイーサンだった。まず、イーサンが言った。「あなたは東アジアを訪れたことがあるわけですから、あそこの状況について、直接情報が入ってきていますよね」

ポーリーンは笑った。確かにムーアは十日間の東アジア訪問ツアーをしたことがあったが、韓国にいたのはきっかり一日で、それもソウルの五つ星ホテルで大半の時間を過ごしただけだった。

ムーアが応えた。「私は専門家だと主張するつもりはないし、イーサン、向こうの面白い地名や人名を正しく発音することも間違いなくできないが……」そして、二人がくすく笑うのを見て間を置いてからつづけた。「……これは常識を必要とする状況だと思う。北朝鮮がわれわれとわれわれの同盟国を攻撃した、人は攻撃されたとき、したたかにやり返さなくてはならないんだ」

ポーリーンは言った。「そのあとにつづく言葉は、あなたには見つけられないでしょうけど、〝拡大《エスカレート》〟よ、ジム」

ムーアがつづけた。「何であれそれ以下では、敵を付け上がらせるだけだ」

ミアが足を組んだ。このチャンネルのすべての女子がそうであるように、彼女も膝が見える短いスカートを穿かなくてはならなかった。「でも、ジム、あなたが実際には何をおっしゃっているのか、具体的な言葉で教えてもらえますか？」

「北朝鮮など一回の核攻撃で地上から消してしまえるし、それは今日でも可能だと言っているんだ」

「しかし、それはかなり過激ですね」

ポーリーンはふたたび笑い、画面に向かって言った。「過激ですって？　それを言うなら〝狂気〟よ。まさに狂気そのものだわ」

ムーアが言った。「一撃でわれわれの問題を解決することになるだけでなく、ほかの国を恐れさせることにもなる。彼らにこう言おうではないか――アメリカを攻撃したら、諸君は黒焦げになるぞ」

彼の支持者が拳《こぶし》を宙に突き上げるところが、ポーリーンは目に浮かぶようだった。それでも、わたしは核による人類消滅から彼らを救う。彼らがそれを望もうと望むまいと。

ポーリーンはテレビを消した。

眠る準備はできていたが、その前にしたいことがあった。

スウェットスーツを着て、一階下まで階段を下りた。そこにはシークレットサーヴィスの一隊がいて、〝核のフットボール〟を持っている若い陸軍少佐の姿もあった。

それはもちろんフットボールではなく、〈ゼロ・ハリバートン〉のアルミニウム製のブリーフケースで、外側は黒革で覆われていた。携帯式スーツホルダーのように見えるけれども、持ち手のそばに小さな通信アンテナが突き出ているところが違っていた。ポーリーンはその若者に声をかけて名前を訊いた。

「レイヴォン・ロバーツです、マム」

「ところで、ロバーツ少佐、そのフットボールの内側を見せてほしいの。記憶を新たにしたいのよ。開けてちょうだい」

「承知しました、マム」

ロバーツが手早く黒革の覆いを取って金属のケースを床に置くと、三つある留め金をすべて外して蓋を開けた。

そこには三つの物体と、ダイヤルのない電話が納められていた。

ロバーツが言った。「これらがどういうものであるか、一つずつ説明したほうがよろしいですか、マム？」

「ええ、お願いするわ」

「これは〈ブラック・ブック〉です」オフィスで使われている普通のリング・バインダーだった。ポーリーンはそれを少佐から受け取り、ページをめくった。黒と赤のインクで印刷されていた。ロバーツが言った。「どういう報復をするかの選択肢のリストです」

「わたしが核戦争を始めることのできる、すべての異なる方法が記されているわけね」

「はい」

「そんなにたくさんあるようには思えないわね。次は？」

ロバーツがもう一冊の、同じようなバインダーを手に取った。「これは緊急時に大統領が退避できる、アメリカ全土の施設を印《しる》したリストです」

次のマニラフォルダーには、十枚かそこらの印刷物を綴《と》じたものが入っていた。

「これは緊急警報システムの詳細で、国家的非常事態が発生したときに、大統領が全米のテレビ局とラジオ局を通じて国民に話をするときに使われます」

いつでもどこでもニュースを知ることができる時代に、ずいぶんと時代遅れね、とポーリーンは思った。

「それから、この電話は一箇所にしかつながりません。国防総省《ペンタゴン》の国家軍事指揮センターです。そこが大統領の指示を各ミサイル発射センターに中継します。核を搭載した潜水艦、爆撃機を待機させている飛行場、戦場の指揮官などです」

「ありがとう、少佐」ポーリーンは言い、グループから離れて上階へ戻った。ようやくベッドに入ることができる。スウェットスーツを脱ぎ、ありがたくシーツのあいだに滑り込んだ。目を閉じると、黒革に包まれたブリーフケースが頭によみがえった。あそこに収められているのは、実は世界の終わりだった。

数秒後には、ポーリーンは眠りに落ちていた。

35

トリポリは大都市だった。キアがこれまで目にしたなかで一番大きく、ンジャメナの倍はあった。中心街では高層建築が浜辺を睥睨《へいげい》していたが、それ以外のところは混雑し、汚れていて、爆弾の被害を受けた建物が多かった。男性はヨーロッパ風の服装の者もいたが、女性の衣服は例外なく裾が長く、全員が頭をスカーフで覆っていた。

アブドゥルはキアとナジを小さなホテルへ連れていった。安いけれども清潔で、従業員も客も白人は一人もいず、アラビア語しかしゃべらなかった。キアは最初、ホテルというものに怖気《おじけ》づき、スタッフが慇懃に接してくれると、馬鹿にされているのではないかと疑った。どう対応すればいいかをアブドゥルに訊くと、こういう答えが返ってきた。「愛想よくしていればいいし、欲しいものがあったら怖がらずに何でも頼むことだ。もし彼らがきみに興味を持って、どこからきたのかとか、そういうことを訊いてきたら、微笑して、いまは忙しいからお喋《しゃべ》りをしている暇がないんだと答えればいい」実際にやってみると、それでいいのだとわかった。

ホテルでの最初の朝、キアは目が覚めると将来のことを考えはじめた。いまのいままで、自分たちがあの金鉱宿営地から脱出できたと、本心では思えずにいた。北へ向かってリビアを抜けていくにつれて、徐々に道路がよくなり、より心地いいところで眠れるようになっていったが、それでも、ジハーディになぜか捕まり、ふたたび奴隷にされるのではないかという疑いを、密かにではあったが捨てきれずにいた。ああいう連中は強くて残酷で、したい放題をするのが普通だった。キアが知るなかで、彼らに立ち向かえるのはアブドゥルしかいなかった。

その悪夢はありがたいことにようやく終わりを告げた。だが、これからどうするか？　アブドゥルはどう考えているのだろう？　その考えのなかにわたしは含まれているのだろうか？

アブドゥルに訊いてみることにした。返ってきたのは、彼のほうが訊きたいと考えていることだった。「きみはどうしたいんだ？」

「それはわかってるでしょう」キアは言った。「フランスで暮らしたいわ。あそこなら、ナジを育て、学校へ行かせてやれる。でも、お金は底を突いているし、まだここはアフリカだわ」

「きみを助けてやれるかもしれない。断言はできないが、やってみるつもりだ」

「どうやって？」

「いまは教えられない。ぼくを信じてくれ」

もちろん、信じている。命を彼に預けてきたのだ。でも、彼のなかには緊張が隠れていて、わたしが質問したことでそれが表に出てきた。彼は何かを懸念している。それはジハーディではない。彼らに追跡されることはもう心配していないようだ。いまもときどき後ろを見てほかの車を確認しているけれども、頻繁にではないし、そうしなくてはいられないというような切羽詰まった感じでもない。だとすると、緊張の原因は何だろう？　これからさき一緒にいることを、あるいは、別れることを考えているからだろうか？

キアは平気ではいられなかった。初めて会ってからずっと、冷静で、何事にも対応する準備ができていて、何も恐れていないという印象を彼に持ちつづけていた。しかしいま、わたしがこの旅を完了する力になれるかどうかわからないことを認めた。見捨てられたら、わたしはどうすればいい？　どうやってチャド湖へ帰ればいいの？

アブドゥルが明るい口調に切り替えて言った。「三人とも新しい服が必要だ。ショッピングに行こう」

キアは実際に〝ショッピング〟に行ったことはなかったが、聞いたことはあった。彼女にとって、それは有り余るほどの金を持った裕福な女性がたっぷり時間をかけて店を巡り、欲しいものを探すことだった。自分が同じことをするなど想像したこともなかった。キアのような女性が金を使うのは、使わなくてはならないときだけだった。

アブドゥルはタクシーで町の中心部へ二人を連れていった。そこではアーケードが陰を作り、ずらりと並んだ店が、商品の半分を前の歩道に誇示していた。アブドゥルが言った。「フランスでも伝統的な服装をしているアラブ人は多いけど、きみはヨーロッパ風の服装のほうが暮らしやすいかもしれないな」

言われるまでもなかった。キアはヨーロッパの女性の自由を自分も手に入れることを夢見ていて、服装をその象徴にしたかった。

まずは子供服専門店を見つけた。色や大きさを選ぶあいだ、ナジは最初から最後まで大はしゃぎだった。新しいシャツを着ては喜び、それを鏡で見ては喜んだ。アブドゥルが面白そうに言った。「こんな小さな子でも見栄はあるんだな！」

「父親に似たのね」キアはサリムがちょっと見栄っ張りだったことを思い出してつぶやいた。そして、まずいことを口走ったのではないかと気になってアブドゥルを見た。死んだ夫のことを口にされて気分を害したのではないだろうか。男というのは自分の女がほかの男と寝ていたことを思い出させられるのを嫌うものだから。だが、アブドゥルはナジを見て微笑していて、気にしている様子はなかった。

ナジは半ズボンを二枚、シャツを四枚、靴を二足、下着を何枚か、そして、野球帽——いますぐかぶると言って聞かなかった——を手に入れた。

アブドゥルは近くの店で試着室へ消えると、ダークブルーのコットンのスーツ、白のワイシャツ、地味な細身のネクタイという服装で再登場した。キアはネクタイをした男性をテレビ以外で見た記憶がなかった。「アメリカ人みたい！」彼女は言った。「そりゃあんまりだ」アブドゥルがフランス語で言い返したが、顔は笑っていた。

そのときキアの頭をよぎったのは、本当にアメリカ人なんじゃないの、という疑いだった。それなら、お金についての説明がつく。キアは訊いてみることにした。いまではないけれども、すぐにも。

アブドゥルが店の奥に引っ込み、新しい服の入った袋を手に、いつもの灰褐色のローブを着て出てきた。

最後に、女性ものの店に入った。「あなたのお金をあまり使わせたくないわ」キアはアブドゥルに言った。

「それなら、こうしよう」アブドゥルが言った。「上下、二通り選ぶんだ。一つは下がスカート、一つは下がパンツだ。そして、下着と靴。それぞれに似合うものを一式、すべて揃《そろ》えればいい。値段の心配はいらない、高いものはここにはないから」

値段が安いと信じたわけではなかった。自分で仕立てるための生地は買ったことがあったが、服を買ったことはなかったから、本当のところわからなかった。

「急がなくていい」アブドゥルが付け加えた。「時間はたっぷりある」

値段を気にしなくていいのは妙な感じだった。楽しいけれども、いささか落ち着かなかった。この店にあるものを本当に何でも手に入れられると信じるのが怖かった。チェックのスカートとライラック色のブラウスを恐る恐る試してみた。余りに恥ずかしくて、アブドゥルに見せるどころか試着室を出ることもできず、そのままブルージーンズとグリーンのTシャツを着てみた。店員が黒のレースの下着を薦《すす》めてこう言った。「お連れの男性が気に入ると思いますよ」しかし、キアは売春婦のような下着をつける気には断固としてなれず、木綿の白にすると言って譲らなかった。

宿営地を逃げ出したあとの最初の夜、車のなかでしたことをいまも恥じていた。寒さを防ぐためにアブドゥルと抱き合って寝たのだが、明るくなったとき、眠っている彼の顔にキスをした。始めたら止めることができなくなった。彼の両手、首、頰とキスをして、ついに起こしてしまった。そして、もちろん、セックスをした。わたしが彼を誘ったのだ。恥ずべきことだ。それでも、後悔する気にはなれない。だって、彼を愛しているし、彼もわたしを愛してくれはじめているようだから。それでも、売春婦のようなことをしたのではないかと気になってはいる。

キアは買ったものを袋に入れると、ホテルへ戻ったら見せてあげるとアブドゥルに言った。彼は微笑し、待ち切れないと応えた。

店を出ながら、キアは思った——いつか、いま買った服をフランスで着ることが本当にあるのだろうか、ぜひそうであってほしいものだけど。

「もう一つ、することがある」アブドゥルが言った。「きみが試着しているあいだに、写真を撮れるところがないか訊いてみたんだが、どうやら次の通りの旅行代理店に証明写真機があるらしい」

キアは旅行代理店も証明写真機も聞いたことがなかったが、黙っていた。未知の言葉をアブドゥルが口にするのは珍しいことではなく、そのたびに質問して説明の手間をかけさせるのは気が引けるので、答えがわかるまで待つことにしていた。

三人は角を二つ曲がり、飛行機と外国の風景写真が飾ってある店に入った。さっきキアが買ったのと同じようなスカートとブラウス姿の若い女性が、机に向かってきびきびと仕事をしていた。

カーテンの付いた小さなブースが片側にあった。アブドゥルがその女性に紙幣を渡して小銭に変えてもらい、証明写真機の使い方をキアに説明した。簡単だったが、その結果は奇跡のように思われた。ものの何秒かで、細長い横穴からまるで子供が舌を出すかのように帯状の紙が出てきて、そこに彼女の顔写真がカラーで印刷されていた。ナジがそれを見て、自分もやりたいとせがみ、都合のいいことに、彼の写真も必要だとアブドゥルが言ってくれた。ナジもほかの二歳児と同じでじっと坐っているのが難しかったから、ちゃんと写った写真ができるまでに三度試みなくてはならなかった。

机の女性が言った。「トリポリ国際空港は閉じていますが、ミティガ空港からならチュニス行きの便があります。チュニスまで行けば、ほとんどどこへでも乗り換えられます」

礼を言って店を出たあと、キアは通りを歩きながら訊いた。「どうして写真が必要なの？」

「移動に必要な書類を手に入れるためだ」

キアはそういう書類を持ったことがなかった。身分を証明して国境を越えるのは彼女の計画に入っていなかった。アブドゥルはキアが合法的にフランスに入れるようにしようと考えているらしかった。彼女が知る限りでは、それは不可能だった。そうでなければ、なぜ人の密輸をする者にお金を払うのか？

アブドゥルが言った。「きみとナジの生年月日を教えてくれ」

それを教えると、彼が眉をひそめるようにしてそれを聴いた。記憶しているんだ、とキアは推測した。

しかし、一つ心配なことがあり、彼女はそれを口にしてみた。「あなたはどうして写真を撮らなかったの？」

「ぼくの書類ならもうあるんだ」

それは彼女の本当の疑問ではなかった。「わたしとナジがフランスへ着いたら……」

「何だい？」

「あなたはどこへ行くの？」

アブドゥルの顔に緊張が戻った。「わからない」

今度ばかりはそこで引き下がるわけにはいかなかった。どうしても答えが必要だった。そうでないと、不安に耐えられる気がしなかった。「わたしたちと一緒にくるの？」

返ってきた答えは安堵をもたらしてはくれなかった。「神の御心のまに《インシャラー》」彼は言った。

三人はカフェで昼食をとることにし、モロッコのセモリナ・パンケーキ、ベグリールを注文した。蜂蜜《はちみつ》と溶けたバターがたっぷりかかっていて、ナジはとても気に入ったようだった。

簡単な食事のあいだずっと、アブドゥルは妙な感覚に捉えられていた。太陽の温もりのような、グラス一杯のいいワインに似ているような、漠然とモーツァルトの曲を想起させるような感じ。これを幸せと言うんだろうか、とアブドゥルは思った。

コーヒーを飲んでいるとき、キアが訊いた。「あなた、アメリカ人？」

彼女は本当に鋭いと感心しながら、アブドゥルは質問し返した。「どうしてそう思うんだ?」

「お金をたくさん持っているから」

本当のことを打ち明けたいが、いまは危険すぎる。話すとしても、任務が終わってからだ。「きみに説明しなくてはならないことは山ほどある。もう少し待ってもらえないかな?」アブドゥルは言った。

「もちろんよ」

この先をどうするか、いまも答えは出ていなかった。今日の終わりまでには何か決められることを、アブドゥルは願った。

ホテルへ戻ると、ナジに昼寝をさせ、キアはアブドゥルを前にファッション・ショウを始めた。だが、白いブラとパンティを着けた瞬間、いますぐセックスしなくてはならないことにお互いが気づいた。

そのあと、アブドゥルは新しいスーツを身に着けた。現実世界へ戻るときだった。トリポリにCIA支局はなかったが、フランスのDGSEの支局があった。アブドゥルはすでに約束を取り付けていた。

「人に会いに行かなくちゃならないんだ」彼はキアに言った。

キアは不安げな顔になったが、黙って彼の言葉を受け容れた。

アブドゥルは言った。「きみとナジだけで大丈夫か?」

「もちろんよ」

「何かあるようだったら、電話をくれて構わないから」二日前に彼女のために電話を買い、使用時間を最大限にして金を払って充電してあった。彼女はまだそれを使っていなかった。

「大丈夫よ、心配はいらないわ」

ホテルには客に便宜を図るサーヴィスがいくつかあったが、チェックイン・カウンターのボウルにここの住所をアラビア文字で記したカードが大量に入れてあって、アブドゥルは何枚かを手に取って外に出た。

タクシーで中心街へ向かった。アメリカ風の服装に戻れて最高の気分だった。さして上等のスーツですらないことはわかっていたが、それを見抜ける者はここにはいないはずで、いずれにせよ、自分が世界で最も力のある国の一員であることを思い出させてくれた。

タクシーは冴《さ》えないオフィス・ビルの前で止まった。入口近くの壁に汚れた真鍮《しんちゅう》のプレートがいくつも嵌め込まれ、それぞれに呼出しボタンとスピーカーが取り付けられて、企業名が彫り込んであった。アブドゥルは〈アントラミティエール＆シー〉と記されているプレートを見つけてボタンを押した。スピーカーから応答はなかったが、ドアが開いたので、なかに入った。

この話し合いで獲得したいものがあったが、それができるという確信はなかった。通りや砂漠での戦いを得意とする戦士だったが、オフィスの戦いはそうではなかった。それでも、望みを叶《かな》えるチャンスは五分五分以上にあるのではないかと考えていた。しかし、彼らが頑なであれば、できることは多くなかった。

標識に従っていくと、四階のドアの前に着いた。ノックして入室すると、タマラとタブが待っていた。

会うのは二か月ぶりで、アブドゥルは心底感動した。驚いたことに、二人も同じ思いでいるようだった。タブは涙を浮かべて握手をしてくれ、タマラは両腕を広げて飛びついてきて抱擁《ほうよう》してくれた。「あなたって本当に勇敢なのね!」彼女が言った。

そこには黄褐色のスーツを着た男もいて、フランス語で形式ばって挨拶をすると、ジャン・ピエール・マルメンと名乗って握手をした。リビアにおけるフランス情報当局の上級職員だろう、とアブドゥルは推測した。

全員がテーブルを囲んで席に着くと、タブが言った。「記録のために改めて念を押すが、アブドゥル、フフラを発見し、壊滅させたことは、ここまでの対ISGS作戦最大の偉業だ」

タマラが付け加えた。「フフラを壊滅させたこともそうだけど、それに加えてISGSの情報が大量に詰まっているファイルを手に入れることもできたわ。氏名、住所、合流地点、写真などなどよ。それから、北朝鮮がアフリカのテロリズムに驚くほどのレヴェルの支援をしていることも明らかになったわ。北アフリカのジハーディズムの情報に関して、史上最大の収穫よ」

上品な服装の秘書が、シャンパンを一本とグラスを四つ、盆に載せて持ってきた。タブが言った。「フランス流のささやかなお祝いだ」そして、シャンパンの栓を抜いてグラスに注いだ。

「われらが英雄に」タマラが言い、全員がグラスを干した。

タブとタマラの関係がチャド湖の岸で会った日から変化していることをアブドゥルは感じ取った。それが正しくて、いまや二人がカップルなのであれば、二人にその話をさせたかった。そうすれば、これから自分が切り出そうとしている要求に対する反応が間違いなく柔らかなものになるはずだった。アブドゥルは微笑して言った。「きみたちはいまや二人で一人か?」

タマラが答えた。「そうよ」二人が嬉しそうな顔になった。

アブドゥルは言った。「だけど、それぞれが別の国で諜報《ちょうほう》の仕事をするのは……」

タブが言った。「おれが辞めることにしたんだよ。いま、辞表を書いているところだ。フランスへ帰って、家業をやることにした」

タマラが言った。「わたしはＣＩＡパリ支局への異動を申請しているの。フィル・

ドイルは同意してくれているわ」

タブが付け加えた。「おれの上司のマルセル・ラヴェヌーが、いまのCIAパリ支局長にタマラを推薦してくれているんだ。二人は友だちなんだよ」

「そうか、二人とも、うまく行くといいな」アブドゥルは言った。「二人とも見目麗しいから、子供たちも最高に美人なんだろうな」

二人がばつの悪そうな顔になり、タマラは言った。「結婚したとは言わなかったわよ」

アブドゥルは当惑した。「てっきりそうだと思い込むなんて、おれも恐ろしく時代遅れだな。申し訳なかった」

「謝る必要はないよ」タブが言った。「そこに至っていないというだけのことだから」

タマラが素早く話題を変えた。「それで、あなたに準備ができていれば、ンジャメナに戻ってもらおうと考えているんだけど」

アブドゥルは何も言わなかった。

タマラが付け加えた。「申し訳ないんだけど、向こうが徹底的な事後報告を望んでいるのよ。何日かかるかもしれないわね。でも、そのあとは長い休暇を取ってもらって構わないわ、その資格が当然あるわけだから」

こっちの番だぞ、とアブドゥルは自分を励ました。

「もちろん、事後報告は喜んでさせてもらう」彼は言った。それは本心ではなかったが、その振りをしなくてはならなかった。「休暇も楽しみにしている。だが、任務はまだ終わっていないんだ」

「そうなの？」

「コカイン密輸の追跡を再開したい。積荷がトリポリにないことは、追跡装置ですでに確認済みだ。ということは、地中海を渡ったと考えて、ほぼ間違いない」

タマラが言った。「アブドゥル、あなたはもう充分やってくれたわ」

タブが言った。「いずれにしても、ジブラルタルからアテネまで、南ヨーロッパのどこに陸揚げされていても不思議はない。沿岸の全長は数千マイルだぞ」

「だが、より可能性の高い場所をいくつかに絞り込むことはできる」アブドゥルは引かなかった。「例えば、フランス南部はドラッグを持ち込んで配給するシステムがずいぶん前から確立されている」

「それでも、捜索するには広すぎるだろう」

「実はそうでもない。沿岸道路——コーニシュと言ったかな——に沿って車を走らせれば、信号を受信できるかもしれない。そうすれば、ルートの根元にいるやつを突き止めることができるんじゃないか。逃すにはもったいなさ過ぎる好機だ」

ジャン‐ピエール・マルメンが言った。「われわれはドラッグ・ディーラーを捕まえるためにここにいるのではない。テロリストを追跡するためだ」

「しかし、彼らのところへ行く金の出所はヨーロッパです」アブドゥルは食い下がった。「やつらの活動資金はすべて、クラブで薬物を買う若者たちの金で最終的に賄《まかな》われているんです。フランス側でダメージを与えることができれば、ISGSの全密輸事業にダメージを与えることになります。たぶん、その密輸事業のほうが、やつらにとってフフラの金鉱よりはるかに価値が高いでしょう」

マルメンが投げやりな口調で言った。「どうするかは、われわれの上司に決めてもらうしかないな」

アブドゥルは首を振った。「時間を失う余裕はないんです。やつらがコカインの袋を開けはじめたら、その時点で無線発信機は見つかってしまいます。もう見つかっているかもしれないし、運よくまだだとしても、いつそうなっても不思議はありません。私としては明日、フランスに発《た》ちたいんです」

「それを正式に認めることは、私にはできない」

「お願いしているのではありません。それは元々の命令に含まれています。もし私が間違っていたら、フランスから呼び戻されるでしょう。しかし、私はやるつもりです」

マルメンが肩をすくめて降参した。

タマラが言った。「アブドゥル、いま必要なものが何かある？」

「ある」ここからが繊細さを必要とする部分だったが、要求をどういう言葉にするかはすでに考えてあった。彼はポケットを叩いてペンを探したが、それを持つ習慣がなくなっていることに気づいた。「紙と鉛筆を貸してもらえませんか？」

マルメンが立ち上がった。彼が筆記用具を取りにいっているあいだに、アブドゥルは言った。「フフラから逃げるとき、二人の奴隷が一緒だった。女性と彼女の息子、不法移民だ。おれはその二人を隠れ蓑《みの》として使い、家族を装ってきた。いまもそうだ。家族を疑う者はまずいないから、これからもそれをつづけたい」

「いい考えのようね」タマラが言った。

マルメンが戻ってきて、メモ用紙と鉛筆を差し出した。アブドゥルはそれを受け取り、〝キア・ハダッドとナジ・ハダッド〟と書いて、二人の生年月日を付け加えた。そして、言った。「この二人の本物のパスポートが、それぞれに一通ずつ必要なんだ」世界じゅうの秘密情報機関がそうであるように、ＤＧＳＥもだれのパスポートでも作ることができた。それも仕事の一つだった。

アブドゥルが書いたものを見て、タマラが言った。「二人とも、あなたの姓を名乗っているの？」

「家族を装っているわけだからな」アブドゥルは彼女に思い出させた。

「ああ、そうね、もちろんだわ」タマラが言った。だがアブドゥルは、事実だと推察されたに違いないと確信した。

マルメンは明らかにアブドゥルの計画が気に入らない様子だった。「写真が必要だ」アブドゥルは旅行代理店の証明写真機で撮った帯状の紙を二枚、ジャケットのポケットから出してテーブルの上を滑らせた。

タマラが言った。「まあ！　チャド湖の女性じゃない！　キアって、どこかで聞いた名前だと思ったわ」そして、マルメンに説明した。「わたしたちはチャドでこの女性に会っています。ヨーロッパの生活はどんなふうかと訊かれました。それで、人を密輸する者を信じては駄目だと教えたんです」

アブドゥルは言った。「あれはいいアドヴァイスだった。あいつら、彼女の金を巻き上げた挙句、リビアの奴隷宿営地に捨てていってしまったんだ」

マルメンがかすかだが、馬鹿にした口調で言った。「それで、きみはこの女とねんごろになったわけだ」

アブドゥルは応えなかった。

タマラは依然として写真を見ていた。「彼女、ほんとに美人ね。あのときもそう思ったのを憶えているわ」

もちろん、全員がキアとアブドゥルの関係を疑っていた。アブドゥルは説明しようとしなかった。好きなように考えさせておけばいい。

タマラがアブドゥルに加勢し、マルメンを見て言った。「パスポートを作るのにどのぐらいかかりますか――一時間かそこらでしょうか？」

マルメンがためらった。まずはンジャメナへ戻って事後報告をするのが先だと考えているのだった。しかし、これだけのことを成し遂げたアブドゥルの要求を拒否することも難しかった。それに、アブドゥルは要求が認められるものと考えていた。

マルメンは抵抗を諦め、肩をすくめて言った。「二時間だな」

アブドゥルは安堵を噛《か》み殺した。最初から認められるものと確信していたかのように装いながら、ホテルのカウンターから持ってきたカードの一枚をマルメンに渡した。「パスポートができたら、このホテルへ届けてください。われわれが泊まっているホテルです」

「もちろんだ」

数分後、DGSE支局をあとにして通りに出ると、タクシーを止め、さっき尋ねた旅行代理店の住所を運転手に告げた。車中、自分がやり遂げたことを考えた。これからキアとナジをフランスへ連れていかなくてはならない。彼女の夢は現実になろうとしている。だが、おれはどうなんだ？　そのあと、おれはどうする？　この疑問は彼女だけではなく、明らかにおれの疑問でもある。その答えを出さなくてはならなかったのに、CIAとDGSEがどう出てくるかがわからないことを言い訳にして、それを一日延ばしにしてきた。だが、それがわかったいま、この現実の問題を避けつづける理由はもはやなくなった。

キアとナジをフランスへ送り届け、二人が落ち着いたら、別れを告げてアメリカの故郷へ帰り、二度と会わないことにするか？　それを考えるたびに、気持ちが重くなった。今日、昼食を三人で食べたことを思い出し、そのときにどんなに充実した気持ちになったかを思い出した。この前あんなに気持ちが明るくなり、満足を覚えたのは、世界のどこにいるときだっただろう？　どこであれそんな気持ちになったことは一度もなかったかもしれない。

タクシーが止まり、アブドゥルは旅行代理店に入った。同じ洒落た服装の女性がデスクに向かっていて、今朝きた客だと憶えていてくれた。その顔に最初に表われたのは懸念だった。妻を置いて戻ってきて、デートに誘おうとしているのではないかと心配しているかのようだった。

アブドゥルはそういうことではないと笑顔で安心させて言った。「ニースまでの航空券が欲しいんだ。片道で三枚」

36

朝の七時、中南海の政府施設構内にある円形の池を木枯らしが吹き渡っていた。チャン・カイは車を降りると、寒さを防ごうとコートの前を閉じた。

これから国家主席と会うのだが、頭にはいまもティンのことがあった。昨夜、戦争のことを彼女に訊かれ、そうなることを超大国が阻止すると答えたのだった。だが、心の奥底では自信はなく、彼女はそれを感じ取った。ベッドでは、互いを守るようにしっかりと抱き合った。ついにはセックスに至ったのだが、あたかもこれが最後になるかのような、切羽詰まった感じの激しいものになった。

そのあとも、カイは横になったまま起きていた。若いころ、本当に力を持っているのはだれなのか考えようとしたことがあった。国家主席か、軍の最高司令官か、意見が一致したときの政治局か。それとも、アメリカの大統領か、アメリカのメディアか、大富豪か。そして、全員が何かに束縛されていることに徐々に気づいていった。アメリカの大統領は世論に縛られ、中国の国家主席は党に縛られ、大富豪は儲けを出さなくてはならず、将軍は勝たなくてはならない。力が存在するのは一箇所ではなく、巨大で複雑なネットワークのなかにある。鍵を握る者たちのグループ、一つにまとまるのではなく、ありとあらゆる方向へ向かおうとする意志を持つ複数の集まりのなかに。

そして、いまやカイもその一人だった。何かあれば、それはほかのだれかだけではなく、彼の責任でもあった。

ベッドに横になったまま、一晩じゅうつづくであろう、外の道路を走る車のタイヤの音を聞きながら自問した。朝鮮半島の危機を地球規模の災厄にしないために、おれはいまの立場でこれ以上何ができるだろう？　ティン、おれの母、ティンの母、そして、おれの父を、降り注ぐ爆弾、飛んでくる破片、落ちてくる石や煉瓦《れんが》やコンクリート、さらには致命的な放射能で死ぬことがないようにしなくてはならない。

そういうことを考えていると、長いあいだ、眠りは訪れなかった。

いま、車のドアを閉めてコートのフードを引き上げていると、岸辺で寒々とした灰色の水面を見ている二人の後ろ姿が目に留まった。一人はカイの父親のチャン・ジャンジュンだった。黒いオーヴァーコートをしっかり身体に巻きつけてうずくまっている姿は、煙草さえ喫っていなければ彫像のように見えた。一緒にいるのはたぶん古い友人のファン将軍だった。この寒さのなかで勇敢にも軍服をまとっただけで、剛毅《ごうき》な彼は毛糸のマフラーなどという軟弱なものを自分に許していなかった。まさに守旧派ここにありだな、とカイは思った。

近づいていったが、たぶん風のせいだろう、二人には足音が聞こえていないようで、ファンがこう言うのが聞こえた。「アメリカが戦争が欲しいというなら、くれてやろうじゃないか」

「戦いの最高の形は戦わずして勝つことだと孫子が教えていますよ」カイは言った。

ファンが腹立たしげに言い返した。「おまえのような小生意気な若造から孫子を教えられる憶えはない」

また車が停まり、若き国防大臣、コン・チャオが降りてきた。カイは味方が現われて嬉しかった。コンはトランクから赤いスキー・ジャケットを出して羽織り、岸辺にいる三人に気づいて言った。「どうしてなかに入らないんです？」

チャン・ジャンジュンが答えた。「国家主席が歩きたがっている。運動が必要だと考えているんだ」その口調には穏やかながら軽蔑の色があった。昔風の軍人のなかには、運動など若い者の一時の流行りに過ぎないと考えている者がいた。

チェン国家主席が暖かい服装で、手袋をし、毛糸の帽子をかぶって勤政殿から姿を現わした。その後ろに、補助員と護衛が一人ずつ従っていた。主席はすぐに早足で歩き出した。全員があとにつづき、チャン・ジャンジュンは煙草を捨てた。一行は池を時計回りに進んでいった。

国家主席が形式ばって口を開いた。「チャン・ジャンジュン国家安全保障委員会副委員長、朝鮮半島の戦争をどう評価しますか？」

「南が勝つでしょう」チャン・ジャンジュンは躊躇なく答えた。「兵器の物量においても、ミサイルの精度においても勝《まさ》っています」軍隊式の事実だけを述べるやり方だった。一、二、三、以上。

国家主席が言った。「北朝鮮はどのぐらい持ちこたえられそうですか？」

「せいぜい数日でミサイルは底を突くはずです」

「しかし、それはわれわれが補充します」

「可及的速やかに行ないます。アメリカも南に対して同じことをするでしょう。それは疑いの余地がありませんが、われわれにしても、アメリカにしても、いつまでもそれをつづけることはできません」

「では、最終的にどうなりますか？」

「南が侵攻するかもしれません」

国家主席はカイを見て訊いた。「アメリカはそれに協力するだろうか？」

カイは答えた。「ホワイトハウスはアメリカ軍部隊を北へは送らないはずです。その必要がないのです。南朝鮮はアメリカの力を借りなくても勝利することができます」

チャン・ジャンジュンが言った。「そして、朝鮮半島全体がソウルの体制に支配されることになり、それはすなわち、アメリカに支配されるのと同義です」

最後の部分がもはや真実かどうか、カイは確信を持てなかったが、いまはそれを議論するときではなかった。

国家主席が訊いた。「われわれはどう動けばいいだろう？」

チャン・ジャンジュンが断固とした口調で言った。「介入しなくてはなりません。朝鮮半島がアメリカの植民地になる、すなわちわが国の玄関口に迫るのを阻止する、それが唯一の手立てです」

介入こそカイが恐れていることだった。しかし、カイがそれを言うより早く、コン・チャオが主席の質問を待たずに口を開いた。「介入には不同意です」

反対されて、チャン・ジャンジュンの顔に怒りが浮かんだ。

「よろしい、コン」国家主席が穏やかに言った。「理由を聞かせてもらおうか」

コンがすでに乱れている髪を掻き上げた。「介入したら、アメリカにも同じことをする権利を与えることになります」事実を銃弾のように矢継ぎ早に羅列するチャン・ジャンジュンと対照的に、哲学的な話し合いをするときのような理性的な口調だった。

「重要なのは、どうやって北朝鮮を救うかではありません。どうやってアメリカとの戦争を阻止するかです」

ファン将軍が激しく首を振って反対を露わにし、断言した。「アメリカもわれわれと同じぐらい、中国との戦争を望んでいない。わが軍部隊が国境を越えて南朝鮮に入らない限り、アメリカは動かない」

「それはあなたにはわかりませんよ」コンが肩をすくめた。「アメリカがどうするかはだれにもわかりません。私が訊いているのは、超大国間の戦争になる危険を引き受けられるかどうかです」

「生きるということは危険を引き受けるということだ」ファンが唸るように言った。

「そして、政治はその危険を回避するためにあるのです」コンが反撃した。

そろそろおれの出番だ、とカイは判断した。「提案してもよろしいでしょうか?」

「もちろんだ」国家主席が促し、チャン・ジャンジュンを見て言った。「ご子息の提案はしばしば有益ですからね」

チャン・ジャンジュンは本心から同意したわけではなかった。息子を褒《ほ》められて感謝の印に頭を下げたものの、言葉にしては表わさなかった。

カイは言った。「中国軍部隊を北朝鮮に送る前に、試せることが一つあります。ピョンヤンの最高指導者とヨンジョンドンの超愛国者グループに和解の提案をすることです」

チェン国家主席がうなずいた。「体制側と反乱グループ側が和解できれば、北朝鮮軍の失われている半分を対南朝鮮用に動員できることになる」

チャン・ジャンジュンが思案げに言った。「そして、核兵器も」

それが問題だった。カイは急いで付け加えた。「核兵器を使う必要はありません。ピョンヤン政府がそれを自分たちに向けて使うことができるという事実だけで、南朝鮮は充分に交渉のテーブルに着くはずです」

国家主席が別の障害を念頭に置いて言った。「最高指導者がだれかと力を分かち合うというのは想像し難いな。まして自分の体制を転覆させようとした者たちが相手とあれば尚更《なおさら》だ」

「しかし、それと完全な敗北の板挟みになっていれば……」

国家主席はそれを受け容れ、一分か二分、深く考えたあとで言った。「試す価値はあるな」

カイは言った。「カン最高指導者に電話をしていただけますか、国家主席?」

「いますぐ話そう」

カイは満足した。

フアン将軍は満足しなかった。彼は妥協の話し合いが好きではなかった。それは中国を弱く見せる。彼はチェン国家主席に失望していた。正統的な共産主義をよしとしているると信じたからこそ、自分たち保守派はチェンを支持してやり、いまの権力の座に着かせてやったのに、いまのチェンは自分たちが望んでいるような強硬路線を採っていないではないか。

それでも、ファンは敗北を受け容れ、ダメージを限定的なものにする術を知っていた。「いかなる遅れも許されないし、そんな余裕はない。もしカンが同意したら、国家主席、もしよろしければこう提案させてもらいます――今日、この申し出を持って反乱グループと接触するよう、強硬に主張して譲るべきではありません」

「いい考えです」チェンが言った。

ファンは気がすんだようだった。

一行は池をほぼ一周し、ほとんど勤政殿へ帰り着こうとしていた。だれにも聞かれる心配のない一瞬の隙を突いて、チャン・ジャンジュンが小声で息子に言った。「最近、おまえの友だちのニールと話したか？」

「もちろん。彼とは少なくとも週に一度は話しています。ホワイトハウスの考えを知るための貴重な情報源なんです」

「ふむ」

「どうしてそんなことを訊くんです？」

「用心することだ」父親が答えた。

全員が建物に入り、階段を上った。

国家主席が補助員に指示した。「カン最高指導者と電話をつないでくれ」

全員がコートを脱ぎ、手を擦り合わせた。みんなを温めようとお茶が運ばれた。

さっきの父の言葉はどういう意味だろう、とカイは訝った。嫌な感じのする口調だった。おれとニールがどんな話をしているかを知る者がいるのだろうか。それはあり得る。予防措置は完璧に講じているはずだが、盗み聞きされる可能性がなくはない。カイもニールも自分たちの話し合いを定期的に報告書にしているから、それが外に漏れる可能性もある。おれは何かまずいことを言っただろうか？　そういえば、ある。北朝鮮がどう弱体化しているかをニールに教えた。それを裏切りの暴露と見なされるかもしれない。

カイは落ち着かない気分になった。

電話が鳴り、チェン国家主席が受話器を取った。

全員が耳をそばだてるなか、国家主席は最前の話し合いで合意に至った要点を説明していった。カイはチェンの口調に注意した。国家元首は全員が対等であると理屈の上ではなっているが、現実には北朝鮮は中国に依存しているのであり、それはチェンの態度にも表われていて、父親が言うことを聞くかもしれず、聞かないかもしれない成人した息子に話をするときのそれになっていた。

そのあとに長い沈黙がつづき、チェンはその間《かん》も耳を澄ましていた。

ようやく、彼が一言言った。「今日だ」

カイの希望が膨らんだ。上首尾のように聞こえた。

チェンが執拗《しつよう》に繰り返した。「今日、終わらせなくてはならない」

間があった。

「ありがとう、最高指導者」

チェンが電話を切って報告した。「彼はうんと言った」

カイは国家安全部へ戻るや否や、ニール・デイヴィッドソンに電話をした。会議中だった。朝鮮半島のことだろうと思われた。テレビをつけて、南朝鮮のニュース・チャンネルに合わせた。今回のことを最初に報道することがときどきあった。北朝鮮はさらに弱体化しているようで、発射した数発のミサイルも大半が迎撃され、そのあいだも南朝鮮は精力的に瓦礫《がれき》を片づけて、爆撃で被害を受けた建物を修復強化していた。新しいことは何もなかった。

正午、ハン将軍から電話があった。

送話口に口を近づけて話しているらしく、だれかに聞かれるのを恐れているかのような小さな声だった。「最高指導者は私の予想をすべて満たしてくれた」彼は言った。

あたかも称揚しているかのような言葉遣いだったが、実はその反対であることをカイはわかっていた。

ハンがつづけた。「彼は私がずいぶん昔にした決断が完璧に正しかったことを証明した」

中国のスパイになるという決断のことだった。

「しかし、驚いたことに、いま、彼は平和を作ろうとしている」

カイはもちろんそれを知っていたが、口にはしなかった。「それはいつのことですか？」

「今朝、カンがヨンジョンドンに電話をした」

チェン国家主席と話をした直後だ、とカイは計算した。速いじゃないか。「カンも必死なんですよ」

「だが、必死さが充分でないんだ」ハンが言った。「特赦を与えるという以外、何一つ反乱グループにとっていい条件を提示しなかった。彼が特赦の約束を守るなど反乱グループは信じていないし、いずれにせよ、もっとはるかに多くの要求をしているんだ」

「たとえば？」

「反乱グループのリーダーのパク・ジェジンを国防大臣にすること、彼をカンの後継の最高指導者に指名すること、だ」

「それをカンは拒否したんですね」

「当然だろう」ハンが言った。「反乱グループを自分の後継に指名するなど、自分の死刑執行令状にサインするようなものだからな」

「カンは妥協点を探ることもできたはずです」

「だが、それをしなかった」

カイはため息をついた。「では、休戦はなしなんですね」

「なしだ」

カイは落胆したが、それほど驚いてはいなかった。反乱グループは休戦を望んでいない。彼らはピョンヤン体制が崩壊し、それが現実になって力の真空状態ができたところへ乗り込んでいくのを辛抱強く待つしかないのだ。それは決して簡単なことではないが、彼らはそれに気がついていない。それにしても、カンはなぜもっと努力をしなかったのか？　カイはハンに訊いた。「この期に及んで、カンは本当は何を欲しているんです？」

「死か栄光か、そのどちらかだ」

カイは腹の底がずしんと重くなるのを感じた。これは世界が終わるか終わらないかの話だ。彼は訊いた。「しかし、それは何を意味するんですか？」

「わからないが」ハンが言った。「レーダーから目を離さないことだ」電話が切れた。

いま、最高指導者はさらに無謀になっているのではないかと、カイは不安だった。チェン国家主席の要請を半ば形だけではあるにせよ実行し、反乱グループに取引を申し出た。そして、その取引を拒否されたことで、自分が攻撃してもいいことが証明されたと感じているかもしれない。今朝のおれの和平案が事態を悪化させた可能性さえある。

まあ、何をしてもうまく行かないことときにはある、とカイは自分を慰めた。

そして、反乱グループが最高指導者の和平案を拒否した事実を短いメモにしてチェン国家主席に送り、コピーを政府上層部の全員に届けさせた。そういうメモは本来なら上司のフー・チューユーの署名が必要だったが、カイはもはや敬意を払う素振りすらする気がなかった。フーはカイの追い落としを企んでいて、それは知る人ぞ知る事実だった。中国の指導者たちは決定的に重要な情報を自分たちに送っているのはフーではなく、カイであることを知る必要があった。

カイは朝鮮半島デスクの責任者のジン・チンファを呼んだ。ジンは髪を切る必要があるな、とカイは思った。前髪が片方の目を隠しているじゃないか。そう注意しようとしたとき、そこにいる若い世代の何人かも同じ髪形をしていることに気づいた。たぶん流行りなのだろうと思い直し、そのことについては何も言わずにこう訊いた。

「レーダーで北朝鮮を見ることはできるか?」

「できます」ジンが答えた。「わが軍のレーダーを見ることもできますし、南朝鮮軍のレーダーに侵入することもできます。おそらく後者のほうが画像が鮮明だと思います」

「監視をつづけてくれ。何かが起こるかもしれん。それから、そのレーダー画像をこでも見られるようにしてもらえるかな」

「はい、局長、五番に合わせてください」

カイは指示通りにチャンネルを切り替えた。一分後、レーダー画像が地図の上に重なる形で現われた。だが、空中戦の数日後の北朝鮮の空は静かなようだった。

午後三時を過ぎて、ニールから折り返しの電話があった。「会議中だったんだ」彼がテキサス訛りの英語で言った。「おれのボスはバプティストの坊主より話が長いんだよ。何か新しい情報があるのか？」

カイは言った。「おれときみが話をしたときに何を話し合ったか、だれかが知っている可能性はあるか？」

一瞬ためらいがあって、ニールが吐き捨てた。「ああ、くそ」

「どうした？」

「あんたがいま話しているのは、盗聴防止機能のついた安全な電話だよな？」

「能《あた》う限り安全だ」

「われわれがついこのあいだ馘《くび》にしたやつがいるんだ」

「だれだ？」

「コンピューター技術者だ。仕事をしていたのは大使館で、CIA支局ではないんだが、とにかくおれたちのファイルに入り込んでいた。われわれがそれに気づいたのはかなり早かったんだが、おれとあんたの会話のメモを見たに違いない。あんた、困ったことになってるのか？」

「おれがきみに話したことのいくつかが誤解される可能性がある――特におれの敵にな」

「すまん」

「その技術者は明らかにおれをスパイしていたわけじゃないんだな？」

「人民解放軍に報告していた、とわれわれは考えている」

その人民解放軍とはファン将軍のことだ。だから、おれの父親がその会話のことを知っていたんだ。「率直に話してくれて感謝するよ、ニール」

「お互い、いまはそうしないでいられる余裕がないからな」

「そうだな、腹が立つほどそのとおりだ。またすぐに連絡することになると思う」

電話は終わった。

カイは椅子にもたれて考えた。おれを引きずり降ろそうとする企ては勢いを増しつつある。いまやティンについての悪意ある噂だけではない。おれを裏切り者に仕立てようとしているやつがいる。何をさておいても敵と直接対決する必要がある。リ副大臣の忠誠心について疑問符をつけ、ファン将軍が深刻な賭博《とばく》常習者であるという噂を流し、フー・チューユーに精神面での問題があることはだれにも話してはならないという触れを出すか。しかし、どれも事実ではないし、そんなことをする時間もない。

突然、レーダーが動き出した。スクリーンの左上端が矢印で溢《あふ》れたように思われた。数を推定することすら難しかった。

ジン・チンファが電話で報告をよこした。「ミサイル攻撃です」

「そのようだな。数はわかるか?」

「多いですね、二十五発、あるいは三十発でしょうか」

「北朝鮮にそんなにたくさんのミサイルが残っているとは思わなかったな」

「残っていたものを全弾発射しただけかもしれません」

「最高指導者の最後のあがきか」

「スクリーンの下の部分を見てください、南朝鮮が応戦してくるかもしれません」

しかし、最初は何も起こらなかった。次の矢印の塊《かたまり》がやはり北朝鮮側に現われ、国境へと接近していった。カイは思わず声を漏らした。「これは一体……」

「ドローンです」ジンが言った。「私の想像かもしれませんが、移動速度がゆっくりですから」

ミサイル、ドローン——次は爆撃機か、とカイは思った。

南朝鮮のテレビのスイッチを入れた。そのチャンネルは空襲警報と、人々がソウルの地下駐車場や、七百以上ある地下鉄駅へ退避するニュース映像を交互に流していた。甲高いサイレンの音が車の騒音を飲み込んでいた。南朝鮮が年に一度の防空演習を行なっていることをカイは知っていたが、それは午後三時と決まっていて、いまは午後の早い時間だった。これが演習でないことを、南朝鮮の市民が知っているということだった。

北朝鮮のテレビはまだ放送を開始していなかったが、ラジオはやっていて、音楽を流していた。

レーダー画面に目を戻すと、侵入をはじめた兵器と対空ミサイルの遭遇が始まっていた。その光景は妙に淡々としていた。二本の矢印——一本は攻撃側、もう一本は防御側——が出会い、接触し、両方とも静かに消えていく。音もなければ、数百万ドルの軍事器機が激突してばらばらになったという形跡すらない。

しかし、カイが知っているとおり、どのミサイル攻撃においても同じなのだが、一発も防御網を破らせないようにするのは不可能だった。少なくとも北朝鮮のミサイルとドローンの半分はその網を通り抜けたように見えた。間もなく、人が密集する都市に着弾するはずだった。カイは南朝鮮のテレビにチャンネルを切り替えた。

空襲警報と空襲警報のあいだに、いまはゴーストタウンのように見える市街が映し出された。車の姿はほとんどなかった。乗用車も、バスも、トラックも、自転車も、パニックに陥った運転手が放置したところに駐まっていた。人気《ひとけ》のない交差点では、だれに見られることもないまま、交通信号が青、黄、赤へと変わっていった。何人かが走っていたが、歩いている者はいなかった。赤い消防車が一台、火災が起こるのを待ってゆっくりと通りを走り、黄色と白の救急車がやはり一台、後ろにつづいていた。乗っているのは勇者だなとカイは思い、だれがこの映像を撮影しているのだろうと訝って、カメラは遠隔操作されているのだろうと判断した。

そのとき、爆弾が投下されはじめ、カイは別のショックを受けた。

爆弾はほとんど被害を与えなかった。非常に少量の爆薬しか装塡《そうてん》されていないようだった。何発かは地上五十フィートか百フィートのところで爆発した。倒れる建物はなかったし、吹き飛ぶ車もなかった。救急車から救急隊員が飛び出し、消防士はホースを伸ばしたが、そのあとはしゅうしゅうと低い音を立てている飛来物体を困惑して見つめるばかりだった。

やがて、救急隊員や消防士が咳《せ》き込んだり、鼻をすったりしはじめた。カイは叫んだ。「何てことだ、駄目だ、やめろ！」

それからすぐに救急隊員や消防士が空気を求めて喘ぎ出し、何人かが倒れた。まだ動ける者は、ガス・マスクを装着しようと自分たちの車へ急いだ。

カイは無人のオフィスでだれにともなく言った。「あのろくでなしども、化学兵器を使いやがった」

別のカメラが南朝鮮軍駐屯地《ちゅうとん》を映し出した。そこで使われている毒は別の種類だった。兵士たちは大急ぎで防護服を着用しようとしていたが、顔はすでに赤くなっていて、嘔吐する者もいれば、どうしていいかわからずに困惑している者もいて、最悪の状態の者は倒れて痙攣《けいれん》発作を起こしていた。カイは言った。「シアン化水素だ」

スーパーマーケットの駐車場では、買い物客がわれがちに逃げ出そうとして動きの取れなくなった車を飛び降り、店のなかへ逃げ込もうとしていた。赤ん坊や子供を連れた者もいた。大半が入口までたどり着けずにアスファルトの上に倒れ、口を開けて、カイには聞こえない悲鳴を上げていた。マスタード・ガスが皮膚を爛《ただ》れさせ、目を潰し、肺を破壊していた。

最もひどいのはアメリカ軍基地だった。そこに対しては神経ガスが使われていた。大半の兵士はあらかじめこういう事態を想定して、すでに防護服を着用しているようだった。彼らはまだ防護服を着ていない者たちに——民間人を含めて——それを着せてやろうと必死になっていた。間に合わなかった者たちは、男も女も半ば目が見えなくなり、滝のように汗を流し、嘔吐し、どうしようもなく痙攣していた。VXガスだ、とカイは確信した。イギリスが開発した、北朝鮮お気に入りの殺人兵器だった。それを吸い込むと、あっという間に苦悶から麻痺《まひ》へ、そして、窒息死に至る。

電話が鳴り、カイはスクリーンに目を釘付《くぎづ》けにしたまま応えた。

国防大臣のコン・チャオだった。「見てるか？」

「あいつら、化学兵器を使っているぞ」カイは言った。「おそらく、生物兵器もだ――効くのに時間がかかるから、いまはまだ断言できないが」

「われわれはどうする？」

「われわれがどうするかはほとんど問題ではないだろう」カイは言った。「いま重要なのは、アメリカがどうするかだ」

防衛準備態勢《デフコン》2

核戦争まであと一歩。軍部隊は六時間未満で戦闘態勢に入る準備を整える。（警戒レヴェルがここまで高くなったのは、一九六二年のキューバ危機のときだけである）

37

しばらく、ポーリーンは恐怖に金縛りになっていた。

テレビをつけたのは朝の着替えをしているときだったが、いまは下着姿のまま、テレビ画面に向かって立ち尽くしていた。CNNは韓国からの映像を、コマーシャルを入れずに連続放送していた。大半は電話、ソーシャル・メディア、韓国のテレビから手に入れたもので、そのすべてが、「裁きの日」を描いた中世の画家たちの想像をはるかに超える、途方もない悪夢を映し出していた。

それは長期に及ぶ拷問《ごうもん》だった。毒ガスを散布する攻撃は、標的とする対象を選ばなかった。男だろうと、女だろうと、子供だろうと見境がなく、韓国人だろうと、アメリカ人だろうと、それ以外の国籍の者だろうと、知ったことではなかった。戸外にいた者はまったくと言っていいほど無防備だった。また、店やオフィスの空調設備が化学物質を吸い込み、致死性の空気が人家やアパートに流れ込んで、ドアや窓の縁《ふち》に静かに漂っていた。さらに、地下駐車場の傾斜路を下っていって、そこに避難していた人々に凄惨《せいさん》なパニックと集団ヒステリーを引き起こさせた。より洗練されたニュースが指摘しているとおり、ガス・マスクは皮膚から侵入してゆっくりと血液に混じり込む致死性物質を、百パーセント防いでくれるわけではなかった。

ポーリーンが特に辛かったのは、赤ん坊や子供たちだった。絶叫、空気を求める絶望的な喘ぎ、爛れた顔、押さえようのない痙攣。そういうひどい状態にある大人を見ているのも厳しかったが、同じように苦しむ子供たちを見ているのは耐えられなかった。こらえられずに思わず目をつむっては、無理矢理に目を開けて画面を見ることを繰り返さなくてはならなかった。

電話が鳴った。ガスだった。ポーリーンは言った。「どこまで拡散しているの?」

「韓国の三つの大都市──ソウル、釜山、仁川《インチョン》──と、ほとんどのアメリカ軍基地と韓国軍基地だ」

「何てこと《ヘル》」

「まさに地獄《ヘル》そのものだ」

「アメリカ国民の犠牲者は?」

「まだ数はわかっていないが、駐留している兵士の家族まで含めると数百人になるだろう」

「いまもつづいているの?」

「ミサイル攻撃は終わったが、毒物の拡散はつづいていて、新たな犠牲者を作り出している」

激しい怒りが沸騰《ふっとう》して喉まで迫《せ》り上がり、ポーリーンは絶叫したくなった。感情的になるのを何とか抑え、束の間考えてから言った。「ガス、これに対して、アメリカは明らかに大規模な対応をしなくてはならないけど、わたしは判断を急ぐつもりはないわ。これは9／11以来最大の危機だもの」

「極東はもう暗くなっているから、今夜はさらなる動きはないかもしれない。そうであれば、われわれに考える時間が半日できることになる」

「でも、早い時間に始めましょう。全員をシチュエーションルームに集めてちょうだい、そうね、八時半でどうかしら」

「了解した」

電話が終わると、ポーリーンはベッドに坐って考えた。生物化学兵器は非人道的であり、国際法に違反している。あれは口にするのも恐ろしいほどに残虐な兵器だ。それが、アメリカ国民を殺すために使われた。朝鮮半島での戦争はもはや局地戦ではない。世界じゅうがこの許しがたい非道に対するアメリカの対応を待っている。すなわち、わたしの対応を。

彼女は慎重に着るものを選び、ダークグレイの地味なスカート・スーツにオフホワイトのブラウスと決めて、姿見で確認した。厳粛な雰囲気が醸し出されていた。オーヴァル・オフィスに着くころには、朝食時のニュース番組が世の中の反応を集めてくれていた。人々は政治家の扇動を必要とするまでもなく、このことについて激しく興奮していた。全米がポーリーンの怒りを共有していると言ってよかった。地下鉄の駅でインタヴューされた通勤者は怒り狂っていた。アメリカ国民が攻撃されたら、それがどんなものであろうと怒りを呼び起こさずにはいない。今回のそれは彼らを激しく怒らせていた。

北朝鮮はアメリカに大使館を持っていなかった。国連に政府代表部を持っているだけで、それはニューヨークの二番街にあるディプロマティック・センターのワンルームのオフィスだった。いま、その建物の前の通りは怒れる群衆で埋め尽くされ、十四階の窓に向かって怒号と罵声《ばせい》が浴びせられていた。

ジョージア州コロンバスでは、スーパーマーケットを経営する朝鮮系アメリカ人カップルが、自分たちの店のなかで若い白人の男に殺された。金は盗られず、〈マルボロ・ライト〉が一箱持ち去られただけだった。

ポーリーンは昨夜からの事後報告書を読み、重要な六人に電話をした。そこには、スリランカから戻ったばかりのチェスター・ジャクソン国務長官も含まれていた。彼の旅は徒労に終わり、和平会議が開かれることはなかった。

ピッパが牧場から動揺して電話をかけてきた。「彼らはどうしてこんなことをするの、お母さん？　人間じゃないの？」

「人間だけど、何をしでかすかわからない人間なの。ほとんど悪と同義ね」ポーリーンは答えた。「北朝鮮を支配している男は崖っぷちに立たされているのよ。自分の国の反乱グループ、南の隣人の韓国、さらにアメリカから攻撃されているの。おそらく、戦争に負けて、権力もそして、たぶん命も失うことになると考えているのよ。だから、何でもするの」

「お母さんはどうするの？」

「まだわからない。でも、アメリカ国民が今度みたいに攻撃されたら、何もしないわけにはいかないわ。ほかのみんなと同じように、わたしもやり返したいと思っている。でも、これが絶対にわたしたちと中国の戦争にならないようにもしなくてはならないの。そんなことになったら、ソウルで起こったことの十倍、あるいは、百倍もひどいことになるはずだから」

ピッパが苛立った声で言った。「なぜすべてのことがこんなに複雑なの？」

ああ、この子も大人になりつつあるのね、とポーリーンは思った。「簡単な問題はすぐに解決できるわ、すると、難しい問題だけが残ることになる。それが、簡単な答えを持つ政治家を決して信用すべきでない理由よ」

「そうなんでしょうね」

一日早くホワイトハウスへ戻ってくるよう言おうかと迷ったが、ヴァージニアのほうがまだ多少なりと安全だろうと判断した。「明日には会えるわね、ハニー」ポーリーンはできる限りさりげなく言った。

「そうね」

ポーリーンは執務机でオムレツを食べ、コーヒーを一杯飲んでからシチュエーションルームへ向かった。

そこには静電気のような、静かだけれども一触即発の緊張があった。それは嗅《か》ぐことができるものなのかしら、とポーリーンは訝った。磨き上げられたテーブルから立ち昇る艶出《つやだ》し剤の匂《にお》い、周囲にいる三十人かそこらの男女が発する体熱、近くにいる補助員の甘い香水の香り、そして、もう一つ別の匂いがあった。恐怖の臭いかもしれなかった。

ポーリーンはきびきびと仕事にかかった。「まずは重要なことから始めましょう」そして、シュナイダー統合参謀本部議長にうなずいた。「ビル、アメリカ側の死傷者について何がわかっているかしら？」

「いまのところアメリカ軍の死者四百二十名、負傷者千百九十一名が確認され、確認作業はいまも続行中です」その声は練兵場で怒鳴っているかのようで、感情を何とか抑えようと苦労しているのだろうと思われた。「攻撃は三時間ほど前に終わりましたが、被害の全容はいまだ明らかになっていません。最終的な死傷者はさらに多くなるはずです」そして、ごくりと唾《つば》を呑んだ。「多くの勇敢なアメリカ軍人が、今日、韓国で、あの国のために、命を、健康を犠牲にしたのです、大統領」

「われわれ全員が、彼らの勇気と忠誠心に感謝するものです、ビル」

「はい、大統領」

「民間人の被害はどうでしょう？　数日前まで、十万の非軍関係者が韓国で暮らしていました。退避できたのはどのぐらいですか？」

「充分とは言えません」統合参謀本部議長が咳払いをし、それまでよりは声を出すのが楽になったようだった。「民間人の死者は約四百人、負傷者は約四千人と予想していますが、それも玄人筋《くろうと》の推測に過ぎません」

「その数もさることながら、死に方が酷過《むご》ぎます」

「そのとおりです。マスタード・ガス、シアン化水素、ＶＸ神経ガスが使われました」

「生物兵器は使われたのかしら？」

「わかっている限りでは、使われていません」

「ありがとう、ビル」ポーリーンはチェスター・ジャクソンを見た。ツイードのスーツとボタンダウンのシャツが、シュナイダー将軍と対照的だった。「チェス、なぜこんなことが起こったのかしら？」

「最高指導者の頭のなかを覗くのはなかなか難しいことだから」チェスがジェリーと同じように慎重に逃げを打ち、ジェリーと同じように忍耐を要求した。「私の答えはあくまで推測の域を出ないけれども、それでもやってみようか。私の考えでは、カンがこんな無謀なことをするのは、早晩中国が助けてくれる、それが緊急を要すれば要するほど、助けが早くなると信じているからだ」

ソフィア・マリアーニ国家情報長官が割り込んだ。「よろしいですか、大統領？いまの国務長官の見立ては、情報を扱う共同体全員の見方でもあります」

「でも、カンが正しかったら？」ポーリーンは訊いた。「最終的に、中国は彼を助けるの？」

「それも正解を出すためには超能力を必要とする質問だな、大統領」チェスが言い、またもやポーリーンに忍耐を強要した。「北京の動きを読むのは難しい。なぜなら、若い進歩派と老いた守旧派という二つの派閥があるからだ。進歩派は最高指導者を頭痛の種と見なしていて、彼を追い払いたいと考えている。守旧派は資本主義的帝国主義に対する不可欠な防波堤と見なしているんだ」

「でも、実際のところは……」ポーリーンはチェスに先を促した。

「実際のところは、アメリカを北朝鮮に寄せつけないでおくという点では意見が一致している。アメリカが北朝鮮の領土、領空、領海を侵犯することは、北京との戦争を挑発する危険がある」

「それで戦争になる危険はあるけど、それで戦争が不可避になるとは限らないということ?」

「言葉を慎重に選んで言うと、そういうことだ。中国がどこで線を引くか、われわれにはわからない。彼ら自身もたぶんわからないだろう。そうせざるを得なくなるまで、その決断をしないかもしれない」

ポーリーンはピッパの言葉を思い出した――〝なぜすべてのことがこんなに複雑なの?〟。

これは序の口に過ぎない。ここに集まっている全員がわたしの指示を待っている。わたしは船長で、彼らは乗組員だ。彼らは船を操るけれども、わたしはどこへ向かうかを彼らに教えなくてはならない。

ポーリーンは言った。「今朝の北朝鮮の攻撃で、状況は大きく変わりました。これまでのわたしが最優先したのは戦争を回避することでした。でも、もはやそれは主要な問題ではなくなりました。われわれのすべての努力にもかかわらず、戦争は起こってしまいました。われわれはそれを欲しなかったけれども、すでにそこにあるのです」

そして、一拍置いてつづけた。「いまのわたしたちに課せられた仕事は、アメリカ国民の生命を守ることです」

全員が厳粛な面持ちで、しかし、安堵もしていた。少なくとも指示は出た。

「では、そのための最初の一歩は何か?」ポーリーンは心臓の鼓動が速くなるのがわかった。これまでしたことのないことをやろうとしているのだ。深呼吸をし、それからゆっくりと、力強く言葉をつづけた。「北朝鮮が絶対にアメリカ国民を殺すことがないようにすることです。われわれを害する恐れのある彼らの力を永久に排除します。彼らの軍事基地を徹底的に破壊するのです。それをやるのは、今日です」

テーブルの周囲の男女全員から、轟くような拍手喝采《かっさい》が起こった。明らかにこれを待ち望んでいたのだった。

ポーリーンは静かになるのを待ってつづけた。「それを成し遂げる方法が一つならずあるかもしれません」そして、ふたたび統合参謀本部議長を見た。「ビル、軍事的な選択肢を教えてください」

シュナイダー将軍が究極の確信を持って――交渉のプロのチェスとは対照的だった――口を開いた。「最大の破壊力を持つ選択肢から説明させてください。北朝鮮に対して核攻撃を行ない、全土を焼け野原にすることができます」

その提案ははなから採用の可能性はなかったが、ポーリーンはそうは言わなかった。彼女は選択肢を提示してくれと言い、彼はそれを提示しているのだ。彼女は明るい口調でその選択肢を退けた。「それはジェイムズ・ムーアが今度のテレビ・インタヴューで要求するんじゃないかしら」

チェスが言った。「しかし、その選択肢はわれわれを中国との核戦争に引きずり込みかねないぞ」

ビルが言った。「私はこの選択肢を推薦しているわけではない。だが、テーブルには載せておくべきだ」

「そのとおりよ、ビル」ポーリーンは言った。「ほかにはどういう選択肢があるのかしら?」

「あなたがおっしゃられた目的は、アメリカ軍部隊を北朝鮮に侵攻させることでも達成可能です。充分な戦力を投入してピョンヤンを制圧し、最高指導者と彼の全チームを捉え、軍を武装解除し、全土に残っているミサイルと生物化学兵器をすべて破壊するのです」

チェスが言った。「それもまた、中国がどう反応するかを考えなくてはならない」

シュナイダー将軍が憤りを抑えて言った。「この北朝鮮の非道に対するわれわれの対応が、中国を恐れることによって左右されないことを期待します」

「その心配は無用です、ビル、それはありません」ポーリーンは言った。「わたしたちはどんな選択肢があるか知ろうとしているだけです。次の選択肢を教えてちょうだい」

「三つめは」ビルが言った。「これがおそらく最後ですが、武力行使を最小限にして目標を達成しようとするものです。北朝鮮の軍事基地と政府施設に対して爆撃機、戦闘機、巡航ミサイル、ドローンを動員して全面的な空爆を行ないますが、地上軍部隊は使いません。それでも、ピョンヤンの陸海空の戦争遂行能力を完全に破壊するという目的は達成されますし、実際に北朝鮮に侵攻することもありません」

チェスが言った。「それでも、中国は快く思わないだろう」

「そうでしょうけど」ポーリーンは言った。「ぎりぎりの線ではあるわね。この前チェン国家主席と話したとき、北朝鮮の領土、領空、領海に実際にアメリカ軍部隊が足を踏み入れなければ、アメリカが北朝鮮をミサイルで攻撃しても報復はしない、と彼は言ったの。ビルの最小限攻撃案は北朝鮮の領海と領空は侵犯するけど、領土内にアメリカ地上軍部隊が実際に足を踏み入れることはないわけよね」

チェスが疑わしげに言った。「そう言った手前、チェンが忍耐すると?」

「断言はできないわ」ポーリーンは答えた。「でも、危険は引き受けなくてはならないでしょう」

長い沈黙があった。

ガス・ブレイクが初めて発言した。「要するに、この三つの選択肢のどれを採用しても、反乱グループが押さえている部分も攻撃対象になるわけだな、大統領？」

「そうだ」シュナイダーが力のこもった声で答えた。「彼らも北朝鮮軍であることに変わりはないし、兵器も持っている。仕事を半分で終わらせるわけにはいかない」

「駄目だ」チェスが言った。「彼らの兵器には核も含まれている。北朝鮮を無力化するという所期の目的を果たすというわれわれの攻撃に対して、彼らが核で報復しない理由はないのではないのか？」

ガスが言った。「私もチェスと同意見だが、それには別の理由がある。最高指導者がいなくなったら、北朝鮮は政府が必要になる。そこに反乱グループを加えるのが賢明かもしれないと考えるからだ」

ポーリーンは腹を決めた。「何であれアメリカを害していない人々を攻撃するつもりはありません。しかし、われわれに対して悪意ある動きを見せたら、その瞬間に叩き潰します」

概《おおむ》ねの同意を取り付けることができたようだった。

「では、意見の一致を見たとみなします」ポーリーンは言った。「ビルの最小攻撃案を念頭に置いての話し合いに入りましょう」

今度も概ねの同意を得られたようだった。

ポーリーンはつづけた。「わたしは〝今日〟と言いました。あれは本気です。こちらの時間の今夜八時に東アジアの夜が明けます。ビル、それまでにできますか？」

シュナイダーが得たりとばかりに勢い込んで答えた。「任せてください、大統領」

「巡航ミサイル、ドローン、爆撃機、戦闘機。それから、どこであれ北朝鮮海軍から攻撃があった場合に備え、アメリカ海軍艦船を展開させてください」

「北朝鮮の港も空からの攻撃対象でしょうか？」

ポーリーンは束の間考えて答えた。「港も攻撃対象に含めます。目的は北朝鮮に完全に戦闘能力を失わせることです。隠し場所を残すわけにはいきません」

「防衛準備態勢のレヴェルを上げますか？」

「もちろんです。デフコン2にします」

ガスが言った。「打撃力を最大にするために、韓国以外の基地にいる部隊も展開する必要がある。特に日本とグアムだ」

「やってちょうだい」

「同盟国にも参加してもらうのがいいと思う。そうすれば、これはアメリカ単独ではなくて、世界的な努力だと見せられる」ガスが推薦した。

チェスが言った。「彼らも参加したがるはずだ。国際法に違反して化学兵器が使われたとあれば尚更だろう」

ガスが言った。「オーストラリアに関与してもらいたいな」

「要請してちょうだい。わたしは今夜八時に攻撃が始まった時点で、ネットワークテレビで全米に呼びかけます」ポーリーンはそう言うと立ち上がり、それに倣った全員に付け加えた。「ありがとう、みなさん。何としても成功させましょう」


ポーリーンはオーヴァル・オフィスへ戻ると、サンディップ・チャクラボーティを呼んだ。彼はジェイムズ・ムーアがすでに大統領は及び腰だと非難しはじめていることを教えてくれた。「まあ、あの方向からなら、何が飛んできても驚きはしないわね」彼女は言い、午後八時から十五分、全ネットワーク局の時間を押さえるよう指示した。

「いい考えだと思います」サンディップが言った。「ニュース番組はあなたが何をしようとしているかを推測することに集中し、部外者のムーアが傍《はた》からどんな非難をしようと見向きもしないでしょうからね」

「よかった」彼女は言った。実のところ、ムーアのことはもはやどうでもよかったのだが、サンディップの気持ちを無下《むげ》にしたくなかった。

サンディップが退出すると、ポーリーンはガスを呼んで言った。「核戦争を宣言する手続きを教えてもらえないかしら」

ガスがぎょっとした。「そうなりそうなのか?」

「万《ばん》やむを得ざる場合だけどね」彼女は言った。「でも、何があってもいいように準備をしておかなくてはならないわ。坐ってちょうだい」

二人は向かい合う形でカウチに腰を下ろした。「〝核のフットボール〟のことは知っているよな」ガスが言った。

「知っているけど、あれを実際に使うのはホワイトハウスの外にいるときでしょう」

「わかった。ここにいるときに――その可能性が高いだろうが――そういう事態になった場合、まずきみがやらなくてはならないのは、最上層部の助言者との話し合いだ」

「これは大統領が一人で決めることじゃないの? みんな、そう思ってるけど」

「現実にはそうなるだろう。なぜなら、話し合いをしている時間的余裕はたぶんないからな。だが、可能であれば、しなくてはならない」

「そうね、わたしもそうしたいわね、できればだけど」

「時間が許せば、ぼくだけにでも話せるかもしれない」

「次は?」

「第二段階は、ペンタゴンのウォー・ルームに電話をすることだ。ホワイトハウスの外にいるときなら、〝核のフットボール〟の特別電話を使えばいい。電話がつながったら、身分を証明する必要がある。〈ビスケット〉は持っているか?」

ポーリーンはポケットから不透明な薄いプラスティックのケースを取り出した。

「これを開けるのよね」

「開ける方法は一つだけだ。二つに割らなくちゃならない」

「それは知っているわ」彼女は小さなケースを両手で持つと、お互いが逆方向になるように捻《ひね》った。ケースは簡単に割れ、クレジットカードのような四角いプラスティックの板が現われた。カードは毎日変わっていた。

ガスが言った。「そのカードに印刷されているのが身分証明コードだ」

「〝ツー・スリー・ホテル・ヴィクター〟となっているわ」

「それを読み上げれば、命令を与えるのはきみだと向こうがわかる」

「それで終わり?」

「いや、まだだ。第三段階は、ウォー・ルームがミサイル発射基地、潜水艦、爆撃機の担当員に暗号命令を発する。所要時間は三分だ」

「担当員は暗号を解読しなくてはならないわね」

「そうだ……」

ガスは〝わかり切ったことだろう〟とは付け加えなかったが、その声にかすかに焦《じ》れったさがあるのをポーリーンは察知した。つまらない質問で邪魔をしているのだとわかったが、そういう質問をするのは、このやりとりで緊張させられている印だった。今日は究極の冷静を保っていなくてはならないのだ、と自分に言い聞かせた。「ごめんなさい、馬鹿な質問をしてしまったわ。つづけてちょうだい」彼女は言った。

「ウォー・ルームからの命令には、標的、発射時刻、そして、弾頭を解除するコードが含まれている。よほどの意表を突かれた緊急事態でない限り、標的については前もってきみの同意が得られているのが普通だ」

「でも、まだわたしのところへ――」

「あと一時間かそこらで、ビルからリストが届くはずだ」

「わかった」

「第四段階は、発射準備だ。担当員は認証コードを確認し、標的の経緯度を設定し、ミサイルを解除しなくてはならない。この時点までは、きみは命令を取り消すことができる」

「爆撃機はいつでも呼び戻せるわよね」

「呼び戻せる。だが、第五段階はミサイル発射だ。一旦発射されたら、呼び戻すことも、向きを変えることもできない。所要時間は五分だ。核戦争が始まったんだ」

ポーリーンは一日じゅう、それを懸念していた。自分が決めてきたことは危険で、同僚が全員一致で計画に同意してくれたという事実も、責任から解放してはくれなかった。しかし、ほかの選択肢はさらによくないものだった。核を選択すること――ポーリーンの予想通り、ジェイムズ・ムーアはそれを要求していた――は、さらに危険でさえあった。しかし、アメリカと世界の脅威になっている体制には、致命的な一撃を食らわせなくてはならなかった。

何度堂々巡りをして考えても、たどり着く結論は変わらなかった。

テレビ・クルーが七時にオーヴァル・オフィスに到着した。一つのテレビ局が取材したものを、すべてのテレビ局が共有するのだった。ジーンズとトレーナーの男女が、カメラ、照明、マイクを据え付け、金色の絨毯《じゅうたん》の上にケーブルを伸ばしていった。その間《かん》、ポーリーンはスピーチ原稿に最後の手を加え、サンディップがそれをテレプロンプターにアップロードした。

サンディップが明るいブルーのブラウスを持ってきた。このほうがカメラ映りがいいということだった。「グレイのスーツはテレビでは黒っぽく見えてしまうんですが、そのほうがいいでしょう」というのが、彼の主張だった。メイキャップの担当者が顔を直し、美容担当者がブロンドのボブの髪を直してスプレーをかけた。

考え直す時間はまだあった。頭のなかでもう一度議論を一巡りさせ、同じ場所へ戻った。
時間が過ぎていき、八時まで一分になったとき、部屋が静まり返った。
プロデューサーが最後の数秒を、指を折ってカウントダウンした。
ポーリーンはカメラを見て口を開いた。「アメリカ国民のみなさん」

38

グリーン大統領が「アメリカ国民のみなさん」と呼びかけると、北京の国家安全部本部の会議室が静かになった。

朝の八時だった。チャン・カイは安全部の各部局の長を呼び出し、自分と一緒にグリーン大統領のスピーチを聴かせることにした。何人かは眠そうな目をしていて、慌てて着替えてきたらしかった。国家安全部の本部の残りの職員も、別々の部屋で同じ映像を観ていた。

この十二時間、世界じゅうのニュース・チャンネルがグリーン大統領が何を言うかを推測していたが、根拠となる材料はまったく漏れてきていなかった。信号情報《シギント》はアメリカ軍の通信活動が活発になっていることを示していたから、何かがあるのは間違いないと思われたが、それが何かがわからなかった。カイが報酬を弾《はず》んでいるワシントンのスパイも、かすかな手掛かりすらつかめないでいた。チェン国家主席はグリーン大統領と二度話していたが、わかっているのは——主席の言葉を借りるなら——

彼女は〝眠れる獅子《しし》〟だということだけだった。二つの国の外務大臣は一晩じゅう連絡を取りつづけ、国連安全保障理事会は会議を開きつづけていた。

グリーン大統領はピョンヤンの化学兵器使用に対応するに決まっているが、その対応はどういうものになるのか？　外交チャンネルを通しての抗議から核爆弾の投入まで、あらゆることを発表する可能性がある。しかし、それはあくまで原則であり、現実的には大きなものであるに違いない。自分の国の兵士や市民にああいう種類の攻撃をされて、報復をしない国はあり得ない。

中国政府の立場は難しい。北朝鮮は抑えが利かなくなりつつあるが、北京はピョンヤンの犯罪を非難することになるだろう。この危険な状況を、たとえあと一日であっても、このままにしておくことは許されないはずだ。だが、中国にできることは何だ？

グリーン大統領がその手掛かりを与えてくれるといいのだが。

「わが同胞たるアメリカ国民のみなさん、アメリカ合衆国は数秒後に、北朝鮮のピョンヤンにある軍事施設に対し、全面的な空からの攻撃を開始します」

「くそ！」カイは思わず声を漏らした。

「北朝鮮は世界の文明国家のすべてが使用を禁じている人道にもとる兵器を使い、数千人のアメリカ国民を殺害しました。わたしはいまここでみなさんにお伝えします……」そして、一言一言をゆっくりと強調した。「ピョンヤン体制は、いま、徹底的に叩き潰されることになります」

大きな机の向こうにいる小柄なブロンドの女性は、これまでにおれが見てきたどのリーダーよりも手強《てごわ》いのではないか、とカイは一瞬思った。

「いまお話ししたとおり、われわれはこれから、ピョンヤンが支配しているすべての軍事及び政府施設を標的として、非核ミサイルを発射します」

「核ではないのか」カイは言った。「助かった」

「さらに、ミサイルのあとに爆弾を投下して標的を完全に破壊すべく、わが爆撃機が緊急離陸して待機しています」

「ミサイルと爆弾だけで、核はなしなんだな」カイは言った。「レーダー画像と衛星画像を両方とも、私のスクリーンで見られるようにしてくれ」

グリーン大統領が言った。「数時間後には、最高指導者を自称する男は、アメリカ合衆国を攻撃するいかなる能力も完全に失うことになります。彼は究極の無力という状態に陥ります」

カイはニール・デイヴィッドソンの個人使用の番号に電話をかけてみた。予想したとおり、そのまま留守番電話につながった。ニールはだれにも邪魔されずにグリーン大統領の発言を聞きたいのだ。それでも、カイはこの放送が終わったら、だれよりも先に、まずニールと話したかった。数分後には、ニールのところへ国務省から外交的事後説明があるはずで、ポーリーン・グリーンのメッセージがさらに詳しく説明されているだろうから、いまカイの頭に浮かんできつつある疑問の答えもそこにあるはずだった。カイは留守番電話の電子音が鳴り終わるのを待って、メッセージを残した。「カイだ、いまグリーン大統領をテレビで見ている。連絡をくれ」そして、電話を切った。

「攻撃の決断は容易ではありませんでした」グリーン大統領が言った。「この決断をするときがこないことを、わたしは常に願っていました。わたしはこの決断を感情に駆られてしたわけでも、復讐の熱に浮かされてしたわけでもありません。閣僚と冷静沈着に相談し、全員が熟慮に熟慮を重ねて、これが自由で独立した人々の暮らすアメリカ合衆国に開かれた、唯一の実行可能な選択肢であると意見の一致を見たのです」

壁のスクリーンが作動し、地図の上にレーダー画像が重ねられた形で映し出された。カイは当惑した。見えているのが何なのか、よくわからなかった。ミサイルは南朝鮮の南端から数マイルの海上を飛んでいるようだった。

こういう種類の視覚情報を解読するのが早いヤン・ヨンがつぶやいた。「いったい何発飛んでいるんだ？」

カイは言った。「この数日のことがあるからな、そのあと、アメリカはそんなに多くのミサイルを南朝鮮に持っていないはずだぞ」

「いや、このミサイルは南朝鮮ではなくて」ヤンは確信があるようだった。「実は日本から発射されたものだと思います」アメリカは日本本土と沖縄に軍基地を持っていて、そこにいる艦船や航空機から巡航ミサイルを発射することができた。ヤンが付け加えた。「凄い数です！」

アメリカの巨大潜水艦が一隻で百五十発以上のトマホーク・ミサイルを搭載できることを、カイは思い出した。「世界一金を持った国と喧嘩をすると、こうなるということか」彼は言った。

朝鮮半島デスクの長のジン・チンファが、自分のラップトップ・コンピューターを見ながら言った。「これを聴いてください。北朝鮮の南浦《ナムポ》港で米を降ろしている中国の貨物船から、たったいま入ってきたメッセージです」

中国船は商船を含めて例外なく、何であれ重要なことを目撃したら報告する役目の者を一人、必ず乗り組ませておく義務があった。メッセージを送る先は深圳《シエンチエン》港にある海洋情報センターだと彼らは思っていたが、実は国家安全部だった。

ジンがつづけた。「それによると、アメリカ巡洋艦〈モーガン〉が大同江《テドンガン》河口方向へ向かいながら巡航ミサイル一発を発射し、北朝鮮海軍艦船を一隻、彼らの目の前で沈めたとのことです」

インターネットの専門家の若い女性、チョー・メイリンが言った。「早いですね！」

カイは言った。「グリーン大統領は本気なんだ。北朝鮮の軍事力を完全に無力化するつもりだ」

「彼女はそうは言っていませんよ」ヤン・ヨンが知ったふうな口調で訂正した。「正確には、ちょっと違います」

カイはヤンを見た。彼は常に自分の頭の良さを見せつけようとする若い部員と違って、そういう言い方をすることは滅多になかった。「どういうことだ?」カイは訊いた。

「彼女は〝北朝鮮〟を攻撃するとは一度も言っていません。常に〝ピョンヤン〟です。〝最高指導者〟は一度使っていますが」

カイはそこまでは気がついていなかった。「よく指摘してくれた」彼は言った。「彼女は反乱グループはそのままにしておくつもりかもしれない」

「あるいは、とりあえずのところ、そうしておくとか」

「CIAと話すときに、それを突き止める努力をしてみよう」

グリーン大統領の呼びかけが終わった。さらなる新事実が明らかになることはなかった。数分後、カイは海外問題担当委員会の緊急会議に出席するよう命じられ、中南海へ行くことになった。その旨をヘーシャンに告げ、コートをつかんで建物を出た。

自分がこの緊急会議に呼ばれることを、カイは予想していた。というのは、アメリカの攻撃に中国がどう対応するかを議論したら、例によって強硬派と穏健派に割れることは明らかで、第三次世界大戦が始まることなく中国の面子が立つ妥協点を探ることが自分の役割になるはずだからである。

いつもの大渋滞に巻き込まれながらカイが中南海へ向かっているとき、そして、アメリカのミサイルが日本から北朝鮮へいまも千マイルの旅をしているとき、ニール・デイヴィッドソンから電話がかかってきた。

いつものゆっくりしたテキサス訛りは影を潜め、実際ほとんど緊張しているように聞こえる声だった。「カイ、あんたたちのだれかが拙速に何かをする前に嘘も隠しもなく明確にしておきたいんだが、アメリカは北朝鮮に侵攻するつもりはないからな」

カイは言った。「では、アメリカは侵攻という手段を取ることなく、現在の状況に対処できると考えているんだな。だが、侵攻の可能性を完全に排除したわけではないだろう」

「規模の問題だ」

カイは大きな安堵を覚えた。何故なら、いまでも危機の拡大を阻止するチャンスがあることを意味しているからだった。しかし、それを口にすることはしなかった。相手のために物事を優しくしてやりすぎるのは、利巧とは言えなかった。カイは言った。

「だが、ニール、アメリカの巡洋艦がすでに海上国境線を侵犯して北朝鮮領海へ侵入し、大同江河口にいた北朝鮮艦船を巡航ミサイルで沈めているじゃないか。あれは侵攻ではないと言い張るのか？」

沈黙があり、ニールは〈モーガン〉のことを知らなかったのではないかとカイは推測した。しかし、ニールは体勢を立て直して言った。「海上からの攻撃は排除されていない。おれが言っているのは、アメリカ地上軍が北朝鮮領土内に足を踏み入れるつもりはないということだ」

「それは屁理屈というものだろう」カイは応じたが、実はまんざらでもなかった。もしそれがアメリカが攻撃と侵攻のあいだに引きたがっている線なら、少なくとも非公式にではあるにせよ、中国政府は受け容れられなくもないかもしれなかった。

ニールが言った。「いまあんたとおれがこうやって話しているとき、わが国務長官がワシントンのあんたのところの大使に電話をして、同じことを伝えている。アメリカが咎めているのはあの化学兵器を使った連中で、北京の人々ではない」

カイはニールの声に疑いの色があることに気づいた。「このアメリカの攻撃は釣り合いの取れた対応だと言おうとしているのか？」

「そのとおりだ。そして、アメリカだけでなく、世界のほかの国もそう見るだろうとわれわれは考えている」

「中国政府はそんな寛大な見方はしないのではないかな」

「われわれの意図が厳密に限定的なものであると理解すれば、そう見てくれるんじゃないのか。われわれは北朝鮮政府を乗っ取りたいなどとは思ってもいないんだ」

もし本当なら、それは重要なことだった。スマートフォンのスクリーンを見ると、一本の着信があることがわかった。おそらく最初のミサイルが着弾したことを部下が知らせてきたのだ。しかし、いまはまだ、ニールからさらなる情報を手に入れる必要があった。「グリーン大統領は北朝鮮を攻撃するとは言わなかった。ピョンヤン体制を攻撃するとはたびたび言ったけどな。それはつまり、反乱グループが押さえている軍基地は攻撃対象ではないということか？」

「大統領はアメリカ国民に害を及ぼさない人々を攻撃しない」

その保証には脅しが含まれていた。反乱グループは彼らが中立を保つ限りにおいてのみ安全であり、アメリカ国民を攻撃した瞬間に標的になるということだった。「よくわかった」カイは言った。「別の電話が入っているんだ。お互いに連絡を途切れさせないようにしよう」そして、返事を待つことなく通話を終え、待たせていた相手に応えた。

ジン・チンファが報告した。「最初のミサイルが北朝鮮領土内に着弾しました」

「北朝鮮のどこだ？」

「何箇所かに同時に着弾しています。北朝鮮空軍司令部があるピョンヤン郊外のチョンハ、海州《ヘジュ》の海軍基地、カン一族の住居――」

カイは頭に北朝鮮の地図を広げ、ジンの報告をさえぎった。「標的はすべて北朝鮮の西に偏っていて、反乱軍が押さえている地域からは離れているな」

「そうです」

ニールの言ったことが事実だと確認された。

カイの乗った車はいつもどおり警備の厳重な新華門を通過した。「ありがとう、ジン」カイは言って電話を切った。

ヘーシャンが懐仁堂《ファイレンタン》の前に車を駐めた。そこは重要な政治委員会が開かれる場所で、リムジンがずらりと並んでいた。中南海は大半の建物が同じような伝統的なスタイルで、屋根はどれも弧を描いていた。懐仁堂には儀礼的な会合のための広い講堂があったが、外交問題担当委員会は会議室に集《つど》っていた。

カイは車を降りると、水面を渡ってくる気持ちのいいそよ風を深く吸い込んだ。北京で数少ない、空気が澄んでいる場所の一つだった。何度か深呼吸をして血流に酸素を取り込んでから、建物に入った。

チェン国家主席はすでにそこにいた。カイが驚いたことに、スーツは着ていたがネクタイはなく、髭も剃《そ》っていなかった。これほど見苦しいチェンを目にするのは初めてだった。昨夜はほとんど寝ていないのだろうと思われた。主席はカイの父親のチャン・ジャンジュンと話し込んでいた。強硬派はファン・リンとフー・チューユー、穏健派はコン・チャオが出席していた。どちらでもない中間派を代表するのが、ウー・ベイ外務大臣とチェン国家主席その人だった。全員が懸念と緊張を色濃く顔に浮かべていた。

チェンが着席を促し、チャン・ジャンジュンに情報の更新を求めた。その報告によると、北朝鮮のミサイル防御は成功していなかった。その理由の一つは、彼らのミサイル迎撃ミサイルの発射台がアメリカのサイバー攻撃を受けたことにあった。また、攻撃がグリーン大統領の意図——すなわち、ピョンヤン体制の完全な壊滅——を正確に成し遂げる可能性が高かった。「同志に改めて思い出してもらうまでもないと思うが」チャン・ジャンジュンが言った。「一九六一年に中国と北朝鮮のあいだで結ばれた条約で、北朝鮮が攻撃されたら中国は彼らを助けなくてはならないことになっている」

チェン国家主席が付け加えた。「言うまでもないと思うが、これが中国が他国と結んでいる唯一の相互防衛条約である。もしそれを守らなければ、われわれは世界に恥をさらすことになる」

カイの上司のフー・チューユーが、カイの部局からの情報を要約した。そのあと、カイは数分前にニール・デイヴィッドソンから得た、アメリカは北朝鮮政府を乗っ取る意図はないという情報をこれ見よがしに付け加えた。

フーが憎々しげにカイを睨んでそれに報いた。

ファン将軍が言った。「これと同じような状況を想像してみようではないか。たとえば、メキシコがキューバを化学兵器で攻撃してロシアの顧問団数百人を殺し、ロシアがその報復として大規模な空からの攻撃をしてメキシコ政府と軍の壊滅を目論んだとしよう。その場合、アメリカはメキシコを守ろうとするだろうか？　そうしないという疑いが、わずかでもあるだろうか？　あるはずがない、彼らはメキシコを守るに決まっている！」

コン・チャオが簡単に訊いた。「しかし、どうやって？」

ファンが驚いて訊き返した。「どうやって、とはどういう意味だ？」

「モスクワを爆撃するんですか？」

「その選択肢も考慮するはずだ」

「そうでしょうね。あなたが想像した状況は、いまのわれわれと同じジレンマに直面することになるはずです。二級の隣国が攻撃されたことを理由に、第三次世界大戦を始めるのか、というジレンマにね」

ファンは苛立ちを隠そうともしなかった。「中国政府は断固たる行動を取るべきだと私が提案するたびに、それは第三次世界大戦を始めることになるかもしれないというやつがいるな」

「その危険が常にそこにあるからです」

「だからと言って、何もしないで手をつかねているわけにはいくまい」

「第三次世界大戦の危険を無視することもできません」

チェン国家主席が割って入った。「もちろん、どっちの言い分も正しい。私がいま諸君から聞く必要があるのは、危機をエスカレートさせることなく、アメリカの北朝鮮攻撃にどう対処するかだ」

カイは言った。「よろしいでしょうか、国家主席」

「話してみたまえ」

「いま、北朝鮮には政府が一つではなく、二つあります。われわれはそれを直視しなくてはなりません」

あたかも反乱グループが政府であるかのように扱う考えにフアンがまた苛立ったが、チェン国家主席はうなずいた。

カイはつづけた。「最高指導者は通常は味方ですが、もはやわれわれと協調しようとせず、われわれが求めていない危機を作り出しています。反乱グループは国の半分を押さえていて、核兵器を持っています。われわれはヨンジョンドンの超愛国者グループとどういう関係を望むかを考えなくてはなりません。われわれが好むと好まざるとにかかわらず、もう一つの政府になってしまっているわけですから」

ファンが憤然として言った。「共産党に逆らう反乱が成功と見なされるなど、絶対にあってはならないことだ。いずれにせよ、その連中とどうやって話をするんだ？　リーダーがだれかもわからず、どうやって接触するかもわかっていないんだぞ」

カイは答えた。「私はリーダーがだれか知っていますし、接触することもできます」

「どうしてそんなことができるんだ？」

カイはテーブルを囲んでいる面々と、彼らの背後に控える補助員をゆっくりと見てから言った。「将軍、あなたはもちろん、最高機密レヴェルの情報に接触する資格をお持ちです。ですが、高度に繊細な情報源の名前を明かすことを私がためらったとしても、それはご容赦願えないでしょうか」

自分が間違っていることに気づいて、ファンが引き下がった。「そうだな、いまの質問は忘れてくれ」

チェン主席が言った。「よろしい、超愛国者グループと話すことはできるわけだ。では、次の質問だが、何を話すんだ？」

カイは明確な考えを持っていたが、ここでそれを明らかにすると自分を縛ることになるので、こう言った。「まずは予備的な話し合いになるはずです」

しかし、ウー・ベイはカイが何を目論んでいるか気づかないほど迂闊《うかつ》ではなかったし、カイにフリーハンドを与えたくなかったから、こう言った。「もっといい策があります。われわれが何を欲しているかは明らかです。完全かつ無条件に敵対行動を終了させることです。そして、超愛国者グループが何を欲しているかも推察できます。新しくできる北朝鮮政府の大部分を占めることです」

カイは言った。「そして、私の仕事は、彼らが反乱をやめるのと引き換えに何を要求するか、それを正確に突き止めることです」

ファアンがさっきの異議を繰り返した。「党に平然と逆らう連中に力を与えるべきではない」

「よく指摘してくれた、将軍」ウーが言い、そこにいる全員を見た。「ファアン同志の考えは完璧に正しいと私は信じるものです」ファアンの表情が幾分か柔らかくなったが、ウーは彼に全面的に同意したわけではなく、別の考えを述べた。「この超愛国者グループが信用に値すると考えるべきではありません。明確な保証がない限り、何であれ彼らとの合意は不可能です」

ファアンがいつもの陰険さを忘れたかのように、勢い込んでうなずいた。強硬派から上辺《うわべ》だけだと悪しざまに言われてはいるが、とカイは思った。ウーの人当たりの良さは実は決定的な戦術なんだ。事実、強硬派のファアンの懐柔に成功し、ファアンはそれに気づいてもいない。

チェン主席が言った。「それはいい考えだが、すぐにできることではなさそうだ。この状況を冷却するために、今日のいま、われわれのできることは何だ?」

コン・チャオが提案した。「双方に停戦を呼びかけ、同時に、一方的に停戦するよう、ピョンヤンに圧力をかけるのはどうでしょう」

チェンが訊いた。「彼らにはまだミサイルが残っているのか?」

カイは答えた。「一握りだと思います。橋の下やトンネルに隠してあります」

チェンが考える様子でうなずいた。「それでも、一方的な停戦は敗北を認めるのと大して違わないと考えるのではないだろうか」

コンが言った。「やってみることはできます」

「そうだな。問題はわれわれの要求をどういう言葉で表わすかだ」

カイはもう関心を失っていた。長い話し合いになりそうだった。この会議の重要な部分はもう終わっていて、いまは全員が大した意味のないことに取りかかろうとしていた。彼は何とか忍耐力を掻き集め、超愛国者グループと会う計画を練りはじめた。

通信する相手はハン将軍ではなく、反乱グループのリーダーだった。カイはスマートフォンで文面を作っていった。

〝宛先《あてさき》　パク・ジェジン将軍
秘密
中華人民共和国最上層部の密使が、本日、あなたを訪ねたいと強く希望しています。ヘリコプターのパイロットを別にすれば、同行者はいません。二人とも丸腰です。その密使の任務は、朝鮮半島と中国にとって最も重要な事柄についてのものです。
このメッセージの受信確認と、この密使と会うか否かのあなたの意志を知らせてくださるようお願いします。
発信　中華人民共和国　国家安全部〟

カイはこのメッセージをジン・チンファに送信し、見つけられる限りのヨンジョンドンの軍基地のインターネット・アドレスすべてに転送するよう指示を添付した。一つの安全を確認されているアドレスを使うほうがよかったのだが、緊急性が安全性を上回っていた。

会議が終わるや、カイは父親を捕まえて言った。「空軍のジェット機で延吉《イエンチー》へ飛ばなくちゃなりません。それと、そこからヨンジョンドンまでのヘリコプターも必要です」

「手配しよう」父親が答えた。「いつだ？」

カイは時を見た。十時だった。「北京を十一時に発って、二時に延吉でヘリコプターに乗れば、三時ごろにはヨンジョンドンに着けるでしょう」

「わかった」

今度ばかりは父親とうまくいってよかったな、とカイは安堵しながら言った。「同行者はパイロットだけで、二人とも丸腰だと、超愛国者グループに知らせてあります。だから、ヘリコプターに武器は搭載しないでください」

「そうだな、そのほうがいいだろう。反乱グループの勢力範囲に入ったら、その瞬間に圧倒的な多勢に無勢になるわけだからな。生きているためには、闘わないことしかない」

「同感です」

「ジェット機とヘリコプターの件は保証する」

「感謝します」

「幸運を祈っているぞ、息子よ」

北朝鮮は雲一つない晴天だった。中国人民解放空軍のヘリコプターは東部空域を低空で飛んでいて、カイは冬の陽に照らされた風景を見下ろした。何事もない普通の一日のような印象だった。畑には人がいて、道路にはトラックがあった。

もちろん、中国とは違っていた。町に渋滞はなく、大気にも、ピンク色に汚染された靄《もや》はかかっていなかった。中国では町の郊外にぞくぞくと高層建築が造られていたが、ここではほとんど見られなかった。北朝鮮は貧しく、人通りも少なかった。

戦争の印も見えなかった。倒壊した建物も、焼けた畑も、ねじれた鉄道線路もなかった。初期の反乱は軍基地周辺の小規模の衝突でしかなく、この地域の新しい支配者たちは国際的な衝突の埒外《らちがい》にいたのだった。人々はたぶんそれだけで彼らに好意的なのだろう。超愛国者グループは頭がいいのだろうか？　それとも運がいいだけか？いずれにしても、もうすぐわかるはずだった。

アメリカの攻撃の印もなかった。彼らは約束通り、北朝鮮の西側、いまだ最高指導者が支配している領域だけを狙ったということだった。カイの頭上をミサイルが飛んでいるかもしれないが、そうだとしても、あまりに高いところで速い速度だから、肉眼では見えなかった。

政府の機器は反乱軍が支配している地域でも普通に動いていた。カイの乗っているヘリコプターのパイロットは通常の方法で航空管制官と連絡を取り、着陸許可を得ていた。

反乱グループのリーダーのパク・ジェジンは、カイのメッセージにすぐに返事をよこした。彼は話をするにやぶさかでない様子で、自分のいる軍基地の経緯度を教え、会う時間を午後三時三十分に指定して、カイはそれに同意した。

延吉の軍飛行場で乗り換えを待っているとき、パク・ジェジンの宿営地にいるスパイ、ハン将軍が狼狽《ろうばい》して電話をかけてきて言った。「何をするつもりだ？」

「戦争を終わらせなくてはならないでしょう」

「超愛国者グループと取引をするのか？」

「予備的な話し合いです」

「あいつらは狂信者だぞ。あいつらの愛国主義は宗教に近い」

「しかし、大きな支持を取り付けているようですよ」

「最高指導者よりましだというのが、彼らがあいつらを支持する主たる理由だ」

カイは一瞬間を取って考えた。普通、ハンは誇張はしない。これほど懸念するからには、理由があるに違いない。カイは言った。「そういう連中でも、どうしても会わなくてはならないとしたら、どう対応すべきですか？」

即座に答えが返ってきた。「信用しないことだ」

「わかりました」

「私もその話し合いに同席する」

「なぜですか？」

「通訳をするためだ。ここには北京標準語を話せる者がほとんどいない。超愛国者グループの大半は、きみたちの言葉を外圧の象徴と見なしている」

「わかりました」

「私と知り合いだなどとは、ちらりとでも気取《けど》られないようにしてくれよ」

「もちろんです」

　電話はそこで終わった。

　中国・北朝鮮国境からずっと、カイのヘリコプターはロシア製の攻撃ヘリコプター、威嚇《いかく》的に突き出したその機首から〝クロコダイル〟のニックネームを持つ、Mi‐25につきまとわれた。迷彩塗装が施されていたが、胴体には朝鮮人民空軍防空部隊を示す、赤と青の二重円のなかに赤の五芒星《ごぼうせい》のマークが記されていた。彼らは安全な距離を保ち、威嚇的な動きは見せなかった。

　その間《かん》ずっと、カイはパク将軍にどう言うかを考えつづけていた。〝取引できないだろうか？〟と伝えるには百通りもの言い方があるが、この場合、最善なのはどれだ？　自信がないことは滅多になく、過剰なぐらいの自信があるのが普通だったが、今回は例外だと認めざるを得なかった。自分が成功するか失敗するかにこれほどの大《だい》事《じ》が懸かっていたことは、これまで一度もなかった。

〝クロコダイル〟が目に入るたびに、自分自身にも危険が及ぶ恐れがあることを思い出した。反乱グループはおれを逮捕し、独房に入れ、尋問することにしているかもしれない。おれをスパイだと言うかもしれない。実際、おれはスパイだ。だが、いまそれを心配しても意味はない。もう始めてしまったのだ。

唯一わかっているのは、簡単に明らかになる事実を突き止める以上のことを、自分がする覚悟でいることだった。カイは反乱グループと交渉するつもりでいた。なんの権限も持っていなかったが、相手はそのことを知らない。相応の取引ができれば、それを支持してもらうべく、チェン国家主席を説得できる自信はあった。

危険な戦略だが、いまは緊急時だった。

ヘリコプターはヨンジョンドンに近づきつつあった。木の多い渓谷を細い川が流れていて、基地はその川沿いにあった。この基地の支配を巡る、四週間前の戦いの証拠が見えてきた。航空機が一機、流れに突っ込んでいた。小屋が残骸と化していた。森が燃えた跡が帯状になって残っていた。パイロットが地上管制と話しているのが聞こえた。

高度が下がるにつれて、カイに誇示するために反乱グループが並べた戦利品が見えてきた。どれも全長が七十フィート以上ある大陸間弾道ミサイルが六基、二十二輪の大型移動発射装置に載せられ、多核弾頭を装塡されて、一糸乱れず整列していた。射程距離は七千マイル、ここからワシントンＤＣまでと同じだった。反乱グループは切り札を見せていた。

カイのヘリコプターはヘリパッドへと降下していった。少人数の重武装したグループが待っていたが、カイがスーツとネクタイ姿で、オーヴァーコートのボタンを留めずに、手に何も持たないまま降りていくと、明らかに丸腰だとわかって緊張を解いたようだった。それでも徹底的に全身を検査され、そのあとようやく二階建ての建物に案内された。明らかに司令部だった。煉瓦に弾痕《だんこん》があることにカイは気がついた。

連れていかれた司令官のスイートは安物の調度とリノリウムの床のわびしい空間で、空調が悪く、暖房もきいていなくて、寒いうえに息苦しかった。カイを待っていた三人は全員が北朝鮮軍の将軍の軍服を着て、見るたびに滑稽《こっけい》だとしかカイには思えない、大きすぎる制帽をかぶっていた。もう一人、片側に四人目の将軍が立っていた。ハンだった。

三人のうちの真ん中の一人が一歩前に出て、パク・ジェジン大将だと名乗り、残る二人を紹介してから、全員で内側のオフィスに移動した。

パクは帽子を脱ぐと、実用一点張りの、電話しか置いてない机に向かって腰を下ろした。そして、自分の向かいに坐るようカイを促した。ハンが隅の椅子に坐り、残る二人はパクの左右に立って、パクの権威を強調した。反乱グループのリーダーは四十歳ぐらいか、背が低く痩《や》せていて、短く刈り込んだ髪が後退しはじめていた。彼を見て、カイは中年のナポレオンを想起した。

パクは勇敢で頭が切れるはずだった。そうでなければ、四十代という比較的若い年齢で将軍になれるはずがなかった。また、誇り高く、短気で、成り上がり者であるというようなことをだれかが少しでも匂わせたら、途端に感づかずにはいないはずだった。彼に近づく最善の方法は、適度に持ち上げながら、できる限り正直に接することだと思われた。

パクは朝鮮語で、カイは中国語で話し、ハンがそれを通訳した。

パクが言った。「ここにきた理由を教えてもらいたい」

「あなたは兵士だ、率直かつ単刀直入なやり方を好まれるはずだ。だから、私もそうさせてもらいます」カイは応えた。「私がここへきたのは、平易な事実を伝えるためです。中国政府が圧倒的に最優先すべきは、北朝鮮をアメリカに支配させないようにすることです」

パクが憤然として言い返した。「北朝鮮はだれにも支配されない。この国を支配していいのは朝鮮人民だけだ」

「そのとおりです」カイは即座に同意したが、本心ではなかった。北京は中国と北朝鮮が合同で支配するほうを、少なくともしばらくのあいだは望むはずだ。しかし、それを詳しく説明するのは後回しでいい。カイはつづけた。「問題は、どうすればそれが可能になるか、です」

パクの表情が軽蔑に変わった。「中国の助けがなくてもそれは可能だ。ピョンヤンの体制はすでに崩壊の瀬戸際にある」

「それもそのとおりです。われわれが同じ絵を見ていることを嬉しく思います。それはいいことです」

パクが口を閉じて待った。

カイは言った。「そうなった場合に出てくる問題は、最高指導者の政府の代わりをどうするかです」

「それは問題ではない。パクの政府になるだけだ」

謙遜《けんそん》する振りすらしないわけか、とカイは思った。だが、それは表向きに過ぎないはずだ。中国の助けは必要ないとパクが本気で信じているのなら、そもそもおれと会うことに同意しないだろう。カイはパクの目を見て、一言言った。「そうかもしれません」そして、反応を待った。

今度は間があった。パクの顔にまず怒りが浮かび、異議を唱えようとしているかに見えた。しかし、その表情はすぐに消え、彼は怒りを押し殺した声で言った。「かもしれない？　ほかにどんな可能性があるんだ？」

ようやく前に進みはじめたぞ、とカイは思った。「いくつかありますが、その大半は歓迎すべからざるものです」彼は言った。「最終的な勝者が南朝鮮、あるいはアメリカ、あるいは中国になるという可能性です。しかし、それでは戦いが完全に終わることにはなりません」カイは身を乗り出し、熱を込めて話した。「あなたたちが望みを叶え、北朝鮮が北朝鮮人民によって統治されるためには、あなたがたは競争相手の少なくとも一つを味方にする必要があります」

「なぜ私に味方が必要なんだ?」〝私〟と言ったな、とカイは気づいた。ハンは忠実に翻訳しているはずだった。パクはこれを自分の反乱だと考えているのか。「私は勝利を目前にしているんだ」とパクが言い、カイの疑いを裏付けてくれた。

「事実、あなたは勝利を目前にしています」カイは賛嘆の口調で言った。「ですが、あなたはいまのところ、この紛争に関与している最弱の相手としか戦っていません。あの相手であれば、あと少しの努力で彼らを完全にやっつけてしまえるでしょう。今日のアメリカの攻撃は、彼らに致命的な打撃を与えたに違いありません。しかし、南朝鮮やアメリカを相手にしたらこうはいかないことを、実は気づいておられるのではありませんか」

パクが嫌な顔をしたが、カイは確信した――この男はその理屈を否定できないことをわかっている。パクが厳しい顔で言った。「それについて、何か提案があるのか?」

勝手に提案をする権限は持っていなかったが、カイはそれを無視した。「あなたが北朝鮮を統治し、同時に、将来南朝鮮やアメリカから干渉された場合に絶対に破られることのない防御を構築する方法があるかもしれません」

「それは……？」

カイは間を置き、慎重に言葉を選んだ。この会話の決定的な瞬間だった。同時に、自分が受けている命令を逸脱する瞬間でもあった。カイはいま、自分の首を完全に差し出そうとしていた。

彼は言った。「第一段階、あなたが持っている戦力をすべて——核は除外します——投入していますぐピョンヤンを攻撃し、政府を乗っ取る」

パクは反応しなかった。それはすでに計画の一部になっているのだった。

「第二段階、北朝鮮の国家元首となったことを、すぐに北京に認識させる」

パクの目が輝いた。国家元首として承認された自分を想像しているのだった。それを長いあいだ夢見ていたに違いないが、カイはいま、中国の力をもってすれば明日にもそれが実現することを保証していた。

「そして、第三段階、北朝鮮と南朝鮮の戦争を無条件かつ一方的に停止すると宣言する」

パクが眉をひそめた。「一方的に？」

「それが代価です」カイはきっぱりと言った。「北京はあなたを承認します。それと時を同じくして、同時にあなたは停戦を宣言するんです。遅れも、前提条件も、交渉も、一切なしです」

抵抗するだろうとカイは予想していたが、パクはほかの考えがあるようだった。「チェン国家主席に、直接私を訪ねてもらう必要がある」彼は言った。

それがパクにとってとても重要である理由を、カイは見て取ることができた。もちろん見栄もあるだろうが、パクは政治的に抜け目がないことも確かだった。二人が握手している写真は、ほかの方法では及びもつかないほど強力に、彼が国家元首であることを正当化してくれる。「いいでしょう」カイは言ったが、何であれ同意する権限は彼にはなかった。

「よろしい」

希望していたことを成し遂げたかもしれないとカイは考えはじめたが、一方で、喜ぶのはまだ早いと自分を戒めた。独房に放り込まれるかもしれない。勝っているあいだに逃げ出すんだ。「文字にした正式な同意書を作る時間はありません」カイは言った。「お互いを信じるしかありません」そう言いながら、ハン将軍の言葉がよみがえった。〝信じないことだ〟。しかし、それ以外に選択肢がなかった。一か八か、パクに賭けるしかなかった。

パクが机の向こうから手を差し出した。「では、握手でそれに代えよう」

カイは立ち上がり、パクと握手をした。

パクが言った。「わざわざ足を運んでもらって感謝する」

解放されたということだな、とカイは認識した。パクは早くも国家元首のように振る舞っていた。

ハンが立ち上がって言った。「ヘリコプターまで送ろう」そして、カイを先導して外へ出た。

寒かったが、依然として好天で、雲はまったくなく、風もほとんどなく、完璧な飛行条件が整っていた。カイとハンは一ヤードの間隔をあけて基地を横断し、ヘリパッドへ向かった。カイはほとんど口を動かさずに言った。「うまく行ったんじゃないですか。彼は提案に同意しましたからね」

「あの男が約束を守ることを祈ろう」

「できたら、今夜、電話をください。ピョンヤンへの攻撃が進められているかどうかを確認したいので」

「最善を尽くすよ。きみはパクと秘密裏に接触したあとの詳細な情報が必要だろうし、彼もまた、きみのほうの事後情報が必要だろうからな」ハンが一連の番号とアドレスをメモに書き留め、カイも同じことをして、そのメモを交換した。

ハンがきびきびと挙手の礼をし、カイはヘリコプターに乗り込んだ。

シートベルトを締めていると、ローターが回転を始めた。数分後、ヘリコプターは宙に浮き、前傾して北へ向かった。

カイは束の間、強烈な勝利感に浸《ひた》った。これがうまく行けば、明日の朝には危機は去る。北朝鮮と南朝鮮のあいだに平和が訪れ、アメリカは満足するだろうし、中国は依然として決定的な緩衝器でいつづけられる。

いまはチェン国家主席の同意を確実に取り付けることが必要だった。

すぐにも北京に電話をしたかったが、ここからでは通じるはずがなく、いずれにしても、まだ秘密を保つことが保証の限りでない国の空域だった。延吉へ戻って、北京への乗り換え機に搭乗する前に電話をするしかなかった。チェンと話すことになるのだが、報告に少し細工をし、自分が権限を逸脱したことは隠しておくことにした。

チェンはその報告を守旧派にも共有させるだろうが、それが一番の危険になるはずだった。ファンは依然として、共産主義体制に反旗を翻《ひるがえ》した者と和平を結ぶという考えを嫌っていた。だが、戦争をつづけたら、もちろんその代価のほうがはるかに高くつくのではあるまいか。

ラッシュアワーの時間帯の延吉に夜の帳《とばり》が降りるなか、ヘリコプターは民間空港の隣りの空軍基地に着陸した。大尉が待っていて、盗聴防止機能付き電話へカイを連れていってくれた。

カイは中南海へ電話をし、チェンを捕まえることに成功した。カイは口を開いた。

「超愛国者グループが、今夜、ピョンヤンへの最終攻撃を行ないます」自分がそれを提案したのではなく、集めた情報に基づいたものであるかのような口調だった。

チェンが仰天した。「そんなことはいまのいままで、まったく聞いていないぞ」

「その決定が下されたのが数時間前なのです。ですが、超愛国者グループにとっては正しい決断でしょう。今日のアメリカの空爆で、ピョンヤンは抵抗する力をほとんど失っているはずです。彼らが権力を手中にするのに、これ以上のときはありません」

「いい展開だと思う」チェンが言った。「確かに、われわれはカンを排除する必要があるわけだからな」

「パク・ジェジンから申し出がありました」本当は自分が提案したのだが、カイはそれを言いたくなかった。「自分を国家元首と認めてくれれば、一方的な停戦を宣言するとのことです」

「いい申し出じゃないか。それをしたら、戦いは止まるだろう。われわれと合意することで新しい政府ができるわけだし、双方の関係としてもいい始まりだ。ファン将軍に話す必要があるが、徹頭徹尾われわれに有利な話に見える。よくやった」

「ありがとうございます、主席」

国家主席が電話を切った。すべて計画通りに運んでいるぞ、とカイは思った。

次に自分のオフィスに電話をし、ジン・チンファに言った。「今夜、超愛国者グループがピョンヤンを攻撃する。国家主席にはいま私が伝えたが、ほかの全員にもその情報を知らせる必要がある」

「すぐにやります」

「きみのほうから新しい情報はないか?」

「アメリカは攻撃を停止したようです。少なくとも今日は静かです」

「明日も再開はしないんじゃないか。爆撃すべきところがもう残っていないだろう」

「何発かはどこかに隠されているんじゃないでしょうか」

「何であれ運がよければ、明日には終わるはずだ」カイは電話を切り、搭乗機に入った。パイロットがエンジンを始動させようとしたとき、個人専用電話が鳴った。ハン将軍だった。「始まるぞ」彼は言った。意外そうな声だった。「攻撃ヘリコプターまでが首都を目指している。逮捕部隊は最高指導者のすべての住居に向かっている。戦車と武装車両がヘリコプターのあとを追っている。とにかく、現有戦力をすべて投入しているんだ。これはのるかそるかの大博打《ばくち》だ」

これは電話でするには危険なほど具体的で詳細な情報だった。ハンは毎回違う電話を使い、使ったらそのたびに捨てているに違いない。それでも、ピョンヤンの監視機関やパク・ジェジンの情報機関がたまたまこの通話に気づく可能性はある。そうなれば、何が起ころうとしているかを知られることになる。だが、通話しているのがだれかを特定することは、少なくともすぐにはできないはずだ。それでも、危険であることに違いはない。小さいけれども、一人の人の命――スパイの命――にかかわる危険だ。

ハンがつづけた。「これは自分を嵌めようとする北京の罠《わな》ではないかとパク将軍は懸念している。中国人は例外なく悪意があってずるいと考えているんだ。だが、これは千載一遇の好機であり、それを看過するわけにはいかないというわけだ」

「あなたも首都へ行くんですか?」

「行く」

「連絡を絶やさないでください」

「もちろんだ」

電話は終わった。

空軍機にはパイロット以外の者が使えるWi-Fiがなかったから、飛行中、カイはインターネットを使えなかった。それはある意味で安堵できることでもあり、彼はその安堵を感じながら座席にもたれた。一日でできることはすべてやり終えた。希望を成就させることができた。そして、疲れていた。今夜、ティンとベッドで過ごす時間が楽しみだった。

カイは目を閉じた。

39

カイは電話で起こされた。空軍機は北京上空を降下していた。彼は目をこすりながら電話に出た。

ジン・チンファだった。「北朝鮮が日本を爆撃しました！」

カイは一瞬、完全に戸惑った。夢を見ているのではないかとさえ思った。「やったのはどっちだ？　反乱グループか？」彼は訊いた。

「いえ、最高指導者です」

「日本を？　一体どこに彼が日本を攻撃する理由があるんだ？」

「標的は日本にある三箇所のアメリカ軍基地です」

カイは途端に腑に落ちた。これは報復だ。今日、北朝鮮を攻撃したミサイルと爆撃機は、日本にあるアメリカ軍基地からのものだった。乗機の車輪が滑走路を打つのを感じながら、カイは言った。「では、最高指導者は巡航ミサイルを残していたわけだな」

「最後の六発を使ったに違いありません。三発は迎撃されましたが、三発は迎撃を免れました。日本にはアメリカ空軍基地が三つあって、そのそれぞれに命中しています。沖縄の嘉手納《かでな》、本州の三沢、そして――これが最悪なのですが――横田です。横田は事実上、東京です。ですから、多くの日本人死傷者が出るものと思われます」

「これは災厄だぞ」

「チェン国家主席が危機管理室で会議中で、あなたを待っておられます」

「わかった。逐一情報を更新してくれ」

「承知しました」

カイは機を降り、待っていた車に乗り込んだ。ヘーシャンが車を出しながら訊いた。

「ご自宅ですか、局長？」

「いや、中南海だ」カイは言った。

ラッシュアワーは終わっていて、車の流れはどこも順調なようだった。いまは夜だが、北京には三十万の街灯があって街を明るくしているんだったな、とカイは思い出した。

日本は強力な敵だが、いまのニュースで最悪なのは、日本が長期にわたる軍事同盟をアメリカと結んでいることだ。その条約では、日本が攻撃されたらアメリカが介入することになっている。だから、問題はこの攻撃に日本がどう対応するかだけでなく、アメリカがどうするかも含まれる。

そして、おれがヨンジョンドンでした取引にどういう影響を与えるかも問題だ。

カイはニール・デイヴィッドソンに電話をした。

「ニールだ」

「カイだ」

「大事件だぞ、カイ」

「きみに知っておいてもらわなくてはならないことがある」カイは意を決して言った。「北朝鮮の最高指導者の体制は、明日のこの時間までには終わっているはずだ」

「何だと……そう断言する根拠は何だ?」

「われわれが新しい体制と置き換えるんだ」実際にそうなって、偉業として報告されればいいのだが。「詳しいことは訊かないでくれ、頼む」

「知らせてくれて喜んでいるよ」

「たぶん、グリーン大統領と石川首相は、ワシントンと東京が日本のアメリカ空軍基地爆撃にどう対応するかを話し合うはずだな」

「そうだ」

「だとしたら、あのミサイルを発射した体制の排除は中国に任せればいいと、きみはいまからでも彼らに伝えることができるわけだ」

ニールがそれで満足するとはカイは思っていなかったが、案の定、返事はどっちつかずのものだった。「教えてくれて感謝する」テキサス訛りが返ってきた。「二十四時間くれるだけでいい、頼みはそれだけだ」

ニールは依然として慎重で、やはりどっちつかずの返事をした。「彼らに伝えよう」

これ以上、できることはなかった。「感謝する」カイは言い、電話を切った。

カイはいまの会話が気になった。ニールがどっちつかずの立場を取りつづけたことではなかった。それは予想していたことだった。気持ちを落ち着かせてくれない何かがあったが、いますぐその正体を突き止めることはできなかった。

自宅へ電話をすると、ティンが出て、心配そうな声で言った。「こんなに遅くなるときは、普通、電話をくれるわよね」

「申し訳ない」カイは謝った。「電話が通じないところにいたんだ。きみのほうは何事もないか？」

「ディナー以外はね」

カイはため息をついた。「きみの声を聞けてよかったよ。それに、ぼくが姿を見せないことを気にかけてくれるだれかがいるとわかったこともね。愛されていると感じることができるんだ」

「あなたは愛されているわよ、わかってるくせに」

「思い出すのが好きなんだよ」

「わたし、変な気分になってきちゃった。帰りは何時ごろ？」

「わからない。ニュースを聴いてないのか？」

「何のニュース？　台詞《せりふ》を覚えていたのよ」

「テレビをつけて」

「ちょっと待って」間があって、声が返ってきた。「まあ、大変じゃない！　北朝鮮が日本を爆撃したんですって！」

「ぼくが遅くまで仕事をしている理由がわかっただろ？」

「もちろんよ、よくわかったわ。でも、中国を救う仕事が完了したら、帰ってきてね。ベッドは温かいままにしておくから」

「最高のご褒美《ほうび》だよ」

二人は〝じゃあ、あとで〟と言葉を交わして電話を切った。

車は中南海に着き、保安検査を受けて勤政殿の前に止まった。カイはオーヴァーコートを身体にしっかり巻きつけると、入口へ向かって歩いた。今日、北京はヨンジョンドンより寒かった。

入口でふたたび保安検査を受け、階段を駆け下りて地下の危機管理室に入った。この前と同じく、ステージを囲む広い空間をワークステーション付きの机が占めていた。

この前より人の数がはるかに多く、完全な戦時体制だった。静寂に包まれていたが、外を走る車の音のようなものが遠くでかすかに聞こえていた。実際にそれが聞こえることはあり得なかったから、空調システムの音だろうと思われた。病院のような消毒薬の臭いがかすかに鼻を突いた。この部屋は地上の市街が病毒に冒されたり、毒を撒かれたり、放射能に汚染されたときにも使えるよう設計されていたから、徹底的に浄化されているのだろうと推測された。

完全な静寂のなか、全員が電話のやりとりに耳を澄ましていた。一つはチェン国家主席の声、もう一つは日本語だとカイにもわかる言葉で、三つ目の声は通訳のものだった。「中華人民共和国国家主席とお話しできる機会を得て嬉しく思っています」通訳が言った。第三者があいだに入っているせいか、誠意がないように聞こえた。

チェンが言った。「首相、断言しますが、ピョンヤン政府による日本領土へのミサイル攻撃について、中国政府は同意も承認もしていません」

チェンが話している相手は明らかに日本の石川英孝首相だった。チェンはカイと同様、ミサイル攻撃に対する日本の極端な反応を抑制しようとしていた。中国はいまも戦争を阻止しようとしているのであり、それはいいことだった。

チェンの発言が通訳を通して日本に伝えられているあいだに、カイは音を立てないようにしてステージへ上がり、国家主席に一礼してからテーブルに着いた。

東京から返事が返ってきた。「それを聴いて大いに安堵しています」

チェンは即座に本題に入った。「数時間待っていただければ、この攻撃――由々《ゆゆ》しきものではありますが――に対する報復は、それがどんなものであろうと必要なくなったことをおわかりいただけるはずです」

「そうおっしゃる根拠は何でしょう？」

カイはその言葉が気になったが、とりあえずそれについて考えるのを延期し、耳を澄ますことに集中した。

チェンは言った。「最高指導者の体制が二十四時間以内に終焉《しゅうえん》するからです」

「そのあとはどうなるのですか？」

「申し訳ないが、詳しいことを話すのはお許し願いたい。ただ、今日、日本を攻撃した責任者を即刻権力の座から放逐《ほうちく》し、裁きを受けさせることは保証します」

「わかりました」

会話は同じ調子で進み、チェンは保証をしつづけ、石川はどっちつかずの返事をしつづけて、ついに電話会談は終了した。

カイは〝そうおっしゃる根拠は何でしょう？〟という石川の言葉を再度考えようとした。ニールが同じ言葉を使っていた。それは答えを回避する方法で、話し手が用心している印であり、普通は何かを隠しているからだった。ニールも石川も、ピョンヤン体制が転覆しようとしていることを知っても、ほとんど驚きを表わさなかった。ピョンヤンが破滅することをすでに知っていたかのようだった。だが、どうしてそんなことが可能なのか？　パク・ジェジン将軍がそれを決断したのは、わずか数時間前でしかないのに？

ＣＩＡも日本政府も、おれの知らない何かを知っている。情報機関の長としては、それは非常にまずい。おれの知らない何かとは一体何なのか？

一つの可能性が頭に浮かんだ。あまりに意外で、いままで思いつくことすらできなかった可能性だった。

ファン将軍が話していたが、カイは聴いていなかった。立ち上がるとテーブルを離れ――それはファンに対して失礼で、テーブルを囲んでいる全員が訝しげに眉を上げた――、ステージを降りた。そして自分のオフィスへ電話をし、ジン・チンファァを呼び出して、ステージから遠ざかりながら小声で指示した。「北朝鮮上空の最新の衛星画像を見てくれ。空は晴れているはずだ。私があそこにいた数時間前はそうだった。ピョンヤンの南から国境を越えてソウルの少し南までの画像だ。関心があるのはその二つの町をつないでいるもの、つまり、平壌《ピョンヤン》・開城《ケソン》高速道路だ。鮮明な画像が手に入ったら、危機管理室のスクリーンへ送ってくれ。北を上にするのを間違えるなよ」

「わかりました」

カイはステージの上の大きなテーブルに戻った。ファンはまだ話していた。カイはスクリーンを見た。二分後、その一つに夜の写真が映し出された。闇のなかに明かりの塊が二つあった。一つは南、一つは北。朝鮮半島の二つの首都の明かりだった。その二つの都市のあいだには闇しかなかった。

ただし、ほとんど、という条件がついていた。

もっと注意深く目を凝らすと、四本の細い明かりの流れが見えた。何らかの自然現象と考えるには、その明かりの帯は長すぎた。車のヘッドライトに違いなかった。しかも、四本すべてが二十マイルから三十マイルの長さがあると計算された。数百台が列をなしているということだった。

いや、数千台か。

こういうことだったのか、これでニールや石川が驚かなかった理由がわかった。彼らはパク・ジェジン将軍にピョンヤン攻撃の意図があることは知らなかったが、今夜、別の軍部隊があの体制を破壊しにかかることは知っていたのだ。

テーブルの面々が、一人、また一人と、ファンの演説に興味を失ってカイの視線を追いはじめた。国家主席までもがそれに追随した。

ファンがようやく口を閉じた。

チェンが訊いた。「われわれがいま見ているものは何なんだ？」

「北朝鮮です」カイは答えた。「あの明かりの帯は車列です。四本の明かりの帯がピョンヤンへ向かっています」

コン・チャオ国防大臣が言った。「この衛星写真だけに基づいて言うなら、二個師団がそれぞれ二列になって進んでいます。それはつまり、約二万五千の兵と数千の車両が動員されていることを意味します。南北朝鮮を隔てる非武装地帯には、二キロから三キロの幅の地雷原がありますが、すでにそこは通り抜けています。ということは、その障害を突破するために地雷を除去し、幅の広い道を作っていたことになります。ずいぶん前からこの作戦を考えていたに違いありません。同時に、空軍部隊が降下作戦を行ない、進んでくる主力部隊のために橋頭や要衝を確保するはずです。さらに、海岸からの上陸作戦も決行されるはずです。それを確認する試みは可能です」

チエンが言った。「どこの部隊かはわからないのか?」

「南朝鮮軍だと考えます」

チエンが言った。「では、侵攻ではないか」

「はい、国家主席」コンが答えた。「侵攻です」

夜中の一時を少し過ぎて、カイはようやくベッドで眠っているティンの隣りに滑り込んだ。彼女が寝返りを打ち、カイを抱擁して熱いキスをしたと思うと、すぐに眠りに戻っていった。

カイは目をつむると、この数時間のことをもう一度考えた。危機管理室では南朝鮮の北への侵攻を巡って、どう対応するか激しい議論が戦わされた。カイとパク・ジェジン将軍の交渉はあっという間に蚊帳《かや》の外になった。停戦はいまや問題外だった。

中国と北朝鮮の防衛条約は、いまも有効な選択肢がいくつか残されていた。カイの父のチャン・ジャンジュンとファン将軍は、南から北を守るために中国軍を投入することを提案した。それに対して、冷静な考えの者たちが指摘したのは、中国が軍部隊を投入すれば、アメリカも即座に同じことをするはずで、そうなったら両国が戦闘という形で対峙することになるというものだった。カイが大いに安堵したことに、テーブルに着いている大半が、その危険は払うには高すぎる代価だと認識していた。

最高指導者は致命的に弱体化しているが、パク・ジェジン将軍率いる反乱グループは強力で、すでに戦場にいた。チェンをはじめとする上層部の合意のもとに、ファン将軍がパク・ジェジン将軍に直接電話をし、南朝鮮の侵攻についてわかっていることをすべて明らかにしたうえで、接近してくる南朝鮮の車列を爆撃するよう促した。レーダーはパク・ジェジンがすぐにそれを実行に移し、しかもピョンヤンへの攻撃もつづけていることを示していた。

反乱グループはこれまでに数発のミサイルを使っただけで、まだ大量に保有していた。車列の前進が止まった。

第一段階は成功だった。

中国は実際に軍部隊を投入するつもりはなかったが、夜が明けたら、それ以外のすべてを超愛国者グループに供与することになっていた。ミサイル、ドローン、ヘリコプター、ジェット戦闘機、砲、ライフル、無限の弾薬。超愛国者グループはすでに国の半分を押さえていて、これから数時間のうちにさらにその領土を広げる可能性があった。だが、最終的に鍵を握るのは、ピョンヤンを取る戦いだった。

悪い結果には違いないが、それでもこれが一番ましなように思われた。日本が理性的でいてくれれば、戦争は朝鮮半島に限定される。

チェン国家主席は寝室へ引っ込み、ほかの大半の者も彼に倣った。残ったのは、短時間で大量の武器弾薬を国境を越えて北朝鮮へ送り込むという、補給の手段を考えて実行しなくてはならない者たちだけになった。

中国政府はもっとはるかによくないことをしても不思議はなかったのではないかと思いながら、カイは眠りに引き込まれた。

翌朝、目を覚ますや、すぐに国家安全部に電話をし、夜間担当のファン・イムと話した。そして、彼からいい知らせを聞いた。反乱グループが最高指導者を逮捕し、パク・ジェジン将軍はピョンヤン北部の最高指導者公邸に司令部を設置したというのである。しかし、南朝鮮軍はそう簡単に負けてくれる相手ではなく、北朝鮮の首都への進軍を再開していた。

中国のテレビの朝のニュースは、カン最高指導者が健康悪化のために辞任し、後任がパク・ジェジン将軍になったこと、中国国家主席は彼を支持する旨のメッセージをパク・ジェジンに送り、中国が北朝鮮との相互防衛条約を維持するのを再確認したこと、南朝鮮軍部隊の突然の侵攻は勇敢な北朝鮮人民軍が精力的に撃退しつつあることを発表した。

すべてはカイの予想したとおりだったが、次のニュースを聞いた瞬間に、懸念が頭をもたげた。画面では、早朝の東京で大勢の日本人が爆撃に抗議の声を上げていた。アナウンサーは次のような報告をしていた――日本人のなかにはこれ以前から朝鮮を嫌う人々が一定程度いて、今回も声高に人種差別のプロパガンダを叫んで扇動しています。それに対しては、南朝鮮の映画やポピュラー音楽を愛する若者たちが控え目な抵抗をしているに過ぎません。京都では、朝鮮学校の教師が学校の前でやくざに殴打されました。画面に現われた極右政治グループの議長が、インタヴューを受けて、興奮に掠《かす》れた声で北朝鮮に対する総力戦を訴えた。

石川首相は午前九時の閣議を招集していた。今朝の抗議は日本政府に過激な行動を選択させようとする圧力になるだろうが、それを押しとどめるべく、グリーン大統領が最善を尽くしているはずだった。石川首相が圧力に屈することなく自制をつづけてくれることを、カイは願った。

国家安全部へ向かう車のなかで、ピョンヤンの戦闘状況に関する軍の情報報告に目を通した。南朝鮮侵攻軍の動きは迅速で、いまや首都を包囲しつつあった。ハン将軍からのもっと詳しい情報が欲しかった。

国家安全部に着いてすぐにテレビをつけると、石川首相の閣議後の記者会見が始まっていた。「ピョンヤン体制は日本に対して戦争行為を仕掛けてきました。その攻撃に対する報復準備に入るよう、自衛隊に命じる以外の選択肢は私にはありませんでした」

それはもちろん玉虫色の物言いだった。日本の憲法第九条は、一切の武力行使を政府に禁じているが、自衛の場合だけは例外だった。何であれ日本の軍ができることは、自衛目的のものに限定されていた。

だが、石川首相の発言は別の理由で不可解だった。日本はいま、だれから自分たちを護ろうとしているのか？　二つの軍が北朝鮮をわがものにすべく競っていて、そのどちらも昨日の爆撃の張本人ではない。それをやった体制はもう存在しないのだ。

日本デスクの長がやってきて、東京にいるスパイが得た情報をカイに伝えた――日本とアメリカの軍基地は忙しく動きはじめているが、戦争になる様子はない。日本の自衛隊は偵察飛行は行なっているが、戦闘用航空機は離陸していない。自衛艦は港を離れていないし、ミサイルを装填した発射台もない。スパイのその情報は衛星写真で裏付けられた。すべてが静かだった。

ハン将軍がピョンヤンから電話をかけてきた。「超愛国者グループは敗北しつつあるぞ」彼が言った。

カイが恐れていたことだった。「なぜですか？」

「南朝鮮軍は規模も武装も圧倒的なんだ。中国から補給されるはずの武器弾薬はまだ届いていないし、われわれの戦車部隊は東部の基地からこっちへ向かっている途中だ。われわれには時間がなくなりつつある」

「パク将軍はどうするつもりなんですか？」

「北京に応援部隊の派遣を頼もうとしている」

「それには応じられません。アメリカを引き込みたくありませんからね」

「それではピョンヤンを南朝鮮に獲られてしまう」

それもまずかった。

不意にハンが言った。「じゃあな」接続が切れた。

北京に助けを求めるのはパク・ジェジンにとって屈辱に違いない、とカイは思った。だが、それ以外に彼に何ができる？　カイの思案はそこでさえぎられた。会議室へ呼ばれたのだった。日本政府に動きがあった。

ジェット戦闘機が十二機、那覇基地を離陸して西へ向かい、数分後に沖縄と中国のあいだの東シナ海のパトロールを開始した。彼らの哨戒《しょうかい》飛行範囲は釣魚台《ちょうぎょだい》という無人の島と岩の小さな集まりの周辺に集中していた。そこは日本から六百マイル離れていて、中国からは二百マイルしかなかったが、日本は尖閣《せんかく》諸島と呼んで領有権を主張していた。

中国のジェット機も東シナ海上空にいて、カイは彼らが送ってくるヴィデオ映像を注視した。いくつかの小島が海面から突き出していた。まるで大昔の神がぞんざいにそこに散らしたかのようだった。日本のジェット戦闘機が位置に着くや否や、そうりゅう型潜水艦が二隻、島の近くに浮上した。

日本がわざわざいまを選んでこういうことをしているのは、本当にこの海のなかの無価値な岩の集まりの領有権を主張するためなのだろうか？

カイが見ていると、日本の潜水艦の乗員がゴムボートで狭い砂浜に上陸し、携帯式地対空ミサイル・ランチャーのようなものを陸揚げした。そして、いくつかある狭い空き地の一つへ向かい、そこに日本の国旗を立てた。

数分後、今度はテントの設営と組立て式屋外厨房の設置が始まった。

日本デスクの長が一階下の自分の席から電話をしてきて、日本の自衛隊が〝予防措置〟として尖閣諸島――日本固有の領土であることを強調していた――に前進基地を設置したと発表したことを教えてくれた。

一分後、カイは中南海に呼ばれた。

そこへ向かう車中でも報告書に目を通しながらヴィデオ映像を観つづけ、同時に一方の目で、スマートフォンで見られるようにしてあるレーダー画像を追った。いまのところ身振りだけで決定的な動きはなく、戦闘も起こっていなかった。

危機管理室の雰囲気は重く、カイは静かに自分の席に着いた。

全員が揃うと、チェン国家主席がチャン・ジャンジュンに情報の更新を求めた。カイには父が老けたように見えた。髪が薄くなり、肌は張りがなくなってくすんでいたし、髭もちゃんと剃っていなかった。まだ七十になっていなかったが、黄色くなった歯が物語るとおり、五十年も煙草を喫っていた。大丈夫ならいいんだが、とカイは気遣った。

現状を要約したあとで、チャン・ジャンジュンが言った。「この二か月、中国への攻撃は拡大の一途をたどっている。その一つ目、アメリカが北朝鮮への制裁を強化し、経済危機と超愛国者グループの反乱を生じさせた。二つ目、ポート・スーダンでは、アメリカのドローンが百人を超えるわが同胞を殺害した。三つ目、われわれはわが国の領海で石油の探索をしていたヴェトナム船を撃沈し、それに乗っていることを無駄に隠そうとしたアメリカ人地質学者を捕らえた。四つ目、実を言うとサハラ砂漠のフラで密かに展開されていたプロジェクトが暴力的に攻撃され、壊滅させられた。最後に、わが親密な同盟国である北朝鮮が南朝鮮のミサイルに攻撃され、さらにアメリカ軍のミサイル、航空機、艦船によって攻撃されて、ついには昨夜、南朝鮮軍が侵攻するに至った。そして、今日、公正な目を持つものならだれが見ても中国の領土である釣魚台が、少人数とはいえ日本軍部隊に侵入され、占拠された」

この一連の出来事が侮《あなど》りがたいものであることは否定できなかった。それはおれが予測に失敗したからかもしれない、とカイは一瞬思った。「この間《かん》」チャン・ジャンジュンがわざとゆっくりと強調した。「中国は何をしたか？〈ヴ・トロン・フユン〉を沈めただけで、それ以外は一発の弾丸も撃っていない。言わせてもらうが、同志諸君、この敵の攻勢を募らせているのは、われわれの及び腰の報復が敵を強気にさせたからにほかならない」

コン・チャオ国防大臣が応じた。「自転車を盗まれたぐらいで犯人を殺したりはしないでしょう。確かに、釣魚台侵入占拠という日本の暴挙には対応する必要がありま す——しかし、それは釣り合いの取れたものでなくてはなりません。アメリカ当局が繰り返し確認していますが、釣魚台は日米安全保障条約の対象です。したがって、アメリカにはあの島を守る義務があるのです。そして、正直なところ、今回のあの島の占拠はわれわれの脅威にはなり得ません。あそこで彼らができるのは潜水艦に乗っているることぐらいで、それ以上のことは何もできません。まあ、国旗を立てることぐらいです。国旗はもちろん象徴で、それが彼らのたった一つの目的ですし、日本の行為も象徴以上のものではないのです。われわれの対応もそれにふさわしい、同程度ののでなくてはなりません」

おれにはこの弁舌の真似はできないな、とカイは舌を巻いた。コンは会議の雰囲気を一変させていた。

そのとき、ファン将軍が言った。「わが国のドローンが撮影した、あの島が占拠されたときのヴィデオがある。二分ほどのものだが、同志諸君は見ることを望むか？」

訊くまでもないことだった。

ファンが補助員に指示し、スクリーンを指さした。

そこに小さな島の集まりが現われた。岩が突き出したように見え、そのところどころに平らなところがあって、まばらな植生と枯れた草が顔を覗かせ、狭い浜があった。その近くの海に二隻の潜水艦が浮かび、それぞれが日本の海上自衛隊旗である旭日旗《きょくじつき》をはためかせていた。島には三十人ほどの男たちがいて、みな若く、元気いっぱいの顔をしていた。接近して撮った映像では、彼らはテントを設営しながら笑い、お喋りをしていた。一人が自分たちを撮っているドローンに手を振り、別の一人は指を突き出して見せて――その身振りが中国と日本のあいだに高度な軽蔑と反目があることを示していた――、残りの者は笑っていた。映像はそこで終わった。

テーブルを囲んでいる面々から腹立たしげな呟きが聞こえた。あの部隊の振舞いは侮蔑《ぶべつ》的だった。普段は穏やかなウー・ベイ外務大臣までがこう言った。「あの馬鹿者どもはわれわれを嘲《あざけ》っているのだ」

「どうすべきだとあなたは考えておられますか、外務大臣？」チェン国家主席が訊いた。

ウーはいまのヴィデオを見て明らかに気分を害していて、声に彼らしくない憎悪がこもっていた。「チャン・ジャンジュン同志が指摘したとおり、われわれは平和のために一連の屈辱に耐えてきました」〝屈辱〟という言葉は心底からのものだった。それが欧米の植民地主義に虐《しいた》げられてきたこの国の長い歴史を思い起こさせ、二度とそういう失敗をしてはならないとの思いを強くさせた。「われわれはいつか、どこかで立場をはっきりさせなくてはなりません。私の見解では、そのときはいまであり、その場所はここです。中国の領土が侵された最初のときこそ、そうすべきです」そして、間を置き、深呼吸をした。「同志諸君、これがわれわれの引いた一線だと、敵にはっきりとわからせるべきです」

カイが驚いたことに、チェン主席は即座にウーを支持した。「同感です」彼は言った。「私の基本的な義務は、国の領土を保全することにあります。それができなければ、国家主席の資格はありません」

それは強力な発言だった。そして、その発言がなされた理由はたった一つ、高揚した若者が敬意を表わさなかったことにあった。カイは困惑したが、黙っていた。国家主席と外務大臣を後ろ盾に持った強硬派を相手にしても、おそらく勝ち目はない。勝てる戦いしかしないことを、彼はとうの昔に学んでいた。

そのとき、チェンがわずかに後退した。「そうだとしても、反応は慎重であるべきだ」

それは希望の光だった。

チェンがつづけた。「一度の爆撃であの日本が設営した小さなテントは破壊されるし、あそこにいる日本兵のほとんどが死ぬことになる。リュー提督、あの海域にいるわが軍の艦船は何ですか？」

リューがラップトップ・コンピューターを覗いて即答した。「航空母艦の〈福建《フージャン》〉が五十マイルのところにいます。ジェット戦闘機の〈J-15〉三十二機を含めて、四十四機を乗せています。〈J-15〉はそれぞれ千ポンドのレーザー誘導爆弾を搭載することができます。二機を飛ばして、一機に爆弾を投下させ、一機にそれを撮影させることをお薦めします」

「〈フージャン〉に標的の経緯度を教え、発艦準備をするよう指示してください、提督」

「承知しました、主席」

カイはついに口を開いたが、爆撃反対の議論を正面からすることはしなかった。その代わりに、こう言った。「これに対するあり得るべきアメリカの反応を考慮すべきです。不意打ちを食らうのは、われわれの望むところではないはずです」

コン・チャオが即座に味方してくれた。「アメリカが何もしないで傍観していることはないでしょう。それでは日米安全保障条約が意味のないもののように見えてしまいます」

ウー・ベイが胸のポケットのハンカチの見え方を修正して言った。「グリーン大統領は、それが可能であるなら、好戦的な反応はしないだろう。彼女はチャドでアメリカ軍兵士がノリンコのライフルで殺されたときも弱腰だった。自分の国の地質学者が〈ヴ・トロン・フュン〉とともに沈んだときも弱腰だった。何よりも、南朝鮮でアメリカ国民を死なせたときも弱腰だった。わがピョンヤンの同志が愚かにも化学兵器を使ったというのに、だ。だから、日本の自衛隊員が何人か死んだところで、戦争に踏み切ることはないだろう。何がしかの仕返しはするだろうが、たぶん形だけで、もしかすると外交的な抗議だけですませるかもしれない」

希望的観測だな、とカイは思ったが、それを言ったとしても意味はなかった。

リューが言った。「ジェット機の発艦準備が整いました」

チェンが言った。「発艦を命じてください」

リューがマイクに向かって命令した。「発艦。繰り返す、発艦」

二機目のジェット機が一機目のジェット機の撮影を開始し、それが危機管理室のスクリーンの一つに鮮明に映し出された。一機目の〈J‐15〉の後部の特徴的な垂直尾翼と二連の排気口が見えた。直後、一機目が甲板を加速していき、空母の艦首でスキーのジャンプ台のような弧を描いている発艦用傾斜路を上り切ったと思うと、あっという間に空高く上昇していった。カメラがそのあとを追い、それが加速して傾斜路の先端を飛び出した瞬間、カイは軽い眩暈《めまい》を感じた。

二機が加速していくと、だれかが言った。「いったいどうしてあんな速度が出るんだ？」

リュー提督が答えた。「最高速度は時速千五百マイルだが」そして、間を置いてから付け加えた。「この短い距離では、そこまでの速度はまったく必要ない」

ジェット機があまりの高々度に達して空母が見えなくなり、全員がドローンの撮影映像に目を戻した。宿営地の海上自衛隊員が映し出されていた。いまやテントはきちんと一列に設営され、何人かが昼食を作っていた。それ以外の者は特に何をするでもなく、狭い砂浜で水をかけ合ったり砂を投げ合ったりして、そういう仲間を一人がスマートフォンで撮影していた。

何も知らずに笑っていられるのも、あと数秒に過ぎなかった。

ジェット機の爆音を聞いたのかもしれない、何人かが顔を上げた。脅威に感じるにはきっと距離があり過ぎるのだろうし、地上からは機体のマークが見えないに違いなく、彼らは最初、ただそれを見上げているばかりだった。

先導機が翼を傾けて方向を変え、二番機がそれを追った。そして、爆撃行程が開始された。

潜水艦から何らかの警告を受け取ったのか、全員がいきなりオートマティック・ライフルと携帯式ミサイル・ランチャーを手に取ると、素早く小さな島の周囲に散開して、あらかじめ決められていたらしい防御態勢を整えた。彼らのミサイル・ランチャーは大きさも形も十六世紀のマスケット銃に似ていて、おそらく、スティンガー対空ミサイルを発射するアメリカのFIM-92の日本版だった。

リュー提督が言った。「いま、二機は高度三万フィートを秒速五百フィートで飛行している。あんな携帯式の対空兵器など脅威でも何でもない」

一瞬、すべてが静止した。島の自衛隊員は待機姿勢を取ったまま動かず、先導機は二番機のカメラのレンズにしっかりと収まりつづけた。「発射」リュー提督が言い、カイはミサイルが機体を離れるときの閃光が見えたような気がした。

直後、島に爆発の炎と煙が上がった。宙に噴き上げられた砂と岩が煙を突き抜けて姿を現わし、海に落ちていった。人間の身体の一部らしい、おぞましい白い物体もそこに混じっていた。危機管理室にいた軍関係者が歓声を上げた。

カイはそれに加わらなかった。

破片の落下が徐々に収まり、煙が晴れて、海面が通常に戻った。

生存者はいなかった。

危機管理室が静かになった。

静寂を破ったのはカイだった。「そして、同志のみなさん、気がついてみれば、わが国は日本と戦争状態になったわけです」

防衛準備態勢《デフコン》1

核戦争が切迫している、あるいは、すでに始まっている。

40

ガスから電話があったとき、ポーリーンは眠っていなかった。夜、横になっているのに起きているのは、彼女には珍しいことだった。これまでにも危機はあったが、眠れなかったことは一度もなかった。電話が鳴ったときも、ベッドサイドの時計を見る必要はなかった。午前零時三十分だとすでにわかっていた。

電話を取ると、ガスが言った。「中国が尖閣諸島を爆撃した。それによって、日本の海上自衛隊員が複数殺害されている」

「何てこと」彼女は呻いた。

「関係者はすでにシチュエーションルームに集まっている」

「いま行くわ」

「一緒に行こう。いま、レジデンスのきみの階にいる。厨房の脇のエレベーターの前だ」

「わかった」ポーリーンは電話を切るとベッドを出た。横になって考えるのではなく、何かを実際にすることに、ほとんど安堵を覚えていた。それが終わったら眠れるはずだった。

ダークブルーのTシャツの上にジーンズのジャケットを着て、髪を梳《と》かした。センター・ホールを抜けて厨房区画に入ると、ガスがさっき言ったとおり、エレベーターの前で待っていた。二人でエレベーターに乗ると、ガスが地下へ降りるボタンを押した。

ポーリーンは不意に自信がなくなり、涙が込み上げるのを抑えられなかった。「わたしは世界をより安全にしようと全力を尽くしているのに、事態は悪化する一方じゃないの！」

エレベーターに監視カメラはなかった。ガスが彼女を抱擁し、ポーリーンは彼の肩に頰を預けた。エレベーターが停まるまでそうしていて、ドアが開く直前に身体を離した。シークレットサーヴィスが一人、ドアの前で待っていた。

ポーリーンの束の間の自信喪失は、あっという間に消えていった。シチュエーションルームに入るときには、普段の自分を取り戻していた。席に着くと、周囲を見渡して言った。「チェス、わたしたちはどこにいるの？」

「瀬戸際に立たされている。日本との安全保障条約は東アジア安定の基盤だ。われわれは日本が攻撃されたら彼らを守る義務を負っている。そして、前任の二人の大統領が、尖閣諸島がそこに含まれることを公に確認している。報復しなければ、この条約は意味を持たないことになる。これからわれわれが何をするかに、多くのことが懸かっている」

〝これから〟じゃなくて、〝常に〟でしょう、とポーリーンは思った。

ビル・シュナイダー統合参謀本部議長が言った。「よろしいですか、大統領？」

「つづけてちょうだい、ビル」

「われわれは中国の日本攻撃能力を大幅に低下させる必要があります。中国の東海岸――すなわち日本に一番近いところです――を見ると、青島《チンタオ》と寧波《ニンポー》に主要な海軍基地があります。民間人の死傷者を最小限にするよう用心しながら、それぞれの基地に本格的なミサイル攻撃を行なうことを進言します」

チェスが早くも首を横に振り、不同意を示していた。

ポーリーンは言った。「それは深刻な拡大《エスカレーション》を招き寄せることになるわ」

「われわれはすでにピョンヤン体制に対して同じことをしています――われわれに対する彼らの攻撃能力を無力化したではありませんか」

「それは北朝鮮がそうなって当たり前のことをアメリカに対してしたからです。彼らは化学兵器を使いました。だから、世界もわれわれに味方してくれたのです。これは違います」

「私の進言している報復は決してやりすぎではないと考えますが、大統領」ビルが食い下がった。

「そうだとしても、わたしはより挑発的でない選択肢を探します」

チェスが言った。「鋼鉄の鎖をもって尖閣諸島を守るというのはどうだろう。巡洋艦、潜水艦、ジェット戦闘機を使えばいい」

「本当にできるの？」

「このやり方なら、脅威が小さくなったら規模を縮小することができる」

ルイス・リベラ国防長官が言った。「中国はこの攻撃を撮影していて、大統領、それを世界じゅうに公開しています――自分たちのしたことを自慢しているということです」

「いいでしょう、見てみましょう」

壁のスクリーンに映像が現われた。画面は遠くから撮影した小島から旗を立てている日本の海上自衛隊員を近くから映したものに変わり、さらに、空母から飛び立っていく中国のジェット戦闘機へと変わった。ジェット機から撮った、その機に人差し指を向けて嘲る無礼な若い海上自衛隊員やそれを見て笑っている仲間の映像も含まれていた。

ルイスが言った。「われわれなら中指を突き立てるところなんでしょうね、大統領」

「そうみたいね」あの人差し指が中国の指導者たちを激怒させたんだ、とポーリーンは思った。彼らはどうでもいいような細かいところにこだわるだけが取り柄のようなところがある。G20でチェン国家主席と会談したときの準備が思い出された。彼の補助員たちは、主席を軽んじることになると彼らが主張する、実は取るに足りないことを、椅子の高さからサイドテーブルのボウルに盛りつける果物の種類まで、一ダースもあげつらって変更を要求した。

映像では、海上自衛隊員たちが危険を察知して防御態勢を取り、そのあと島が爆発したように見えた。破片の落下が収まり、明らかにドローンから撮影されたと思われる映像が大写しになった。若い兵士の死体が砂浜に横たわり、そこに北京標準語の音声と英語の字幕がかぶさっていた。〝中国の領土を侵す国外からの侵入者は、これと同じ運命をたどることになる〟。

ポーリーンはいま目の当たりにしたものと、中国が明らかに自慢していることに、吐き気を覚えた。「何ておぞましいの」彼女は言った。

ルイス・リベラが言った。「最後部分の脅し文句は、一本の鋼鉄の鎖では充分でないことを示唆しています。日本と中国が領有権を主張し合っている島は、ほかにもあります。そのすべてを鋼鉄の鎖で守る自信は、私にはありません」

「わかりました。でも、過剰反応するつもりは依然としてありません」ポーリーンは言った。「鋼鉄の鎖以上だけれども、市民の命を奪うことになる中国本土へのミサイル攻撃以下の何かはないかしら」

ルイスは一つの答えを持っていた。「あの島を攻撃したジェット戦闘機は空母〈フージャン〉の艦載機です。対艦ミサイルであの空母を破壊することはできます」

「確かにそれは可能です」ビル・シュナイダーが言った。「一隻沈めるのであれば、ステルス性を持った長距離対艦巡航ミサイル一発で充分です。最長射程距離は三百五十マイルですが、それより近いところに同型のミサイルがたくさんあります。海からも空からも、両方からも発射できます」

ルイスが言った。「もしこれをやるのであれば、いかなるミサイル攻撃に対しても同程度の報復をすることを知らしめておくべきです。大統領、空母を沈められても困らない余裕は中国にはありません。われわれは十一隻の空母を持っていますが、彼らにあるのは三隻に過ぎず、〈フージャン〉を失ったら、残るは二隻です。それに、すぐに代替空母を建造するのも無理です。航空母艦というのは一隻造るのに百三十億ドル必要で、しかも何年もかかります。私の判断では、〈フージャン〉を沈めれば、ほかの二隻も同じことになるのではないかという懸念を中国政府に抱かせることになり、その結果として、彼らの対応も非常に抑制的なものになるはずです」

チェスが言った。「あるいは、一か八かの手段に駆り立てる可能性もあるかもしれないな」

ポーリーンは訊いた。「〈フージャン〉をカメラで捉えられる?」

「もちろんです。近くの空域にわれわれの航空機とドローンがいます」

一分もしないうちに、上から撮影された灰色の巨大な空母がスクリーンに現われた。艦首がスキーのジャンプ台のように弧を描いて、特徴的な形をしていた。ジェット機とヘリコプターが六機、上部構造物の近くの甲板にいて、数人の男がその周囲を忙しく動き回っていた。遠目に見ると、蟻《あり》が幼虫に餌《えさ》をやっているように見えた。そこを除くと、広大な甲板すべてが剝《む》き出しの滑走路だった。

ポーリーンは訊いた。「何人が乗り組んでいるの?」

ビルが答えた。「航空機の乗員を含めて、約二千五百人です」

そのほぼ全員が、何層にもなっている下甲板にいた。まるで空母の形をしたオフィス・ビルのようで、外からは一人も見ることができなかった。

一発のミサイルが彼らを殺す、生き延びる者もいるだろうが、大半は溺《おぼ》れ死ぬことになるのだ、とポーリーンは思った。

二千五百の命を終わらせたくなかった。

ルイスが言った。「われわれが殺すのは、日本の海上自衛隊員を殺した連中です。数は釣り合いがとれているとは言えませんが、報復という行為自体は公正です」

「中国はそうは見ないでしょう」ポーリーンは言った。「報復してくるでしょうね」

「しかし、報復合戦で勝ち目がないことは、彼らもわかっているはずです。それをつづけたら最後はどうなるか、可能性のある結末は一つしかありません。中国は核の荒れ地になるのです。中国が保有している核弾頭は三百発ですが、われわれが持っているのは三千発以上です。ですから、ある時点で、彼らは交渉へと舵《かじ》を切るはずです。いま、われわれが深刻な被害を与えれば、すぐにでも和を請うてくるでしょう」

会議が静かになった。結局こうなるんだ、とポーリーンは思った。情報はすべて手に入る、全員がそれぞれに意見を持っている、だけど、最終的には一人の人間が判断を下す——いまは、それがわたしだということだ。

彼女に腹を決めさせたのは、あの中国の脅しだった——〝中国の領土を侵す国外からの侵入者は、これと同じ運命をたどることになる〟。彼らは同じことを繰り返すつもりなのだ。アメリカは日本を守る義務があり、それとあの脅しを考え合わせると、形だけの報復では不充分だ。対応は厳しいものでなくてはならない。

「やってちょうだい、ビル」

「了解、大統領」ビルが応え、マイクに向かって命令した。

厨房担当の白い服装の黒い肌の女性が、盆を持って入ってきた。「おはようございます、大統領」彼女は言った。「コーヒーをご所望ではないかと思ったものですから」そして、ポーリーンの横に盆を置いた。

「こんな夜中にわざわざ申し訳ないわね、メリリー、本当に感謝するわ」ポーリーンはコーヒーをカップに注ぎ、ミルクを加えた。

「どういたしまして」メリリーが言った。

大統領の本当に小さな望みをも叶えようと待っている者は大勢いたが、なぜか、真夜中にコーヒーを淹《い》れてくれたメリリーに心を動かされた。「ありがとう」

「お望みのものがあったら、何なりとお申し付けください」メリリーが退出した。

ポーリーンはコーヒーを一口飲み、スクリーン上の〈フージャン〉に目を戻した。全長は千フィート、わたしは本当にこれを沈めるつもりなのだろうか？

遠くから撮影された映像を見ると、空母は数隻の支援艦船を伴っていた。ポーリーンは訊いた。「あの支援艦は、やってくるミサイルの方向を変えることができるの？」

ビル・シュナイダーが答えた。「試みることは可能ですが、すべての向きを変えさせることはできません」

盆にケーキがいくつか載っていた。ポーリーンはその一つを取って一齧《かじ》りした。おかしなところはなかったが、なぜか喉を通りにくかった。仕方なくコーヒーで流し込み、残りを盆に戻した。

ビルが言った。「ミサイル発射準備完了しました、大統領。空と海、両方から撃ちます」

「そうしてちょうだい」彼女は重たい気持ちで言った。「発射」

直後、ビルが報告した。「最初の一斉発射は海から行ないました。五十マイルを飛んで、六分で命中します。空からはもっと近づいて、五分以内に発射します」

ポーリーンは〈フージャン〉を見つめた。二千五百人か、と彼女は思った。悪党でも殺人者でもない、ほとんどが海軍という波の上の人生を選んだ、ただの若者だ。彼らにも両親が、兄弟姉妹が、恋人が、子供がいるだろう。二千五百の家族が悲嘆に暮れることになるのだ。

そういえば、わたしの父も結婚前は海軍にいたんだった。〈ミドル・イングリッシュ〉に乗り組んでいるときに『カンタベリー物語』を読破したと言っていた。こんなにたくさん暇な時間があることは二度とないとわかっていたから、と。

ヘリコプターが一機、〈フージャン〉の甲板を離れた。パイロットは直前に死を免れたことになったんだ、とポーリーンは思った。世界一運のいい男ね。

銃座と思われるものの周囲で人の動きが慌ただしくなった。ビルが言った。「あれは短距離対空ミサイル発射台です。全長六フィートの〈紅旗《ホンチー》〉ミサイルが八発装塡されていて、海面すれすれを飛ぶことができます。目的はやってくるミサイルを迎撃することです」

「では、〈ホンチー〉はミサイル迎撃ミサイルなのね」

「そうです。いまの空母上での動きから、中国のレーダーがわれわれの対艦ミサイルの接近に気づいたことがわかります」

だれかが言った。「三分」

甲板上でミサイル発射台の一つが旋回して向きを変え、直後にそこから煙が噴き出した。迎撃ミサイルが発射されたということだった。やがて高性能カメラが映し出したのは、〈フージャン〉の横腹めがけて信じられない高速で正確に突っ込んでくる六発かそこらのミサイルが作り出す、白い航跡雲だった。甲板上の発射台がふたたび、今度は矢継ぎ早に迎撃ミサイルを撃ちはじめ、一発が接近してくるミサイルを木端微塵にして海に叩き落とした。

ポーリーンはそのとき、反対の方向から〈フージャン〉に接近するミサイルの塊があることに気がついた。航空機から放たれたものだと思われた。

随行している護衛艦も射撃を開始していたが、侵入してくるミサイルが〈フージャン〉に命中するまで数秒しか残されていなかった。

甲板では〈ホンチー〉を再装塡すべく乗組員が走り回っていたが、その動きは充分に速いとは言えなかった。

飛来したミサイルはほぼ同時に命中し、中央部分に集中して着弾して、巨大な爆発が起こった。ポーリーンが思わず息を呑んだことに、〈フージャン〉の甲板が持ち上がって真ん中から曲がったように見えたと思うと、そこにあった艦載機が海に滑り落ちていった。内部から炎が噴き出し、煙が立ち昇った。ポーリーンが恐怖に固まって見ていると、全長千フィートの甲板がゆっくりと真ん中から折れていき、その結果、巨大空母は完全に二つに割れてしまった。中央部分が沈んでいくにつれて、艦首と艦尾が海面から浮き上がった。この距離では小さくしか見えなかったが、人間らしきものが宙を飛んで海中に落下していった。「何てこと!」彼女は思わずつぶやいた。ガスの手が腕を優しくつかんでくれ、やがて離れていくのが感じられた。数分が過ぎて、残骸がゆっくりと海面を満たし、やがて沈んでいくのが見えた。まず艦尾が沈み、束の間海面に穴があいたが、すぐに大きく渦巻く泡に塞がれた。間もなく、艦首も同様の末路をたどった。ポーリーンは通常に戻っていく海面を凝視した。しばらくのあいだ海は静かで、木やゴムやプラスティックといった残骸の破片のなかに、いくつかの動かない人体が浮いていた。護衛艦が救命艇を降ろした。明らかに生存者を助けるためだったが、その数は多くないだろうとポーリーンは悲観した。

そもそも〈フージャン〉などそこに存在しなかったかのようだった。

中国の指導者たちはショックを受けていた。

彼らには戦争経験がないからな、とカイは思った。この前中国軍が深刻な戦闘に関わったのは一九七九年まで遡《さかのぼ》る。あのときのヴェトナム侵攻も、あっという間に不成功に終わった。この危機管理室にいる大半は、たったいまヴィデオに映し出されたような惨状を実際に目の当たりにしたことがない。数千人が意図的かつ暴力的に殺されるところを。

この部屋にいる人々と同じ怒りと悲しみを一般の人々も感じているに違いない。復讐せずにはすまないという強い思いはここにもあるが、通りでは、すなわち、あの空母を造るために税金を払っている人々のあいだでは、その思いはもっと強いのではないか。中国政府は報復しなくてはならない。おれ自身でさえそう思う。あれだけ多くの同胞が殺された事実を、看過できるはずがない。

フアン将軍が言った。「最低でもやつらの空母を一隻は沈めて報復しなくてはならない」

若き国防大臣コン・チャオは例によって慎重だった。「それをやれば、アメリカはわれわれの空母をまた一隻沈めるでしょう。それがもう一度繰り返されれば、われわれは手持ちの空母がなくなりますが、アメリカには……」そして、束の間考えた。「まだ八隻残っています」

「では、やられたまま何もしないというのか？」

「そうではありません。一旦立ち止まって考えるべきではないかと言っているのです」

カイの電話が鳴った。彼はテーブルを離れ、部屋の隅の静かなところを見つけた。

ハン将軍の声が言った。「南朝鮮軍がピョンヤンを制圧しつつある。パク将軍は撤退した」

「どこへ撤退したんです?」

「ヨンジョンドンの元々の基地へ帰った」

「核ミサイルはどこにあるんですか?」カイはあの日、それを見ていた。六発の核ミサイルが巨大な移動発射台に据えられて整列していた。

「パク将軍があれを使うのを止める方法が一つある」

「何ですか、早く教えてください」

「気に入らないと思うぞ」

「いいから、教えてください」

「アメリカに頼んで、南朝鮮軍をピョンヤンから引き揚げさせるんだ」

それは過激な提案だったが、まったくお話にならないというわけではなかった。カイはすぐには答えずに思案した。

ハンが付け加えた。「きみはアメリカと接触できるのではなかったのか?」

「電話はしてみますが、あなたの提案は却下されるかもしれませんよ」

「それなら、こう言ってやればいい。南朝鮮が撤退しなかったら、パク・ジェジンは核兵器を使う、とな」

「本当ですか?」

「可能性はある」

「自殺行為ですよ」

「最後の切り札なんだ。彼にはほかに何も残っていない。それ以外の方法では勝ち目がないし、負けたら殺されるんだ」

「彼が核兵器を使う可能性があると、あなたは本気で考えているんですか?」

「使わないと考える理由が見つからない」

「とにかく、私にできることをやってみます」

「教えてもらいたいことがある。きみの考えでいいんだが、私が二十四時間以内に死ぬ確率はどのぐらいなんだ?」

ハンに対しては正直に答えるだけの借りがある、とカイは思った。「五分五分です」

「では、新居に住めないかもしれないな」ハンが静かな悲しみを感じさせる声で言った。

カイはハンが可哀そうになった。「まだ終わっていませんよ」彼は言った。

ハンが電話を切った。

ニールに電話する前に、ステージへ戻って報告した。「パク・ジェジン将軍がピョンヤンから撤退しました。いまは南朝鮮軍がピョンヤンを押さえています」

チェン国家主席が訊いた。「それで、いまはどこにいるんだ？」

「ヨンジョンドンです」カイは答え、一拍置いて付け加えた。「核ミサイルがあるところです」

ソフィア・マリアーニ国家情報長官は電話で話していたが、いま、ポーリーンに向かって言った。「よろしいでしょうか、大統領」

「どうぞ」

「われわれが北京に裏チャンネルを持っていることはご承知と思います」〝裏チャンネル〟とは政府間の非公式な通信手段のことだった。

「もちろん、知っています」

「たったいまわかったのですが、北朝鮮の反乱グループがピョンヤンを放棄しました。韓国軍が勝利したということです」

「それはいい知らせ――なのよね？」

「必ずしもそうとは言えません。いまパク・ジェジン将軍にできるのは、核兵器を使うことだけなのです」

「実際にやるかしら？」

「中国はそう信じています——韓国が撤退すれば別ですが」

「何てこと」

「ノ大統領とお話しになりますか？」

「もちろんです」ポーリーンはジャクリーン・ブロディ首席補佐官に言った。「電話をつないでちょうだい」

「了解、マム」

「でも、多くは望めないでしょうけどね」ポーリーンは付け加えた。

ノ・ドゥフイ大統領は生涯の野望を成就させていた。南北朝鮮を一人の指導者——彼女自身——の下に再統一したのである。核攻撃の恐れがあるからといって、それを手放すだろうか？　南北戦争に勝利したあと、エイブラハム・リンカーンは南部を手放しただろうか？　そんなことはないはずだ。だが、リンカーンは核兵器の脅威にさらされていなかった。

電話が鳴り、ポーリーンは応えた。「こんにちは、大統領」「こんにちは、大統領」ノの声からは勝利の満足を聞き取ることができた。

「見事な軍事的勝利でしたね、おめでとうございます」

「それをおっしゃるためにわざわざお電話をくださったのですか？」英語がとても流《りゅう》暢《ちょう》であることは、ある意味でノに不利だった。より断定的な言い方を可能にするからである。

ポーリーンは言った。「実は、あなたの勝利をパク・ジェジン将軍がもぎ取ろうとしているかもしれないと懸念しているのです」

「できるかどうか、やらせてみればいいのですよ」

「中国は彼が核兵器を使うと考えています」

「それは自殺行為です」

「それでも、やるかもしれないのです――あなたがピョンヤンから軍を撤退させなかったら、ですが」

「軍を撤退させる？」ノが信じられないという声で言った。「わたしは勝利したのですよ！　長く待ち焦がれた南北再統一が実現して、国民は喜んでいます」

「喜ぶのはまだ早いと思いますよ」

「いま撤退を命じたら、わたしは今日の内にも大統領でいられなくなるでしょう。軍が反乱を起こし、わたしは軍事クーデターで失脚することになります」

「部分的撤退はどうでしょう？　ピョンヤン郊外まで退がって、ピョンヤンの中立都市宣言をし、パク将軍を憲法制定会議に招待して、北朝鮮の将来を話し合うのです」

ポーリーンは言った。それを和平の基礎としてパク・ジェジンが受け容れるという確信はなかったが、やってみる価値はあるはずだった。

しかし、ノはポーリーンの提案を一顧だにしなかった。「わが軍上層部はそれを不必要な譲歩と見なすでしょうし、わたしも同じ考えです」

「では、核による破滅を招く危険を冒してもいいとお考えなのですか」

「われわれ全員が、毎日、その危険を冒しているではないですか、大統領」

「これほどの危険は冒していません」

「もうすぐテレビで国民に呼びかけなくてはなりません。電話をありがとうございました、失礼します」ノが電話を切った。

ポーリーンは一瞬呆気《あっけ》にとられた。アメリカ合衆国大統領より先に電話を切る者は多くなかった。

それでも、すぐに気を取り直して言った。「韓国のテレビをここのスクリーンに呼び出してちょうだい。YTNがいいわ、あれはニュース専門のケーブル・チャンネルだから」

アナウンサーが現われて朝鮮語で話したあと、一瞬遅れて、スクリーンの下部に英語の同時字幕が映し出された。ホワイトハウスのどこかで朝鮮語を英語に同時通訳し、その結果をキイボードを叩いてスクリーンに反映させているということだった。

画面が不安定に揺れる映像に変わった。爆撃の被害を受けた市街を移動する車から撮ったもので、字幕は〝韓国軍、ピョンヤンを制圧〟となっていた。移動する戦車の上で、マイクを持ったリポーターが、興奮し、ヒステリックにカメラに向かって叫んでいた。スーツにネクタイという格好で、軍用ヘルメットをかぶっていた。字幕が消えた。同時通訳者も、叫びつづけるリポーターの朝鮮語を聞き取れないようだった。だが、いずれにせよ、字幕がなくても問題はなかった。リポーターの後方に、明らかに幹線道路から市内へ入ってきていると思われる、軍用車両の長い列ができていた。敵の首都への勝利の入城だった。

ポーリーンは言った。「まったく、パク・ジェジンはこれを見て歯ぎしりしているでしょうね」

ピョンヤン市民は窓や開け放したドアからそれを見つめていて、大胆にも手を振る者もいたが、通りへ出て解放を喜ぶ者はいなかった。世界で最も抑圧的な政府の下で生きていて、その体制が崩壊したと確信できるまで、感情を表に出す危険は冒さないと決めているかのようだった。

テレビの画面がふたたび変わり、白髪の多くなった髪をしっかりと整えた、皺の刻まれたノ大統領の顔が映し出された。彼女の横にはいつもどおり韓国の国旗――白地の中央に陰陽を象徴する赤と青を曲線で二分割した円が描かれ、その円の周囲四隅を卦《け》で囲った太極旗――が飾られていた。しかしいまは、反対側に青と白の再統一旗が登場していた。それは南北の両方を自分が統《す》べるという、誤解のしようのない宣言だった。

しかし、ポーリーンはノの執務室に行ったことがあるからわかったが、いま彼女がいるのはあのときの執務室ではなかった。地下壕《ごう》にいるのだろう、とポーリーンは推測した。

ノが話しはじめ、字幕がよみがえった。「われらが勇敢な兵士たちは、ピョンヤンを手中に収めました。一九四五年以来、朝鮮半島を分断していた人工的障害物が取り除かれようとしています。間もなく、わたしたちはあれ以来常に頭にあったもの、すなわち一つの国に、現実にいることになるのです」

うまくやっているじゃないの、ポーリーンは思った。でも、具体的なことを聞かせてもらいましょうか。

「統一朝鮮は、中国とアメリカ両方の国と緊密かつ友好的に結びついた、自由な民主主義の国になるのです」

ポーリーンの感想はこうだった。「言うは易く、行なうは難しだわね」

「間もなく選挙管理事務局を立ち上げますが、韓国軍には平和維持軍として活動してもらいます」

ビル・シュナイダーが立ち上がり、スクリーンを見つめて、思わず声を発した。

「大変だ、これは駄目だ!」

全員が彼の視線を追った。ポーリーンはレーダー画面に一発のミサイルが現われるのを見た。ビルが言った。「北朝鮮だ!」

ポーリーンは訊いた。「どこから発射されたものなの?」

ビルはペンタゴンと直接つながっているヘッドセットを着けたまま耳を澄ましていたが、やがて報告した。「ヨンジョンドンです——あそこは核基地です」

ポーリーンは言った。「何てこと。パク・ジェジンは本当にやったのね。本当に核ミサイルを発射したんだわ」

ビルが言った。「雲のわずか上を飛んでいます。標的は近くです」

ポーリーンは言った。「それなら、まず間違いなくソウルね。ソウルの市街をスクリーンに映し出してちょうだい。ドローンを何機か飛ばすのよ」

まず現われたのはソウル市街の衛星写真だった。幅の広い漢江《ハンガン》が市内を貫いて蛇行し、数えきれないほどの橋がそこにかかっていた。姿の見えない操作員が写真を拡大し、通りを走る車や、サッカー・グラウンドに引かれた白線までが見えるようになった。その直後、ほかのいくつかのスクリーンが明るくなり、おそらく交通やそのほかの市街を監視しているカメラのものと思われる、複数の映像が映し出された。午後の三時だった。車やバスやトラックが交通信号で止まり、狭い橋の上で列をなしていた。一千万の人々がそこで暮らしているのだった。

ビルが言った。「距離は約二百五十マイル、時間にして二分です。ミサイルが発射されたのが一分前ですから、着弾まで六十秒です」

六十秒しかないのでは、ポーリーンにできることは何もなかった。

ミサイルは見えなかった。着弾したとわかったのは、ソウルを映し出していたスクリーンが真っ白になったときだった。

しばらくのあいだ、全員が何も映っていないスクリーンを凝視していた。やがて、アメリカ軍が飛ばしたドローンが撮影したと思われる、新しい映像が現われた。それがソウルだとわかったのは、W字形に川が蛇行しているからだった。だが、以前と同じなのはそれだけで、中心部は半径一マイルにわたって何もなくなっていた。建物も、通りも、車も消えていた。風景は完全な無のようだった。建物がすべて、一つの例外もなく倒壊して潰れてしまったんだ、とポーリーンは気づいた。瓦礫が積み重なってすべてを――死体まで――覆い隠していた。最悪のハリケーンの十倍、いや、百倍かもしれない大惨事になっていた。

その中心部の外側では、いたるところで火の手が上がっているようだった。大規模なものもあり、小規模なものもあり、焼け焦げた車のガソリンに火がついて激しく燃えているかと思うと、あちこちのオフィスや商店から炎が上がっていた。車が玩具のようにひっくり返って散らばっていた。煙と埃のせいで被害の全容は明らかでなかった。

カメラは常にどこかにあった。いま、奥の部屋にいる技官の一人が、ソウルの西にある空港の一つから飛び立ったヘリコプターからのものらしいライヴ・ヴィデオを見つけた。それはソウル郊外を数台の車が走っているところを映していて、生存者がいることを示していた。歩いている負傷者がいた。おそらく閃光で目をやられたのだろう、視力を失ったかのようにおぼつかない足取りの者もいた。飛んできたガラスの破片で傷ついたのかもしれない、血を流している者もいた。無傷で、負傷者を手助けしている者もいた。

ポーリーンはくらくらした。これほどの破壊を目の当たりにするとは思ってもいなかった。

それでも、何とかわれを取り戻した。これについて何かをするのがわたしの仕事だ。彼女は言った。「ビル、防衛準備態勢をデフコン1に上げてちょうだい。核戦争が始まったわ」

タマラはタブのベッドで目を覚ました。いまは、ほとんどの朝がそうだった。彼にキスをし、起き上がり、裸でキッチンへ行き、コーヒーメーカーのスイッチを入れ、寝室へ戻った。窓のところへ行き、砂漠の太陽の下で急速に暑くなりつつあるンジャメナの町を見た。

この景色を見る朝も、もうそう多くないはずだった。パリ支局への異動が認められたのだ。デクスターは反対したが、アブドゥルと組んだプロジェクトを成功させたことによって、アラブ系フランス人テロリスト・グループへの潜入捜査の監理官として選ばれるのは当然のことだった。というわけで、デクスターの反対は却下され、タブとパリへ行くことになったのだった。

アパートにコーヒーのかぐわしい、気持ちを引き立ててくれる香りが満ちた。テレビをつけると、アメリカが中国の空母を撃沈したという報道が大きくなされていた。

「大変よ、タブ、起きて」

コーヒーを淹れ、タブとベッドで飲みながら、そのニュースを見た。〈フージャン〉というその空母が沈められたのは、領有権を争っている尖閣諸島に上陸した日本の自衛隊を中国が爆撃したことに対する報復だった、とアナウンサーが言った。

「これで終わりではないな」タブが言った。

「そうね、それはあり得ないでしょうね」

二人でシャワーを浴び、着替えをして、朝食を食べた。ほとんど空の冷蔵庫から何かを見つけ出しておいしい料理を作る名人のタブが仕上げたのは、粗挽《あらび》きのパルメザン・チーズ、刻んだパセリ、少量のパプリカを混ぜ込んだスクランブルエッグだった。彼は熱帯用の薄いイタリア製ブレザーを着て、タマラはコットンのスカーフで頭を包んだ。テレビを消そうとしたタブの手が止まった。もっとショッキングなリポートが入ってきた。北朝鮮の反乱グループが韓国の首都、ソウルに核爆弾を投下したというのだ。

タブが言った。「これは核戦争だぞ」

タマラは重々しくうなずいた。「今日が、わたしたちの地球最後の日になるかもしれないわよ」

二人はふたたび腰を下ろした。

タマラは言った。「わたしたち、何か特別なことをするべきかもしれないわ」

タブが考える顔になった。「提案があるんだ」

「何？」

「突拍子もないことなんだけど」

「いいから、言ってみなさいよ」

「ぼくたち……その……つまり……結婚してくれないか」

「今日？」

「もちろん今日だよ！」

タマラは言葉を見つけることができず、長いこと黙っていた。

タブが言った。「怒ってないよね？」

タマラはようやく声を出すことができた。「わたしがどんなにあなたを愛しているか、百万言を費やしても伝えられないような気がする」気がつくと、涙が頬を伝っていた。

彼がその涙をキスで拭ってくれた。「では、それを〝イエス〟と受け取らせてもらうよ」

41

中南海の危機管理室に、情報が洪水のように押し寄せていた。カイはそれを処理しながらも、頭がくらくらするほどの絶望を感じていた。何分もしないうちに全世界が衝撃を受けることになる。これは一九四五年以来、初めて使われた核兵器だ。こういうニュースはあっという間に世界を駆け巡る。

数秒後、東アジアの株式市場で株価の自由落下がはじまった。人々は株を現金に換えていた。核戦争下では現金だけが頼りだと言わんばかりだった。チェン国家主席は上海と深圳の証券取引所を、通常の取引終了時間より一時間早く閉じた。香港市場にも同様の命令を発したが、香港はそれを拒否し、十分のあいだに二十パーセントが失われることになった。

台湾政府——共産主義中国の一部に一度もなったことのない島——は正式な声明を出し、台湾領空及び周辺海域を侵犯する軍部隊に対しては、それがどこの国のものであろうと攻撃すると通告した。中国は長年、台湾は実は中国領土であるから自分たちにはその権利があると主張し、空からの侵犯を繰り返していた。台湾はそれに対抗すべく、自国空軍機をスクランブル発進させ、対空兵器に迎撃準備をさせていた。もっとも、実際に迎撃したことはなかったが。しかし、それも今度のことで変わってしまったようだった。彼らは中国機を本当に撃墜するはずだった。

「これは核戦争だ」ファン将軍が言った。「核戦争においては、先制攻撃が何よりも大事だ。われわれは地上からも、潜水艦からも、長距離爆撃機からも発射できる。だとすれば、最初からそのすべてを使えるようにしておくべきだ。もしアメリカに先制攻撃を許したら、われわれの核兵器の大半が破壊されて、使おうにも使えなくなってしまう」

ファンはそれが推測に過ぎないとしても、反論の余地のない事実を述べているかのような話し方をするのが常だったが、今回ばかりは彼は正しかった。アメリカに先に攻撃されたら、中国軍は機能不全に陥る。

コン・チャオ国防大臣が絶望的な顔で言った。「たとえわれわれが先に攻撃するとしても、このことは忘れないでいただきたい。われわれが保有する核弾頭はきっかり三百二十発です。一方、アメリカが持っているのは三千発以上です。われわれが先制攻撃をし、三百二十発の核が全弾命中してアメリカの核を一つずつ潰したとしましょう。その結果は、われわれには一発の残りもなくなり、アメリカはまだたっぷり残っていることになるだけです」

「必ずしもそうではあるまい」ファンが言った。

コン・チャオが冷静さを失って大声を出した。「私に向かって戯言はやめていただきたい！　私は何度も模擬戦をやってきたし、あなただってそうでしょう。そして、われわれは全敗しているんです。一度として勝った試しはないんです！」

「模擬戦はしょせん模擬戦に過ぎん」ファンが馬鹿にしたように言った。「実戦とは違う」

コンが応戦するより早く、チャン・ジャンジュンが口を開いた。「限定核戦争のやり方を提案してもよろしいかな？」

カイはその話を以前に聞かされたことがあった。カイ自身は限定戦争を信じていなかった。戦争が限定的なものにとどまった例がほとんどないことは、歴史が証明している。だが、いまは何も言わないでおくことにした。

チャン・ジャンジュンが言った。「アメリカの標的を慎重に選んで、小規模な初期攻撃を行なう。大都市は避け、人口の少ない区域にある軍基地だけを狙う。そして、そのあとすぐに停戦を申し出る」

カイは言った。「それはうまく行くかもしれないし、全面戦争よりは間違いなくましでしょう。しかし、その前にできることがほかにあるのではないでしょうか？」

チェン国家主席が言った。「きみの考えを聞かせてもらおう」

「戦闘を通常兵器に限定すれば、われわれはこの国の領土に侵入してくる敵をことごとく撃退できます。最終的には、南朝鮮を北朝鮮から押し出すことも可能でしょう」

「そうかもしれないな」チェン国家主席が言った。「だが、アメリカに核兵器の使用を思いとどまらせる方法はあるのか？」

「まずは弁明し、そして、脅すのです」

「説明してくれ」

「グリーン大統領にこう言うのです――ソウルへの核攻撃は、北朝鮮にいる一部のろくでなしどもがやったことであり、彼らはいまや叩き潰されつつある。核兵器も押収されつつあるから、こういう非道が起こることは二度とない、と」

「しかし、そうならない可能性もあるのではないか？」

「あります。しかし、期待はできます。それに、そういう弁明をすることによって、時間を稼げるでしょう」

「脅しのほうも教えてもらおう」

「グリーン大統領への最後通牒《つうちょう》です。こういう文言でどうでしょうか――〝アメリカ合衆国による朝鮮民主主義人民共和国への核攻撃は、中華人民共和国への核攻撃とみなされるであろう〟。六〇年代にケネディ大統領が同様の発言をしています――〝キユーバが西半球のいかなる国へ向けてであろうと核ミサイル攻撃を行なった場合、アメリカ合衆国はそれをソヴィエト社会主義共和国連邦がアメリカ合衆国に対して行なったものと見なし、ソヴィエト社会主義共和国連邦に対して全面的な報復対応を行なう〟これがわが国の方針となる〟。確か、一字一句このとおりだったと思います」カイは大学時代に、キューバ・ミサイル危機に関する小論文を書いていた。

チェンが考えながらうなずいた。「それはつまり、北朝鮮への核攻撃は中国への核攻撃と同じだということだな」

「そのとおりです、主席」

「わが国のいまの方針と大して違わないだろう」

「ですが、このほうが明確です。グリーン大統領はためらい、考え直すかもしれません。そうなれば、われわれはそのあいだに核戦争を回避する方法を探せます」

「いい考えだと思う」チェンが言った。「諸君に異論がなければ、それをやろうと思う」

ファン将軍とチャン・ジャンジュンは納得していないようだったが、だれも反対の声を上げる者はなく、全員一致と見なされた。

ポーリーンは統合参謀本部議長に訊いた。「ビル、わたしたちの同盟国である韓国に対して、あるいはそれ以外のどこだろうと、核爆弾を使う能力をパク・ジェジン将軍から取り上げなくてはならないわけだけど——わたしにはどんな選択肢があるのかしら?」

「私に考えられるのは一つしかありません、大統領。反乱グループが支配している領域に核攻撃を敢行し、ヨンジョンドンをはじめとして、核兵器を保有している可能性のあるすべての軍基地を破壊することです」

「それに対して、北京はどう反応するかしら?」

「分別を持って対処するのではないでしょうか」ビルが言った。「彼らにしても、反乱グループに核を弄《もてあそ》ばせたくはないはずですから」

ガスは懐疑的だった。「そうではなくて、ビル、彼らの最も近しい同盟国を攻撃することで、われわれが核戦争を始めたと見る可能性もあるだろう。その場合、中国はアメリカに対して核攻撃をする義務を北朝鮮に負っているんだ」

ポーリーンは言った。「わたしたちがいま、ここで何について話しているか、もう一度正確に確認しましょう。ルイス、中国がアメリカに核攻撃を仕掛けてきた場合の、考えられる結果を説明してちょうだい」

「では」国防長官はその情報を完全に自分のものにしていて、すぐさま説明を開始した。「中国は地上発射型のアメリカまで届く核弾頭装着大陸間弾道ミサイルを約六十発保有しています。それらは使わなければ使えなくなる兵器、すなわち、核戦争が始まったら真っ先に標的になって破壊される可能性がある兵器ですから、中国は核戦争が始まった瞬間に全弾を発射するはずです。この前国防総省が行なった大規模模擬戦では、三十発の大陸間弾道ミサイルがアメリカの都市を標的とし、残る三十発が軍基地、港、空港、電子通信施設といった戦略的な標的を狙うとの結論に至りました。不意を打たれることはないので、発射された時点でミサイル防御システムを作動させますが、楽観的に考えても、撃墜できる確率は五割しかありません」

「いまの時点で予想されるアメリカ国民の死傷者数はどのぐらいなの？」

「約二千五百万人です、大統領」

「大変な数じゃないの」

ルイスがつづけた。「われわれは即座に応戦し、保有する四百発の大陸間弾道ミサイルの大半を発射したあと、すぐさまそれにつづいて千発以上の核弾頭を航空機と潜水艦から発射します。それでもまだ保有しているミサイルのほぼ半分は残ることになりますが、それを使う必要はありません。なぜなら、中国政府の核戦争続行能力がそれまでに完全に無力化されているからです。そのあと、中国はすぐにも降伏するでしょう。換言すれば、われわれの勝利に終わるということです、大統領」

われわれの勝利に終わる、とポーリーンは考えた。二千五百万の自国民を死傷させ、多くの都市を荒れ地にして。「そんなのは勝利でも何でもないわ」それは嘘偽りのない実感だった。

スクリーンの一つにCNNが映し出され、ポーリーンはよく知っているワシントンの市街を見た。まだ暗かったが、渋滞が始まっていた。「外はどうなっているの？」

彼女は言った。「まだ朝の四時半よ――通りは閑散としているはずでしょう」

ジャクリーン・ブロディ首席補佐官が答えを教えてくれた。「市民が町を出はじめているのよ。数分前に、赤信号で止まっている車がインタヴューされていたんだけど、核戦争が始まったらワシントンが爆心地《グラウンド・ゼロ》になると考えているの」

「彼らはどこへ向かっているの？」

「都市から離れればまだしも安全だと考えているみたい――だから、ペンシルヴェニアの森林地帯、ブルー・リッジ・マウンテンズね。ニューヨーク市民も同様で、アディロンダックスへ車を走らせている。カリフォルニアの人たちは、目が覚めるやメキシコへ向かうんじゃないかしら」

「このことを市民がもう知っているなんて、驚きだわ」

「テレビ局の一つが、カメラを搭載したドローンをソウル上空に送り込んだのよ。全世界があの惨害を見ることができるわ」

ポーリーンはチェスを見た。「北朝鮮はどうなっているのかしら？」

「韓国が反乱グループのすべての拠点を攻撃している。ノ大統領は自分の持っているすべてを投入して彼らを叩き潰すつもりらしい」

「万やむを得ない状況にならない限り、わたしは核兵器を使いません。わたしたちの代わりに仕事をするチャンスを彼女に与えましょう」

ジャクリーン・ブロディ首席補佐官が言った。「大統領、中国の国家主席からメッセージが届きました」

「見せて」

「いま、大統領のスクリーンに転送します」

ポーリーンはチェンの最後通牒を声に出して読み上げた。「〝アメリカ合衆国の朝鮮民主主義人民共和国に対する核攻撃は、それがいかなるものであろうと、中華人民共和国への核攻撃と見なすものであります〟」

チェスが言った。「キューバ危機のときに、ケネディが同じような発言をしていたな」

「だけど、これで何かが変わるの？」ポーリーンは訊いた。

ルイス・リベラが断固として言った。「何も変わりません。これは態度表明のない方針だと考えられるのではないでしょうか」

「もっと重要な何かがあるかもしれないわ」ポーリーンは言った。「チェンはこうつづけているの――〝ソウルを核攻撃したのは朝鮮民主主義人民共和国のならず者分子であり、その者たちはいま核兵器を奪われつつあるから、こういう非道は二度と起こらない〟とね」

ルイスが言った。「〝ことを希望するものであります〟と最後にくっついていませんか?」

「そうなんだけど、ルイス、わたしたちは彼女にこのままつづけさせるべきなんじゃないかしら。もし韓国軍が超愛国者反乱グループを掃討できれば、さらなる核攻撃なしで問題は解決するわけだから。でも、こういう非道はもう起こらないだろうという希望的観測を当てにして何もしないでいるわけにはいかないわ」

ポーリーンはテーブルを囲む面々を見た。納得していない顔もあったが、反対する者はいなかった。

彼女は言った。「ビル、国防総省に指示して、北朝鮮反乱グループへの攻撃準備をしてちょうだい。標的は反乱グループが支配している地域内の軍基地にあるすべての核兵器よ。これは不測事態対応計画だけど、準備はしなくてはならないわ。地上戦がどう動いているかがわかるまで、発射はしません」

ビルが言った。「大統領、こっちが待つことによって、中国に核の先制攻撃のチャンスを与えることになりますよ」

「わかっています」ポーリーンは応えた。

ティンからの電話だった。甲高くなった声が震えていた。「何が起こっているの、カイ?」

カイはステージを離れ、小声で答えた。「北朝鮮の反乱グループが、ソウルに核爆弾を投下したんだ」

「それは知っているわ! あるシーンを撮影しているときに、技術者全員がいきなりヘッドフォンを外していなくなってしまったの。仕事は中止になって、いま自宅へ向かっているところよ」

「自分で運転しているんじゃないよな?」安全に運転できるとは思えないほど、彼女の声は動転していた。

「してないわ、運転手がいるもの。カイ、これは何を意味しているの?」

「まだわからない。だけど、絶対にエスカレートさせないよう、できることをすべてやっているところだ」

「あなたの顔を見るまで安心できない。帰りは何時になるの?」

カイはためらったが、真実を告げることにした。「今夜は帰れないかもしれない」

「本当によくない状況なのね?」

「かもしれない」

「母を迎えに行って、わたしたちのアパートにきてもらうわ。いいでしょ?」

「もちろんだ」

「独りで夜を過ごしたくないの」ティンが言った。

ポーリーンはリンカーン・ベッドルームで服を脱ぎ、シャワーに入った。さっぱりして着替えをする数分だった。今日は一日じゅう、ジーンズのジャケットを着っぱなしだった。

シャワーを出ると、ジェリーがパジャマの上に時代遅れのウールのドレッシングガウンを羽織ってベッドに腰かけていた。

彼が言った。「戦争になりそうなのかな?」

「そんなこと、わたしが阻止するわ」ポーリーンはタオルをつかんだ。彼の前に裸をさらしているのが急に恥ずかしくなった。十五年も夫婦でいるのだから、そんな気になるのは妙だった。何を恥ずかしがることがあるの、と自分に言い聞かせて身体を拭きはじめた。「レイヴン・ロックって聞いたことある?」

「核シェルターだろ? そこへ行くのか?」

「似たようなどこかだけど、もっとだれも知らないところよ。そうなの、今日、そこへ行かなくてはならなくなるかもしれないから、あなたとピッパも準備しておいてちょうだい」

「ぼくは行かないよ」ジェリーが言った。

これから先の会話がどう進んでいくか、ポーリーンは即座にわかった。彼が結婚生活の終わりを告げるのだ。半ば予想はしていたが、それでも辛かった。「どういうこと?」彼女は訊いた。

「ぼくは核シェルターへ行きたくないんだ、いまも、これからも、きみと一緒でも、一緒でなくても」ジェリーが口を閉じ、ポーリーンを見た。言うべきことは言い尽くしたかのようだった。

ポーリーンは訊いた。「もし戦争になったとして、そのときにあなたは妻とも娘とも一緒にいたくないの?」

「ああ」

ポーリーンは待ったが、ジェリーは理由を明かす気がなさそうだった。

ポーリーンはブラを着け、パンティを穿き、ストッキングに脚を通した。恥ずかしさが和らいだ。

ジェリーは言わなくてはならないことを言うつもりがなさそうだったから、ポーリーンが代わりに言わざるを得なかった。「あなたを拷問したいとも反対訊問したいとも思ってはいないし、もし間違っていたらそう言ってほしいんだけど、あなたはアメリア・ジャッドと一緒になりたいのよね」

ジェリーの顔をいくつかの表情がよぎっていった。最初は驚きが、次いで、どうしてわかったんだろうという訝りが、さらに、それを訊かないことにするという決心が、そのあと、妻を裏切った後ろめたさが、最後に、開き直りが。ジェリーが顎を上げて認めた。「そういうことだ」

ポーリーンは自分が何より恐れていることを口に出した。「ピッパも一緒に連れていこうなんて考えていないわよね？」

ジェリーが簡単な質問でよかったという顔になった。「まさか、そんなことは考えていないよ」

一瞬、ポーリーンは安堵のあまり言葉を失った。俯《うつむ》いて額を押さえ、目を隠した。

ジェリーが言った。「ピッパに訊くまでもなかったよ、だって、答えはわかっているからね。あの子はきみと一緒にいたがるはずだ」明らかにあらかじめ考えたうえで決めたのだった。「娘には母親が必要だ。ぼくだって、それぐらいはわかっているさ」

「ともかく、そのことは感謝するわ」

ポーリーンは最も権威を感じさせる服装を選んだ――黒のスカート・スーツにシルヴァー・グレイのメリノのセーター。

ジェリーは出ていこうとしなかった。まだ話は終わっていなかった。「きみが無実だとは、ぼくは信じていない」

ポーリーンは驚いた。「どういうこと？」

「きみにはぼく以外のだれかがいる、わかっているんだ」

「それはいまとなっては大した問題じゃないと思うけど、一応念のために言っておくわ。わたしはあなたとデートするようになって以来、あなた以外のだれともセックスしていません。まあ、最近になってそれを考えたことはあるけどね」

「わかっていたよ」

ジェリーは非難の応酬も厭《いと》わない様子だったが、ポーリーンは受けて立つ気はなかった。口論するにはあまりに悲しかった。「何がいけなかったのかしら、ジェリー？」彼女は訊いた。「昔は愛し合っていたのに」

「結婚というのは早晩熱が冷めるものなんだと思う。違いがあるとすれば、カップルがそういう惰性を気にしないでそのままでいられるか、分かれて別のパートナーとやり直そうとするかじゃないだろうか」

結婚ってそんなに薄っぺらなものなんだ、とポーリーンは思った。だれが悪いわけでもない、実はそれが普通の人生だ、などなど。そんなの、説明ではなくて言い訳でしょう。そんな戯言を信じたことは一瞬たりとなかったが、反論する気力がなかった。

ジェリーが立ち上がって出口へ向かった。

ポーリーンは実際的な問題を口にした。「ピッパがもうすぐ起きてくるわ」彼女は言った。「わたしたちが別れることをあの子に伝えるのはあなたの役目ですからね。最善を尽くして説明してちょうだい。わたしはあなたの代わりをするつもりはないから」

ドア・ハンドルに手を掛けたジェリーの足が止まった。「いいだろう」明らかに不本意そうだったが、拒否できるわけもなかった。「だが、いまじゃない。明日になるかもしれない」

ポーリーンはためらったが、いろいろ考え合わせると、遅いほうがいいかもしれなかった。とりわけ今日は、精神的に傷ついた十代の相手はしたくなかった。「そのあと、ある時点で、このことを公にしなくてはならないわ」

「急ぐことはないさ」

「いつ、どういう形でやるかは、あとで相談しましょう。でも、うっかり口を滑らせたりしないでね。絶対に秘密にしておいてちょうだい」

「もちろんだ。アメリアもそれを懸念していた。彼女のキャリアに明らかに影響するからね」

アメリアのキャリアね、とポーリーンは思った。アメリアのキャリアなんか知ったことですか。

しかし、口には出さなかった。

ジェリーが出ていった。

ポーリーンはレジデンスをあとにして、シチュエーションルームへ戻った。「どうなっているかしら?」彼女は訊いた。

ガスが答えた。「ノ大統領は超愛国者グループへの圧力を強めているが、彼らはなんとか持ちこたえている。中国は〈フージャン〉を沈められたことへの報復をどういう形にするか、いまも考えているようだ。いまのところ何もしていないが、何かをするのは間違いないだろう。多くの国の大統領や首相から、きみに電話が入っている。そこにはオーストラリア、ヴェトナム、日本、シンガポール、インドも含まれている。国連の安全保障理事会が緊急会合を始めようとしている」

「まずは電話を返しましょう」ポーリーンは言った。「最初は日本ね」

ジャクリーン・ブロディが応じた。「石川首相につなぐわ」

しかし、ポーリーンが出た最初の電話は母親からのものだった。「もしもし、ポーリーン、あなた、大丈夫?」

車のエンジンの音が聞こえた。「いま、どこにいるの、お母さん?」ポーリーンは訊いた。「インディアナ州よ、州間道路九号線を走っていて、もうすぐゲーリイに着くわ。お父さんが運転しているの。あなたはどこにいるの?」

「ホワイトハウスよ、お母さん。ゲーリイで何をするの?」

「オンタリオのウィンザーを目指しているの。着く前に雪が降り出さなければいいんだけど」

ウィンザーはシカゴに最も近いカナダの都市だったが、まだ三百マイル近い距離が残っていた。アメリカはもう安全ではないと両親は判断したんだ、とポーリーンは気がついた。落胆したが、二人を責めることはほとんどできなかった。自分たちを護ってくれる力が娘にあるとは、もはや考えていないのだ。数百万のアメリカ国民もそうなのだろう。

だが、彼らを救うチャンスはまだある。

ポーリーンは言った。「お母さん、状況をわたしに教えつづけてね、電話をするのをためらわないで、いい?」

「わかったわ、ポーリーン。すべてがうまくいくよう祈っているわよ」

「最善を尽くすわ。愛してる、お母さん」

「わたしもあなたを愛しているわ、ハニー」

電話を切ると、ビル・シュナイダーが言った。「レーダーから、ミサイルが発射されたとの警告が入りました」

「どこ？」

「待ってください……北朝鮮です」

ポーリーンはがっかりした。

隣りに坐っているガスが言った。「見てくれ、新しい衛星写真だ」

見ると、赤い弧が一本現われていた。「一発だけね」ポーリーンは言った。

ヘッドセットを装着したまま常時ペンタゴンと連絡を取りつづけているビルが報告した。「狙っているのはソウルではありません――飛行高度が高すぎます」

ポーリーンは訊いた。「それなら、どこなの？」

「いま測定しています……ちょっと待ってください……釜山です」

釜山は韓国第二の都市で、南部沿岸に大きな港があり、八百万人が暮らしている。

ポーリーンは思わず頭を抱えた。

ルイスが言った。「われわれが一時間前にヨンジョンドンを核攻撃していれば、こうはならなかったはずです」

ポーリーンの忍耐がいきなり尽きた。「ルイス、〝私が言ったではありませんか〟しか言葉を思いつかないんだったら、その口を閉じておいてもらえないかしら」

ルイスはショックと怒りで青くなったが、言われたとおり口を閉ざした。

ポーリーンはだれにともなく言った。「標的になっている都市の衛星写真を見てみましょう」

補助員が言った。「ところどころ雲がかかっていますが、大半は見えています」

スクリーンに映像が現われ、ポーリーンはそれを検めた。河口の三角州、広い鉄道線路、大きなドックが見えた。短時間ではあったが釜山を訪ねたときのことが思い出された。市民は友好的で暖かかった。伝統的な衣装の付属品をプレゼントしてくれて、ポーリーンはいまも、その赤と金のシルクのショールを愛用していた。

ビルが言った。「レーダーが確認しました、ミサイルは一発です」

「映像は？」

スクリーンの一つが明るくなり、遠くから撮影された釜山の映像が現われた。カメラが上下に揺れているところからすると、船から撮影されているようだった。音も入ってきた。エンジンの轟き、波を切る音、そして、二人の男の声が聞こえていた。何が起ころうとしているかなど知る由《よし》もない様子の、砕けた調子の会話だった。

そのとき、ドックの上空に黄色がかった赤いドームが現われ、撮影者がショックの叫びを上げた。ドームは巨大な煙の柱になって立ち昇ったと思うと、おぞましい茸雲《きのこぐも》に変わった。

ポーリーンは目をつむりたかったが、それはしてはならないことだった。

八百万の人々が、と彼女は思った。ある者は即死し、ある者は重傷を負い、ある者は放射能に汚染されて長く苦しむことになる。韓国国民とアメリカ国民、そして、港町であるからには多くの国の人々がいる。学校へ通う子供たちと祖母、生まれたばかりの赤ん坊。ルイスは正しかった。わたしはこれを阻止できたのに、しなかった。二度とこの過ちを犯してはならない。遅れてきた衝撃波が船にぶつかり、映像は空になったと思うと甲板に変わり、そして、何も映らなくなった。撮影者が生き延びていてくれればいいのだが、とポーリーンは願った。

彼女は言った。「ビル、いまわたしたちが見たのが核爆発であることを、ペンタゴンに確認してちょうだい」

「了解、マム」

確認するまでもなく核爆発に間違いなかったが、放射性核種検知器ならはっきり証明できるはずであり、これからやろうとすることのためには、証拠はどれほど多くても多すぎることはなかった。

いまや、パク・ジェジンはそれを二度やっていた。核戦争を回避できるかもしれないなどとは、もはやその振りすらできなくなった。パクの三度目の核使用を止められるのは、世界でポーリーンだけだった。

彼女は言った。「チェス、どんな方法でもいいからチェン国家主席にメッセージを送り、アメリカ合衆国はこれから北朝鮮の核基地をすべて破壊するけれども、中華人民共和国を攻撃するものではないと伝えてちょうだい」

「了解、マム」

ポーリーンはポケットから〈ビスケット〉を出し、プラスティックのケースを捻って開封して、そこに収まっていた小さな薄いカードを手に取った。

シチュエーションルームにいる全員が、息を呑んで彼女を見つめていた。

ビルが言った。「確認されました。あれは核兵器です」

ポーリーンの胸にあったかすかな希望が潰《つい》えた。

彼女は言った。「ウォー・ルームを呼び出して」

電話が鳴り、ポーリーンは受話器を取った。男の声が応答した。「大統領、国防総省ウォー・ルームのエヴァーズ大将です」

ポーリーンは言った。「大将、わたしがさっき指示したとおり、北朝鮮の反乱グループ支配圏内すべての軍基地への照準は完了していますね」

「はい、完了しています、マム」

「これから認証コードを読み上げます。それが正統なものであると確認したら、攻撃開始を命じてください」

「了解しました、マム」

ポーリーンは〈ビスケット〉を見て、認証コードを読み上げた。「オスカー・ノヴエンバー・スリー・セヴン・スリー。繰り返します。オスカー・ノヴェンバー・スリー・セヴン・スリー」

「ありがとうございます、大統領。認証コードは正統なものだと確認されました。攻撃開始命令を発します」

ポーリーンは電話を切ると、重い気持ちで言った。「手続きが完了したわ」


中南海では、全員がレーダー画像を見つめていた。そこにはアメリカの空へ上昇していくミサイルのレーダー画像が映し出されていた。まるで灰色の雁《かり》の群れが季節の大移動をしているかのようだった。

チェン国家主席が言った。「アメリカの全種類の通信システムに対して、総力を挙げてサイバー攻撃を開始するんだ」

これはあらかじめ決まっている通常の手段だった。このサイバー攻撃は部分的にしか成功しないだろう、とカイはかなりの確信を持って予測した。中国と同様、アメリカだってサイバー戦争の備えはしている。双方とも予備プランを持っていて、複数の反撃手段を準備している。サイバー攻撃が相手に与える損害は決定的なものにはなり得ない。

フー・チューユーが訊いた。「残りのミサイルはどこだ？　ここに映っているのは、せいぜい二十発か三十発だ」

コン・チャオが答えた。「これは限定的な攻撃で、アメリカは全面核戦争を意図しているわけではないようです。だとすれば、たぶんわが国を狙っているのではありません」

ファンが言った。「それを確認する方法がないだろう。放置して、反撃が手遅れになる危険を冒すわけにはいかないぞ」

コンが言った。「間もなくわかります。ですが、現時点では、ミサイルが狙っているのはヴェトナムとシベリアのあいだのどこであっても不思議はありません」

レーダー画像は、ミサイルがすでにカナダ上空にあることを示していた。カイは大声で指示した。「だれか、推定着弾時刻を教えてくれ」

補助員が答えた。「二十二分後です。標的はシベリアではありません。飛翔経路が南過ぎます」

では、とカイは考えた。いまおれがいる、まさにこの建物が標的である可能性も否定できないわけだ。この危機管理室は万全の装甲が施されているが、核爆弾には敵《かな》わない。もし標的が本当にこの建物で、アメリカのミサイルの精度が高ければ、おれは二十二分後に死ぬことになる。

いや、すでに二十二分以下だ。

ティンに電話したかったが、何とかこらえた。

いま、ミサイルは海の上を飛んでいた。

「十五分」補助員が告げた。「ヴェトナムは標的ではなさそうです。朝鮮半島か、中国です」

朝鮮半島だ、とカイは確信した。これは単なる希望的解釈ではない。グリーン大統領の頭がどうかしたのでない限り、たった三十発のミサイルで中国を攻撃するはずがない。そんなことをしたら、限定的なダメージしか受けなかった中国が即座に報復を開始し、総力を挙げてアメリカの軍事力の大半を、彼らがそれを使う間もなく無力化してしまう。いずれにしても、ソウルと釜山を核攻撃したのは中国ではなくてパク・ジェジンなのだ。

ウー・ベイ外務大臣が言った。「ホワイトハウスから正式な通信があった。彼らが攻撃しているのは北朝鮮の核基地で、ほかのどこでもないとのことだ」

ファンが言った。「嘘の可能性がある」

補助員が報告した。「十分。標的は複数、すべて北朝鮮です」

それが事実なら、この危機管理室はどう対応すべきか、とカイは考えた。アメリカはすでに中国空母一隻を撃沈し、二千五百名の中国人乗組員を殺害している。そしていま、中国が唯一軍事同盟を結んでいる北朝鮮の半分を放射能の荒れ地にしようとしている。こんな屈辱を、まして旧敵であるアメリカによって味わわされる屈辱を、父をはじめとする守旧派は命に代えても耐えられるはずがない。この国と彼ら自身の誇りがそれを許さず、アメリカへの核攻撃を要求するはずだ。どういう結果になるかはわかっているだろうが、それでも、とにかくやらずにはいないだろう。

「五分。標的は北朝鮮東部と北部に限定され、ピョンヤンおよび南朝鮮軍が占領している地域は除外されています」

ここに至っては、カイもコン・チャオもファン将軍一派——チャン・ジャンジュンも含まれる——を抑えるのは難しくなるだろうと思われた。しかし、最終的に決断するのはチェン国家主席であり、彼は結局のところは穏健なほうへ傾くのではないか、とカイは感じていた。たぶん。

「一分」

カイは北朝鮮の衛星画像を見つめながら、悲観的な思いに圧倒されていた。おれはこの惨劇を阻止できなかった。

レーダー画像を見ると、ミサイルは数秒間隔で北朝鮮の北東部全体に着弾しはじめた。カイの計算では、あの地域にある軍基地は十一だった。グリーン大統領はそのすべてを攻撃しているようだった。

同じ映像も、赤外線衛星写真ではもっと鮮明だった。

チャン・ジャンジュンが立ち上がった。「よろしいですか、国家主席、私は国家安全保障委員会副委員長として」

「つづけてください」

「以下の進言をします——われわれの対応は強硬なものでなくてはならず、アメリカに本格的かつ深刻な損害を与える必要があるが、そうだとしても、報復は攻撃と釣り合ったものでなくてはならない。今回のアメリカの攻撃に対する報復として、アメリカ本土の外にあるアメリカ軍基地、すなわち、アラスカ、ハワイ、グアムに、核攻撃を行なうべきである」

チェンが首を横に振った。「一つで充分です。一つの標的、一つの爆弾——報復するとしても、それだけです」

コン・チャオが言った。「常々言っていますが、われわれのほうから先に核兵器を使うべきではありません」

チャン・ジャンジュンが言った。「われわれは最初ではない。私の提案を実行するとしても、三番目だ。最初に使ったのは北朝鮮の超愛国者グループ、二番目はアメリカだ」

「ありがとう、副委員長」そう応えておいて、チェン主席はカイを見た。明らかに反対意見を求めているのだった。

気がついてみると、カイは人前で父親と直接対峙することになっていた。「まず一つ目です、アメリカがわれわれに攻撃を仕掛けて〈フージャン〉を沈めたときですが。彼らは核兵器を使っていません」

「重要な点だな」チェンが言った。

カイは力を得た。主席は間違いなく抑制に傾いている。穏健派に勝ち目があるかもしれない。カイはつづけた。「二つ目、アメリカが核兵器を使ったのは、われわれに対してでも、われわれの友人である北朝鮮に対してでもなく、中華人民共和国が誠実に向き合う義務を負っていない、非道な反乱グループに対してです。グリーン大統領は中国と世界にとっていいことをしてくれた、とさえ考えるべきかもしれません。危うく核戦争を始めようとした、危険で独善的なならず者グループを排除してくれたわけですから」

補助員がウー・ベイ外務大臣に耳打ちし、そのとたんにウー・ベイの顔が怒りに変わった。「香港の行政長官が反抗しています」彼は深刻な口調で言った。「香港に駐留しているわが軍一万二千名全員を即刻引き上げ、香港が核兵器の標的にならないようにしてくれと、正式に要求してきました」そして、間を置いた。「しかも、この要求を公開しています」

ファンの顔が真っ赤になった。「裏切り者が！」

チェンの声にも怒りがこもっていた。「香港の問題はすでに押さえ込んだと思っていたんだがな。党に忠実だからこそ、あの男を行政長官にしたんだ」

飼い犬をそこに据えたつもりで、とカイは内心で思った。自分がその飼い犬に嚙まれる可能性など想像もしなかったわけだ。

「ほら見ろ」ファンが言った。「まず台湾が増長し、次いで香港だ。弱腰に見えるのは致命的だと、私は主張しつづけてきたではないか！」

カイの上司のフー・チューユーが口を開いた。「悪い知らせばかりつづいて残念だが」彼は言った。「同志諸君に知らせるべきメッセージが対内情報局長から届いている。どうやら、新疆で問題が起こっているらしい」中国西部の砂漠地帯にあるこの広大な自治区は、人口の大多数をイスラム教徒が占めていて、小規模ではあるが独立運動がつづいていた。「分離主義者が地窩堡《ディウオプ》空港とウルムチの共産党本部を制圧した。そして、新疆はいまや東トルキスタンの独立国であり、現在の核紛争には中立の立場をとると宣言している」

カイの読みでは、その反乱はつづいたとしても三十分がせいぜいだった。新疆に駐屯している軍が、羊の群れを狙う狼《おおかみ》の群れのように分離主義者に襲いかかるだろう。だが、こういうときであれば、茶番劇のような武装クーデターですら、中国のプライドを傷つけることになる。

危機管理室に落ち着きがなくなりはじめ、そのとたんにファン将軍が息巻いて扇動した。「これは明らかに反動的帝国主義だ。この二か月のあいだに何が起こったか、見てみるといい。北朝鮮、スーダン、南シナ海、釣魚台、台湾、そしていま、香港と新疆だ。わが同胞数千人の命が、そして、わが領土が徐々に奪い取られようとしている。これが周到に考えられた計画であることに疑いの余地はない、そして、そのすべての裏にアメリカがいる！　われわれはいま、それを阻止しなくてはならない。アメリカにこの悪辣《あくらつ》な計画の代価を払わせなくてはならない。さもないと、やつらはこのままやりたい放題をし、中国はついには植民地のような卑屈な国に成り下がってしまい、一世紀前に逆戻りすることになる。そうならないためにいまのわれわれに残されている可能な手段は、限定核攻撃だけだ」

チェン国家主席が言った。「われわれはまだその瀬戸際まではきていません。そうなる可能性があることはわかっているが、いまのところは、大惨事になる可能性が低い手段を試みなくてはなりません」

父とファン将軍が視線を交わしたのを目の隅で捉えて、カイは思った。当然だが、二人は議論の旗色が悪いことに気落ちしているんだ。

チャン・ジャンジュンが立ち上がり、用を足してくるというようなことをつぶやいて部屋を出ていった。それは意外なことだった。頻尿《ひんにょう》は老人にはよくあることだが、父がそうでないことをカイは知っていた。本人は自身の健康について一切口にしなかったが、母から常時情報が入っていた。しかし、こんな重要な会議の最中にそれを抜けるからには、よほど強い理由があるに違いなかった。病気なのか？　この老人は前世紀の遺物だが、カイは彼を愛していた。

チェン国家主席が言った。「ファン将軍、人民解放軍に命じ、部隊を香港へ送って行政府を制圧する準備を整えさせてください」

それはファンが本来欲していることではなかったが、何もしないよりはましで、彼は無抵抗のまま同意した。

ワン・キンリが危機管理室にやってきた。国家主席の護衛主任で、ファン将軍とチャン・ジャンジュンの一派だったが、二人よりはるかに服装がきちんとしていて、警護している国家主席と間違えられることがときどきあった。いま、彼はステージに上がり、国家主席に耳打ちした。

カイは気に入らなかった。何かが起ころうとしている。父が部屋を出ていき、ワンが入ってきた。偶然だろうか？

味方のコンと目が合った。眉をひそめていた。彼も何かを気にしていた。

国家主席を見ると、ワンの言葉に耳を傾けていた顔にまず驚きが、次に不安が現われ、かすかだが血の気が失われた。ショックを受けているのだった。

　そのころには、テーブルの周囲にいる全員が、何かおかしなことが起こっていると気づいていた。話し合いは中断され、全員が沈黙して待った。

　カイの上司のフー・チューユー国家安全部大臣が立ち上がった。「許してほしいのだが、同志諸君、この話し合いをこのままつづけるわけにはいかないのだ。私は同志諸君に以下の事実を知らせなくてはならない——国家安全部の内部調査によって、チャン・カイがアメリカの工作員であるという強力な証拠が発見された」

　コン・チャオが即座に大声で異議を唱えた。「馬鹿馬鹿しい！」

　フーはつづけた。「チャン・カイは彼独自の外交政策を、秘密裏に、同志に知らせることなく実行していた」

　カイはほとんど信じられなかった。これは本当に起こっていることなのか？　こいつら、本当におれを排除する気なのか？　この世界的な核の危機の最中《さなか》に？　「それは事実ではないし、あなたにこんなことはできない」カイは抵抗した。「中国は政治的に何でもありの弱小後進国ではないんだ」

　フーはカイの抗議を無視してつづけた。「重罪容疑は三件あり、そのそれぞれに証拠がある。一つ目、北朝鮮の最高指導者体制の弱点をＣＩＡに教えていた。二つ目、ヨンジョンドンでパク・ジェジン将軍と面会し、交渉の権限がないにもかかわらず彼の同意を取り付けた。三つ目、最高指導者をパク・ジェジン将軍に置き換えるというわれわれの決定を、事前にアメリカに知らせた」

三件とも、多かれ少なかれ事実ではあった。おれは確かにそれをやった――だが、その理由は、おれが裏切り者だからではなく、そうすることが中国の最大の国益だからだ。

だが、これは正しいか正しくないかではない。そういうことを問う告発ではないのだ。それを問うなら、腐敗容疑で充分だろう。これは政治的な攻撃なのだ。政治的な敵に対しての防御は充分だと、自分では考えていた。自身は太子党《タイ・ジー・ダン》で、父は国家安全保障委員会の副委員長だ。おれはアンタッチャブルのはずだった。

しかし、父は部屋を出ていってしまった。

あれは息子が告発されるのを目の当たりにせずにすむようにした、こいつらなりの思いやりだったというわけだ。

フーが言った。「カイと密接に組んでこれらの活動を共にしていたのが、コン・チヤオだった」

コンがあたかも殴られたかのような顔になり、信じられないという口調で言った。

「私が？」そして、素早く態勢を立て直して反論した。「国家主席、これらの根拠のない申し立てがこの貴重な瞬間に行なわれているのは、こうする以外に議論に勝ち目がないと、あなたの政府内部の戦争好きな喧嘩屋が見ているからにほかなりません」

チェンはコンに返事をしなかった。

フーが言った。「チャン・カイとコン・チャオを逮捕する以外の選択肢はない」

カイは考えた。危機管理室のど真ん中で、どうやっておれを逮捕するつもりだ？

だが、敵はすでにそれも考えていた。

正面のドアが開き、ワンの部下が六人、トレードマークの黒のスーツに黒のネクタイ姿で入ってきた。

カイは言った。「これはクーデターだ」

父とフー・チューユーとファン将軍は、あの〈燃餐庁〉という中華料理屋で豚足を食いながらこの陰謀を企んでいたんだ、とカイは推測した。

ワンがふたたびチェンに向かって、今度は全員に聞こえる声で言った。「許可をいただけますか、国家主席」

チェンはしばらくためらっていた。

カイは言った。「国家主席、これを許可されたら、あなたはこの国のリーダーではなく、単なる軍の道具に成り下がることになりますよ」

チェンが同意するかのような表情を浮かべた。議論は穏健派の勝ちだと考えているのは明らかだった。だが、守旧派のほうが強かった。彼らに逆らって、チェンは生き残ることができるだろうか？　軍と守旧派共産主義者の集団権威に反抗して？

できるはずがなかった。

「許可する」チェン国家主席は言った。

ワンが部下を手招きした。

全員がわれを忘れたように沈黙するなか、ワンの部下が部屋を突っ切ってきてステージに上がった。そして、カイの左右に一人ずつ、コンの左右に一人ずつが立った。カイもコンも立ち上がり、それぞれの両肘を捕らえられた。

コンが激怒の形相でフー・チューユーを睨みつけて怒鳴った。「おまえたちはこの国を滅ぼそうとしているんだぞ、ろくでなしの馬鹿者どもが！」

フーが静かに言った。「秦城《クインチエン》監獄へ連行しろ」

ワンが応えた。「承知しました、大臣」

六人はカイとコンを連行してステージを降り、再び、今度は逆方向へ部屋を突っ切って出ていった。

チャン・ジャンジュンはロビーのエレベーターのそばにいた。逮捕を目撃しなくてすむよう、席を外していたのだった。

カイは父親との会話を思い出した。あのとき、父はこう言った――〝共産主義は聖なる使命だ。家族の絆やわれわれ自身の安全を含めたすべてのものの上にあるんだ〟。

いま、この老人の言葉の意味がわかった。

ワンが足を止めて、どうしたものかと迷った様子でチャン・ジャンジュンに訊いた。

「ご子息と話されますか？」

チャン・ジャンジュンはカイと目を合わせなかった。「私に息子はいない」

「そうですか、だが、私には父親がいます」カイは言った。

42

ポーリーンは北朝鮮の軍基地を爆撃したことによって、数百人、もしかすると数千人の命を奪った。爆発による負傷者の数はもっと多く、放射能がさらに多くの人々を苦しめるはずだった。正しいことをしたのだと、頭ではわかっていた。パク・ジェジン将軍の残忍な体制は閉じられなくてはならなかった。だが、どれほど正当な理由があったとしても、心の底ではそれでいいとは思えなかった。手を洗うたびに、血を洗い落とそうとしているマクベス夫人を思い出した。

今朝の八時、彼女はテレビで全国民に呼びかけ、北朝鮮の核の脅威が去ったことを告げた。これがアメリカとアメリカの友好国に核を使うグループを待つ運命であることを、中国をはじめとする国々も理解するはずだ、と。そして、世界の半数を超える国の指導者から、自分を支持する旨のメッセージ——核を弄ぶごろつき体制はだれにとっても脅威である——が届いていることを報告した。国民には冷静であることを求めたが、すべて何事もなく終わるという保証を与えることはできなかった。

中国の報復を恐れていたが、そのことは国民には黙っていた。考えるだけで、全身に恐怖が満ちた。

パニックにならないようにと呼びかけはしたものの効果はなく、アメリカの都市からの脱出は加速しつづけた。主要な都市のすべてで大渋滞が起こっていた。数百台の車が列をなして国境を越え、カナダやメキシコへ入ろうとしていた。銃器店では、弾薬を含めて、すべてが売り切れた。マイアミの〈コストコ〉では、最後のツナ缶一ダースを取り合って、一人が撃ち殺された。

テレビで国民に呼びかけたあとすぐ、ポーリーンはピッパを連れて〈マリーン・ワン〉に乗り込み、〈マンチキンの国〉へ向かった。一睡もしていなかったので、機内でうとうとしてしまった。ヘリコプターが着陸したときも、目を開けたくなかった。あとで一時間か二時間か眠ろう、とポーリーンは思った。それができればだけど。

降下するエレベーターのなかで、自分が地下深くにいることに安堵しながらも、自分だけが安全なところにいることに後ろめたさを覚えた。だが、ピッパを見て安堵がよみがえった。

初めてマンチキンの国へきたときは、展示物を検めにきただけの有名人だった。すべてが真新しく、静かだった。今日はまったく違っていた。いま、そこは忙しく動いていて、通路にいる者たち――大半が制服姿だった――は殺気立っていた。ポーリーンの閣僚や国防総省の上層部もここへ移ってきつつあった。購買部の棚に商品が並べ直され、半分空になった段ボール箱がいたるところに置いてあった。技官たちは環境制御システムを再稼働させ、確認し、調整し、再確認していた。雑役係がバスルームにタオルを揃え、士官食堂のテーブルを準備していた。一見したところではきびびと効率よく動いていたが、その下には隠しようのない恐怖があった。

丸顔のウィットフィールド将軍が緊張の面持ちで出迎えてくれた。この前の彼は、一度も使われたことのない施設の感じのいい管理者だった。だが、今日の彼には、アメリカ文明の最後の抵抗拠点になるかもしれないものを管理するという、凄まじい重圧がかかっていた。

ポーリーンの居住区画は、大統領の生活空間としては質素だった――寝室、執務室兼用の居間、その隅に作りつけられたキッチン、シャワーと浴槽が一体になったバスルーム。いかにも基本的で、額に入った安っぽい複製画がいくつか飾られ、緑の敷物が敷かれていて、中程度のホテルのようだった。常に空調の低い唸りが聞こえ、浄化された人工的な空気の臭いがした。いつまでここで暮らさなくてはならないだろうと思いながら、贅沢な宮殿が、すなわちホワイトハウスのレジデンスが、一瞬懐かしくなった。だが、優先されるのは生き延びることであり、居心地の良さではなかった。

ピッパには近くのワンルームが割り当てられていた。彼女は引っ越しに興奮し、地下施設探検をせずにはおかないと高揚していた。「昔の西部劇みたい。あれって幌馬車隊を円陣に組んで防御を固めるじゃない」彼女は言った。

父親はあとで合流するとピッパは思っているようだったが、ポーリーンは誤解を解かないでおいた。ショックを与えるのは一度に一つずつでいい。

冷蔵庫からソーダを出して渡してやった。「お母さんのところにはミニ・バーがあるんだ！」ピッパが言った。「わたしのところなんて、ミネラル・ウォーターが何本かあるだけよ。ここへくる前にキャンディを買っておくんだったわ」

「ここにも売店があるから買えるわよ」

「やった！　シークレットサーヴィスなしで買い物に行けるのね」

「ええ、行けるわよ。ここは世界一安全な場所なの」皮肉なことだけどね、とポーリーンは内心で付け加えた。

ピッパもその皮肉に気づいたらしく、高揚はあっという間に姿を消した。腰を下ろすと、物思わしげに言った。「お母さん、核戦争になったら、実際にはどういうことが起こるの？」

ポーリーンはひと月足らず前、ガスに同じ質問をして、ありのままの事実を確認したことを思い出した。その苦悶と破壊の数々を彼が並べ立てたときに感じた恐怖が、いま、ふたたびよみがえった。ポーリーンは愛するわが子を見つめた。彼女は〝ポーリーンを大統領に〟の古いTシャツを着ていた。その顔は恐怖よりも好奇心と懸念が勝《まさ》っていた。この子は暴力も悲嘆も経験したことがない。たとえ動揺させることになるとしても、真実を教えるほうがいい、とポーリーンは考えた。

それでも、説明の言葉には手心を加えることにした。〝最初の百万分の一秒で、直径二百ヤードの火の玉が形成される。その範囲にいた全員が即死する〟は、こう変更された。「まず、たくさんの人たちが熱で即死することになるわ。彼らは何が起こったかわからないままよ」

「運がいいのかもしれないわね」

「そうね」〝爆発で一マイル四方の建物が壊滅する。その範囲にいたほぼ全員が死ぬことになる〟は、こう変更された。「爆発が建物を破壊し、倒壊させる」

ピッパが訊いた。

「そうなったら、政府というか、当局はどうするの？」

「核戦争の被害者に対応できる数の医師や看護師のいる国は、世界のどこにもないわ。アメリカの病院も到底対応できなくて、多くの人々が手当てを受けられずに死ぬことになるでしょうね」

「多くのって、どのぐらい多くなの？」

「爆弾の数によるわ。アメリカとロシアの戦争なら、双方が大量の核兵器を保有しているから、たぶんアメリカだけでも一億六千万人が死ぬことになるでしょうね」

ピッパが当惑して言った。「でも、それって人口の半分じゃないの」

「そうよ。いまの危機は中国との戦争なの。中国の核兵器保有数はもっと少ないけど、それでも、二千五百万人のアメリカ国民が死ぬことになるだろうと考えられているわ」

ピッパは計算が速かった。「十三人に一人ね」

「そうね」

「わたしの学校で三十人が死ぬことになるわ」

「そうね」

「ワシントンDCで五万人」

「そして、残念なことに、それは始まりに過ぎないの」そう応えながら、いっそ今回の恐怖を洗いざらい教えたほうがいいかもしれない、とポーリーンは考えた。「何年も経ってから、放射能のせいで癌をはじめとするいろいろな病気が引き起こされるのよ。広島と長崎がそうだったの。人類で最初に核爆弾が使われたところよね」そして、ためらったあとで付け加えた。「今日の朝鮮半島では、広島が三十箇所できたの」

ピッパが涙ぐんだ。「どうしてそんなことをしたの?」

「もっとひどいことになるのを防ぐためよ」

「もっとひどいことって？」

「パク・ジェジンという将軍が二つの都市を核攻撃したの。三つ目がアメリカの都市になるかもしれなかったのよ」

ピッパの顔に困惑が現われた。「朝鮮半島の人たちの命よりアメリカ国民の命のほうが価値があるの？」

「人の命は例外なく大切よ。でも、アメリカ国民はわたしをリーダーに選び、わたしは彼らを守ると約束した。だから、そのために全力を尽くすの。この二か月、わたしはいま起こっていることを阻止するために、考えつく限りのことをしてきたわ。そして、それはできるはずだった。チャド・スーダン国境での戦争を回避し、国家がテロリストに武器を売るのをやめさせようとした。中国がヴェトナムの船を沈めたときも咎めなかった。サハラ砂漠のISGSの宿営地を壊滅させた。北朝鮮の侵攻を食い止めた。どれ一つをとっても、間違った判断をしたとは思えない」

「核の冬はどうなの？」

ピッパは容赦がなかった。だが、彼女は答えを知る権利があった。「核爆発で生じた熱が数千の火災を引き起こし、煙と煤《すす》は大気圏まで上っていって陽光をさえぎる。数百発――数千発になる可能性だってあるけど――の核兵器が爆発したら、さらに陽光がさえぎられて暗くなり、気温が下がり、雨の量が減る。アメリカ最大の農業地帯でも、気温が下がり過ぎ、乾燥し過ぎて、穀物が育たなくなる。それゆえ、爆発と熱と放射能を逃れて生き延びた人たちの大半が、最終的には餓死することになる」

「そして、人類は終わってしまうの？」

「ロシアが参戦しなかったら、たぶんそうはならないと思う。最悪の場合でも、陽光と雨のあるところで少数の人々が生き延びるんじゃないかしら。でも、わたしたちが知っている文明が終わる可能性は、核だけじゃなくて、ほかにもたくさんあるわ」

「そうなったら、どんな暮らしになるの？」

「それについては千もの小説が書かれているけれど、その一つ一つが違う話になっているわね。本当のことはだれにもわからないわ」

「だれも核兵器を持たなければいいのよ」

「そうはならないでしょうね。テキサス人に銃を持つなと言うのと同じよ」

「数を減らすことはできるんじゃないの」

「それは〝軍備管理〟と呼ばれているものよ」ポーリーンはピッパにキスをした。

「そして、それが知恵の始まりなの、わたしの賢い娘さん」長い時間をかけてピッパに生きることを説明してきたが、アメリカ国民全体に対しても、ポーリーンは生きることの責任を負っていた。彼女はテレビのリモコンを手に取った。「ニュースを見ましょう」

キャスターが言った。「今朝、いくつかの異なる電力供給会社でコンピューターの不具合が生じ、現在、アメリカの数百万の家庭と職場が停電しています。複数の専門家によれば、その不具合は単一のソフトウェア・ウィルスが放たれたからではないかとのことです」

ポーリーンは言った。「中国がやったんだわ」

「そんなことが中国にできるの？」

「できるわ。たぶん、アメリカも中国に対して同じことをするでしょうね。サイバー戦争というものよ」

「わたしたち、ここにいてよかったわね」

「ここは電源が独立しているの」

「よくわからないんだけど、中国はどうして一般家庭の電気を遮断することにしたの？」

「彼らが試みるつもりでいる、一ダースほどの選択肢の一つなの。理想はアメリカ軍の通信能力を破壊することよ。そうすれば、わたしたちはミサイルを発射することも、戦闘機を緊急発進させることもできなくなる。だけど、アメリカ軍のソフトウェアは厳重に防御されているわ。でも、民間のセキュリティ・システムはそこまでではないの」

ピッパがじっとポーリーンを見て、的を射たことを言った。「お母さん、言葉は確信に満ちているように聞こえるけど、顔に懸念が表われているわよ」
「そのとおりよ、ハニー。アメリカはサイバー攻撃は生き延びられるでしょう。でも、わたしが懸念しているのは別のことなの。中国軍の考え方では、サイバー攻撃は前置きで、そのあとに本格的な攻撃がつづくの」

アブドゥルはニースをあとにし、海岸沿いを西へ向かっていた。キアが助手席にいて、ナジは後部席のチャイルドシートにいた。型落ちして三年の、ツー・ドアのファミリーカーを買ったのだった。運転席は大柄な彼には少し窮屈だが、長距離を運転するのでなければ問題はなかった。

道路の横は地中海の浜で、冬のいまは人気《ひとけ》がなく、レストランも閉まっていた。パリやそのほかの大都市では、怯えて田舎へ向かう人々の車で大渋滞が起きていたが、コートダジュールは核攻撃の標的にはなりそうになく、人々は怯えてはいるとしても、もっと安全なところへ逃げようとは考えていなかった。

キアは国際政治についてほとんど知識がなく、核兵器のこともぼんやりとしか知らなかったから、これから起こるかもしれないことの恐ろしさをきちんと評価できなかったし、アブドゥルも教えてやらなかった。

彼は小さな町の大きなマリーナで車を停めると、ポケットの追跡装置を確認した。安心したことに、おととい、初めてここを訪れたときと同じ信号が受信されていた。

小型車を駐め、キアと外に出て、清々《すがすが》しい海の空気を胸いっぱいに吸った。二人とも、〈ギャラリー・ラファイエット〉で買った、新しい冬物のコートを着ていた。陽は温かかったが、少し風があり、サハラ砂漠に慣れた者には寒く感じられた。キアが選んだのは、黒い生地で仕立てたコートで、襟に毛皮がついているせいで王女のように見えた。アブドゥルはブルーのリーファー・ジャケットで、船乗りのような印象を与えていた。

キアがナジに新品のダウン・ジャケットを着せて毛糸の帽子をかぶらせ、二人で折畳式のベビーカーに乗せて、坐り心地を調整してやった。「わたしが押すわ」キアが言った。

「かまわない、ぼくがやるよ」

「こんなの、男の人のやることじゃないわ。それに、あなたを尻《しり》に敷いているように見られたくないもの」

アブドゥルは苦笑した。「フランス人はそういうふうには考えないんだけどな」

「周囲を見ていなかったの？　世界のこの部分には何千人ものアラブ人がいるのよ」

それは事実だった。いま、マリーナに黒い顔は見えなかったが、ニースで彼らが住んでいるあたりは、北アフリカ人が少なくなかった。

アブドゥルは肩をすくめた。どっちがベビーカーを押そうと大した問題ではなかったし、そのうちキアの考えも変わるはずで、急《せ》かす必要もなかった。

三人でマリーナをぶらつきながら、アブドゥルはナジがボートを見たがるのではないかと考えた。が、反応したのはキアだった。彼女は仰天していた。かつては舟を持っていたのだが、こういう船を見るのは初めてだった。一番小さなキャビン・クルーザーですら、彼女には驚くほど豪華だった。何人かの所有者が、自分の船の掃除をしたり、塗装し直したり、ただ坐って何かを飲んだりしていた。外洋を航行できる大型ヨットも何隻かいた。アブドゥルはそのうちの一隻、〈ミ・アモーレ〉を見て足を止めた。白い制服を着たクルーが窓を洗っていた。「わたしが昔住んでいた家より大きいじゃない！」キアが言った。「いったい何のためなの？」

「彼のためだよ」アブドゥルは大きな厚手のセーターを着てサン・デッキに坐り、若い女性を二人侍《はべ》らせている男を指さした。彼女たちはこの天候なのにずいぶんな薄着で、寒そうに見えた。彼らはシャンパンを飲んでいた。「彼の楽しみだけのためだ」

「そんなお金、どこで手に入れたのかしら？」

その男がどこでそんな金を手に入れているか、アブドゥルは知っていた。

そうやって、一時間ほどマリーナを散策した。四つあるカフェのうち三つは閉まっていたから、唯一開いている一つに入った。閑散としていたが、清潔で暖かかった。銀のコーヒーメーカーがいくつも並んできらめき、手際のいい店主がカイとナジに微笑して、どこでも好きな席に坐ってくれと言った。三人は窓際のテーブルを選んだ。そこからは〈ミ・アモーレ〉を含めて、係留されているボートがよく見えた。コートを脱ぎ、ホット・チョコレートとケーキを注文した。

アブドゥルはホット・チョコレートをスプーンですくい、それを吹いて冷ましてからナジの口へ運んでやった。彼の大好物で、もっとくれとせがんだ。

この午後が計画通りに運べば、アブドゥルの任務は陽が落ちるまでに完了するはずだった。

そのあとは、もう雇い主も自分自身も偽ることはできなかった。アメリカへ帰りたくないという事実と向き合わなくてはならなかった。だが、何か月かは何もしなくても不自由しないだけの経済的余裕はあったし、どれだけの時間が人類に残されているかもよくわからなかった。

キアとナジを見て、確かなことが一つだけあった。二人と別れるつもりはない、ということだ。二人と一緒にいると人生に静かな充実感があり、それを諦めるつもりはなかった。朝鮮半島で何が起こっているかは知っていたから、自分にどれだけの時間が残されていようと、六十年かもしれず、六十時間かもしれず、六十秒かもしれないが、二人と一緒に過ごすことだけが大事で、あとはどうでもよかった。

そのとき、小さな船がマリーナに入ってくるのが見えた。スピードボートと高速のディンギーだった。二艘とも赤と青のストライプが描かれ、大きな文字で〈警察〉と記されていた。フランスの司法警察で、アメリカのＦＢＩに似た役目の国家重犯罪取締機関だった。

直後にサイレンが聞こえ、数台の警察車両が道路からマリーナに入ってきたと思うと、〈立入り禁止〉の標識を無視して、危険なほどの猛スピードで波止場を走り抜けていった。キアが言った。「よかった、あの人たちの邪魔にならないですんだわ」

警察車両も、スピードボートも、ディンギーも、向かっている先は〈ミ・アモーレ〉だった。

車から飛び出してきた警察官は重武装していて、全員が腰のホルスターに拳銃を収め、なかにはライフルを持っている者もいた。動きは迅速で、何人かは波止場に散開し、残りは道板《みちいた》を渡って〈ミ・アモーレ〉へ乗り込んでいった。事前に計画され、演習を行なったうえでの作戦だ、とアブドゥルは満足した。

キアが言った。「わたし、銃は嫌いよ。暴発することがあるんだもの」

「このカフェにいよう。たぶん、ここが一番安全だ」

白い制服を着た〈ミ・アモーレ〉の乗組員全員が両手を上げた。

数人の警察官が下甲板へ降りていった。

ライフルを持った警察官が一人、サン・デッキへ上がった。彼に向かって、大柄な男が手を振り回しながら、腹立たしげに何かを言っていた。警察官はまったく聴く耳を持たない様子で、首を横に振ってライフルを構えた。

そのとき、大柄で筋肉質の警察官が甲板に現われた。特別に頑丈に作られているポリエチレンの大きな袋を肩に担いでいて、その袋には数か国語で〝注意――危険化学物質〟と印刷されていた。アブドゥルはギニア・ビサウ共和国の夜の港を思い出した。あのとき、男たちが明かりの下であれに似た大きな袋を荷下ろしし、リムジンがエンジンをかけたまま待っていた。「当たりだ」とアブドゥルはつぶやいた。

キアがそれを聞きつけて怪訝《けげん》な顔をしたが、説明を求めることはしなかった。

〈ミ・アモーレ〉の乗組員は手錠を掛けられて下船し、警察車両の後部へ押し込まれた。大男と二人の女性に対する扱いも、男がどれほど腹を立てて見せようと同じだった。さらに数人が下甲板から出てきて、やはり手錠を掛けられ、警察車両に押し込まれた。

最後に下甲板から現われた男に見憶えがあった。

ずんぐりした若い北アフリカ人で、緑のスウェットシャツを着て、汚れた白い半ズボンを穿いていた。首にはアブドゥルが以前に見たことのある、ビーズと石のネックレスが懸かっていた。

キアが言った。「まさか、ハキムってことはあり得ないわよね？」

「似てるな」アブドゥルは言ったが、実は知っていた。この事業をしている男たちは、なぜかハキムをフランスまでずっと積荷と同行させることにしていた。だから、彼がいまここにいても不思議はなかった。

アブドゥルは確認しようと、席を離れて外へ出た。キアはナジと一緒にカフェにとどまった。

警察官の一人が、ハキムのグリグリのネックレスをつかんで強く引っ張った。鎖が切れ、石が波止場に落ちて散らばった。ハキムが悲嘆の叫びを上げた。魔法のお守りがなくなってしまった。

警察官が笑うなか、ビーズや石はコンクリートの上で跳ねて転がりつづけた。

警察官がそっちへ気を取られている隙に、ハキムが桟橋《さんばし》から海に飛び込み、力強く泳ぎはじめた。

アブドゥルはハキムの泳ぎの上手《うま》さに驚いた。砂漠の民で泳げる者は多くない。チャド湖で泳ぎを覚えたのかもしれなかった。

それでも、逃げ切れる望みはなかった。どこへ行けるというのか？　水から上がったら、そこが桟橋であれ浜であれ、また捕まるに決まっている。港を出ることができたとしても、たぶん外海で溺れることになる。

いずれにせよ、そう遠くへは行けないはずだった。ディンギーに乗った警察官二人が追跡を開始していた。一人が舵を取り、一人が伸縮式の鋼《はがね》の棒を取り出して、長さを一杯に伸ばした。彼らは簡単にハキムに追いつき、鋼の棒が高く振り上げられたかと思うと、力任せに頭めがけて振り下ろされた。

ハキムは頭を水に潜らせて方向を変え、依然としてかなりの速さで泳いでいたが、ディンギーを振り切ることなどもとよりできるわけもなく、ふたたび鋼の棒が振り下ろされた。今度は頭には命中しなかったが、肘を打つことに成功した。海面に血が現われた。

ハキムはもがくようにして片腕で泳ぎつづけ、何とか頭を水面下に維持しようとしていたが、息を継ぐためにやむを得ず顔を出したとき、棒を振り上げて待ち構えていた警察官の餌食《えじき》になった。桟橋にいる警察官が歓声を上げて拍手をした。

アブドゥルは子供のゲームの〈モグラたたき〉を思い出した。

警察官がもう一度ハキムの頭を殴り、また桟橋が喝采した。

ついにハキムが力尽き、海からディンギーに引き上げられて手錠を掛けられた。左腕が折れているように見えて、頭からは血が流れていた。

アブドゥルはカフェに戻った。乱暴者が乱暴な報いを受けた。手荒い裁きだった。

容疑者は連行され、〈ミ・アモーレ〉を包囲するようにして現場保存のための立入り禁止テープが張り巡らされた。下甲板から、さらにポリエチレンの大きな袋が運び上げられた。これでISGSから数百万ドルを剝《は》ぎ取ることができた、とアブドゥルは心の底から満足した。重武装した警官は徐々に現場からいなくなり、刑事と鑑識専門家らしい者たちと入れ替わった。

「もう大丈夫だ、行こうか」アブドゥルはキアに言った。

ホット・チョコレートとケーキの代金を払い、車に戻った。走り出すと、キアが言った。「あなた、ああなることを知っていたんでしょ？」

「ああ」

「あのビニールの袋に入っていたのはドラッグなの？」

「そうだ、コカインだ」

「あなたがチャド湖からずっとわたしたちと同じバスに乗っていたのは、このためだったの？　コカインを追いかけるためだったの？」

「事情はもう少し複雑だ」

「説明してくれるの？」

「するとも。いまならできる、もう終わったからね。話すことはたくさんある。そのなかには、いまも秘密にしておかなくてはならないこともあるけど、大半はきみと分かち合ってもいいことだ。今夜、ナジが寝たあとでどうかな。時間はたっぷりある。だから、きみの質問に全部答えることができる」

「いいわね」

暗くなりはじめていた。ニースへ帰り着き、自分たちのアパートがある建物の前に車を駐めた。アブドゥルはここがとても気に入っていた。一階にパン屋があって、焼き立てのパンやケーキの匂いが、ベイルートの子供時代を思い出させてくれた。

アブドゥルはナジをアパートへ運んだ。こぢんまりとして居心地がよく、ベッドルームが二つと居間、そしてキッチンとバスルームがついていた。キアは部屋が一つ以上あるところに住んだことがなかったから、ここを楽園だと考えていた。

ナジは眠たそうだった。新鮮な海の空気に触れたからかもしれなかった。アブドゥルはスクランブルエッグとバナナを食べさせてやり、キアがおむつを取り替えてパジャマを着せてやった。そのあと、アブドゥルがジョーイというコアラのお話を読んでやっていると、終わりにならないうちに寝入ってしまった。

キアが夕食の支度を始め、格子形に刻み目を入れた子羊のステーキ肉に胡麻《ごま》とシュ－マックを振っていた。ほとんどいつも、伝統的なアラブの料理を食べていた。食材は何でもニースで手に入り、レバノン人やアルジェリア人がやっている店で買うのが普通だった。アブドゥルはキッチンで立ち働くキアを見て、その優雅さに見惚《みほ》れた。

「ニュースを見ないの？」彼女が訊いた。
「いや」アブドゥルは応えた。「ニュースなんか見たくない」

秦城監獄は政治犯だけが収容されていて、待遇も普通の犯罪者よりはよかった。権力闘争の敗者が容疑をでっちあげられて収容されることもしばしばあった。中国のエリートにとっての、仕事の上での危険の一つだった。カイの独房はわずか五ヤード×四ヤードしかなかったが、机とテレビとシャワーはあった。

自前の服を着ることも許されていたが、電話は取り上げられた。それがないと、裸になったような気がした。シャワーを浴びるとき以外に電話を持たなかったのはいつが最後だったか、思い出せなかった。

今日の北京のクーデターは予想もしていなかったが、いま思うと、せめて可能性ぐらいは考えておくべきだった。戦争を始めないようチェン国家主席を説得することに集中するあまり、強硬派がチェンを力の座から引きずり降ろしてその選択をできないようにするかもしれないことに、思いが及ばなかった。

国家主席に対する陰謀は、本来なら国家安全部の半分を構成する対内情報局によって暴かれるのだが、リ・ジャンカン対内情報局長ももちろんその陰謀の一味であり、彼の上司のフー・チューユーは首謀者の一人だった。軍と秘密情報機関の後ろ盾のあるクーデターが失敗するはずがなかった。

最大のショックは父親の裏切りだった。もちろん、共産主義革命は家族の絆を含めたほかの何よりも重要だという彼の主張は聞いていた。だが、本気で考えているわけではなく、お題目のようにして口にする者も多かったし、父もそういう一人だろうとカイは考えていた。だが、チャン・ジャンジュンは本気だった。

机に向かって小さなテレビのニュースを見ながら思ったのは、なす術がないというのはずいぶん妙なものだということだった。中国と世界の運命を、おれはいまやどうすることもできない。コン・チャオもこの監獄に閉じ込められて、軍部を抑える者は一人も残っていない。たぶん、父の言う限定核戦争は実行に移されるだろう。それは中国に滅亡をもたらす恐れがある。おれは手をつかねて、それを傍《はた》から見ていなくてはならない。

せめてティンがここにいてくれたら。人生の最後の数日になるかもしれない日々を彼女と一緒に生きられなくした父を、おれは絶対に赦《ゆる》さない。何としてもティンと話したい。カイは時計を見た。夜半まで一時間だった。

時計が一計を思いつかせてくれた。

カイは注意を引こうとドアを叩いた。二分後、リャンという体格のいい若い看守がやってきた。用心している様子はまるでなかった。カイなど敵ではないと思っているのが明らかで、それは事実だった。「どうした？」リャンが訊いた。

「どうしても妻に電話をしたいんだ」

「悪いが、それはできない」

カイは手首の時計を外し、それを持った手を伸ばしてリャンに見せた。「ステンレス・スティールのロレックス・デイトジャストだ、中古で八千アメリカ・ドルの価値がある。きみの時計と交換しようじゃないか」リャンの時計は、軍が支給した十ドルの安物だった。

リャンの目が欲に眩《くら》んで光ったが、声は用心深かった。「そんな時計を買えるとは、あんた、よほど堕落しているに違いないな」

「妻がプレゼントしてくれたんだ」

「それなら、彼女も堕落しているんだ」

「私の妻はタオ・ティンだ」

「『宮廷の愛』の？」リャンが興奮した。「おれの大好きなドラマだ」

「妻がスン・メイリンを演じている」

「知ってるとも！　皇帝のお気に入りの愛人だ」

「きみの電話で、私の代わりに彼女に電話をしてくれないかな？」

「おれが彼女と話せるってことか？」

「きみが話したかったら、かまわないとも。そのあとで、私に代わってくれればいい」

「しかし、この話を聞いたら、おれの恋人はびっくりするだろうな！」

「いま、電話番号をメモする」

リャンがためらった。「だけど、時計ももらうからな」

「いいとも。電話を代わってくれるのと引き替えだ」

「決まりだ」リャンがメモされた番号にかけた。

直後、リャンが言った。「タオ・ティンですか？　はい、いまご主人がここにいます。電話を代わる前にひとこと言わせてください、私も私の恋人も『宮廷の愛』の大ファンなんです。あなたと話せるなんて本当に光栄です……ああ、そう言っていただけるなんてとても嬉しいです、ありがとうございます！　はい、いまご主人と代わります」

リャンが電話をカイに渡し、カイはロレックスをリャンに渡した。

カイは言った。「愛しい人」

ティンが泣き出した。

「泣かないで」カイは言った。

「あなたが監獄に送られたって、お母さまから聞いたわ——お父さまのせいなんですみんながいってるよ、アメリカが北朝鮮の半分を核爆弾で壊滅させたんでしょ？　次は中国だって、みんなが言っているわ！　ほんとなの？」

「そのとおりだ」

正直に教えたら、ティンはもっと動揺するだろう。カイは答えた。「チェン国家主席はそんなことを引き起こすほど愚かではないと思うよ」まったくの嘘ではなかったが、まったくの事実でもなかった。

「すべてがおかしくなっているわ」ティンが訴えた。「北京じゅうの交通信号が停止して、大渋滞が起こっているのよ」

「それはアメリカのせいだ」カイは言った。「サイバー戦争を仕掛けてきているんだ」

リャンは自分の腕時計を外して新しいロレックスを嵌め直し、矯《た》めつ眇《すが》めつして悦に入っていた。

ティンが言った。「いつそこを出られるの？」

守旧派がアメリカに対して核兵器を放ったら二度とここを出られないはずだったが、カイはこう答えた。「きみと母が父に圧力をかけてくれたら、ぼくがここを出られるのもそう遠くないかもしれない」

ティンが音を立てて鼻をすすり、何とか泣くのをやめた。「そこはどうなの？　寒い？　お腹《なか》がすいてる？」

「普通の刑務所よりはるかにましだよ」カイは言った。「ぼくの居心地のことは心配しなくて大丈夫だから」

「ベッドはどう？　眠れそう？」

いまのカイは眠るなど考えられる気分ではなかったが、遅かれ早かれそれは自然に訪れるはずだった。「ここのベッドでたった一つまずいことがあるとすれば、きみが隣りにいないことだな」

それを聞いて、ティンがまた泣き出した。

リャンがロレックスの観賞をやめて言った。「そろそろ切り上げてくれ。あんまりいつまでも戻らないと、ほかの連中に不審に思われる」

カイはうなずいた。「愛しい人、そろそろ切らなくちゃならないんだ」

「あなたの写真を枕元《まくらもと》に置いておくわ。そうすれば、いまもあなたを見ていられるから」

「じっと横になって、一緒にいた愉しいときのことだけを考えるんだ。それが眠りの助けになるはずだ」

「朝になったら、一番にお父さまに会いに行くわ」

「いい考えだ」ティン本人が行くほうが、大きく説得力が増す可能性があった。

「あなたをそこから出すためなら、何だってするわ」

「お互い、悲観しないことだ」

「前向きに考えなくちゃね。じゃ、おやすみなさい、また明日」

「しっかり寝るんだぞ」カイは言った。「おやすみ、愛しい人」

マンチキンの国のシチュエーションルームでの会議は、ポーリーンにとって初めての経験だった。ホワイトハウスのシチュエーションルームとまったく同じ造りで、主要な人物も勢揃いしていた。ガス、チェス、ルイス、ビル、ジャクリーン、そして、ソフィア。緊張は募っていたが、中国の出方は依然としてわからなかった。北京は真夜中で、政府は決定を朝にすると決めたのかもしれなかった。それまでアメリカにできることはほとんどなく、できるのはサイバー攻撃ぐらいだった。しかも、その攻撃もいまのところは嫌がらせ程度でしかなく、大きな損害を与えるには至っていなかった。

ポーリーンはピッパと昼食をとるために居住区に帰り、大食堂《カンティーン》にハンバーガーを注文した。そのとき、ピッパが言った。

「お父さんはいつここへくるの？」

ポーリーンはこの質問を予期していた。ジェリーと連絡を取ろうとしていたが、電話に出てくれなかった。もう本当のことを話すしかなかった。仕方がないわね、とポーリーンは諦めた。

彼女は言った。「お父さんとお母さんのあいだには問題があるの」

ピッパは怪訝な顔をしたが、同時に困惑してもいた。よくないことだというぐらいは想像がつくはずだった。「どういうこと？」

ポーリーンはためらった。ピッパはどこまでわかってくれるだろう？　わたしが十四歳だとして、どこまで理解できるだろう？　よくわからなかった。十四歳は大昔で、いずれにしても父と母は一緒にいつづけている。ポーリーンは唾を呑んで言った。

「お父さんには好きな人がいるの」

ピッパの顔にまた困惑が浮かんだ。想像したことがなかったのだ。ほとんどの子供と同様、両親の結婚は永遠のものだと無条件に見なしていたのだ。

「でも、わたしたちを捨てたりはしないわよね？」

ピッパは父親が母親だけでなく、自分も捨てようとしていると考えている。でも、彼は自分が出ていくとは言わなかった。「お父さんがどうするかは、わたしにもわからない」ポーリーンは正直に言ったが、推測できることは付け加えておくほうがいいかもしれないと考えた。「お父さんがその女性と一緒にいたがっていることはわかっているけどね」

「わたしたちのどこがいけないの？」

「わたしにもわからないのよ、ハニー」ポーリーンは自問した。わたしの仕事のせい？　セックスに熱心でなかったから？　それとも、彼が違う何かに惹かれただけ？「わたしたちがいけないいんじゃないのかもしれない」彼女は言った。「男の人のなかには、単に変化が必要な人がいるのかもしれない」

「ともかく、それはだれなの？」

「あなたの知っている人よ」

「ほんと？」

「ミズ・ジャッドよ」

ポーリーンが声を上げて笑い出し、笑い出したときと同じぐらいいきなり笑い止んだ。「馬鹿馬鹿しい」彼女は言った。「わたしの父親とわたしの学校の校長ですって？　笑ってごめんなさい。おかしくなんかないわよね。でも、おかしいけど」

「あなたの言ってることはよくわかるわ、ハニー。このこと全体が、ゆがんでいるけど滑稽だもの」

「始まったのはいつ？」

「ボストンへ行っているときじゃないかしら」

「あのひどいホテルで？　想像してみてよ！」

「あなたさえよければ、あんまり詳しい話を長々としたくないわね」

「まさにすべてがばらばらに壊れていくような感じね。核戦争、お父さんがわたしたちを捨てる、次は何？」

「わたしたちにはまだお互いがいるわ」ポーリーンは言った。「それが変わることはないと約束する」

ハンバーガーが届いた。苦しんでいるにもかかわらず、ピッパはチーズバーガーとフレンチ・フライを食べ、チョコレート・シェイクを飲んだ。そして、自分の部屋へ帰っていった。

ポーリーンはようやく電話でジェリーを捕まえた。「あなたと話さなくてはならないことが二つあります」ぎこちなく形式ばっていて、十五年も一緒に寝ていた男性に対するにしては妙な感じだった。　ミズ・ジャッドが一緒なんだろうか、とポーリーンは訝った。ともかく、彼はどこにいるの？　彼女の家？　ホテル？　もしかして彼女の友人がやっている、ミドルバーグのワイナリーに一緒に行っているのかもしれない。ワシントンのど真ん中にいるよりは、大した違いはないけど危険度が低い。

「いいだろう」ジェリーが応えた。うんざりした口調だった。「話してごらん」

声の感じで、ポーリーンは彼が幸せなのがわかった。わたしのいない幸せ。わたしのせいだろうか？　わたしはどんな悪いことをしたのだろう？

ポーリーンはそういう馬鹿げた思いをぐいと脇へ押しやって言った。「あなたとわたしのことを、そして、あなたとミズ・ジャッドのことを、いまピッパに話しました。話さざるを得なかったのです。あなたがなぜわたしたちと一緒にここにいないのか、あの子が理解できなかったからです」

「申し訳ない。きみたちに対する責任を放棄するつもりはなかったんだ」さして申し訳なさそうには聞こえなかった。「シークレットサーヴィスには話してある、まあ、彼らも推測はしていただろうがね」

ポーリーンは言った。「それでも、あなたはあの子と話す必要があります。あの子はたくさんの疑問を抱えていて、わたしはその疑問全部には答えられません」

「いま、そこに一緒にいるのか？」

「いいえ、自分の部屋へ帰りました。でも、電話は持っているから、あなたからかけることはできます」

「わかった、かけてみるよ。もう一つは何だ？　二つあると言っていただろう？」

「ええ」ポーリーンは十五年愛した男と争わないことにした。できることなら、一緒に過ごした時代のことを、二人で穏やかに考えたかった。「感謝を伝えたかっただけよ」彼女は言った。「いい時代をありがとう、ここまでわたしを愛してくれてありがとうってね」

短い沈黙があり、そのあと戻ってきた声が詰まっていた。「そんな素晴らしい言葉を聞けるとは思わなかったよ」

「あなたは長いあいだわたしを支えてくれた。あなたにふさわしいのは、わたし以上にあなたのために時間を割《さ》き、あなたのほうを向いてくれる人よ。もう手遅れなのはわかっているけど、わたしにそれができなかったのが残念だわ」

「きみが謝ることは何もないよ。ぼくはきみと一緒にいられる特権を得た。それは悪くなかったんじゃないか?」

「そう」ポーリーンは言った。「悪くなかったという程度なの」

テレビの前から離れられない人々がいた。ほかの人々はこれが世界の終わりであるかのようなどんちゃん騒ぎをしていた。タマラとタブは後者だった。

二人は非常な困難を乗り越えて、決めてから何時間としないうちに何とか結婚に漕《こ》ぎつけ、同時に結婚パーティまで開くことに成功していた。

タマラは大使館の広報官のドリュー・サンドバーグと伝道所のアネット・セシルの結婚式を仕切った、あの女性に司会を頼みたかった。タマラは彼女の番号を教えてもらおうとアネットに電話をした。

「タマラ!」アネットが金切り声を上げた。「あなた、結婚するの! 凄いじゃない、ダーリン！」

「まあ、落ち着きなさいよ」

「相手はだれなの？　あなたがデートしてるなんて、これっぽっちも知らなかったわ」

「そんなに興奮しないの。結婚するのはわたしじゃなくて、わたしの友だちよ」

アネットは信じなかった。「あなた、ほんとに秘密主義の牝牛《めうし》ね。ねえ、いいから白状しなさいよ」

「お願いだから、アネット、連絡方法を教えてちょうだい」

アネットがついに諦め、詳しい情報を提供してくれた。

クレアというその女性は、今夜は予定がないとのことで、タマラの依頼を応諾してくれた。

「決まりよ」タマラはタブに言い、喜びに溢れたキスをした。「あとは式とパーティをどこでするかを決めるだけよ」

「ラミー・ホテルに、庭園を望むことのできる素敵な専用大広間があって、百人ぐらい収容できる。そこなら、式もパーティも同じ場所でできるけどな」

二人はその日一日を費やしてすべての手筈を整えた。ラミー・ホテルの〈オアシスの間〉は空いていた。それに、〈トラヴァース〉のヴィンテージのシャンパンも大量に在庫があった。タブはそれを予約した。

「ダンスもすることになるのかな?」タブが訊いた。

「もちろんよ。だって、あの恐ろしく下手くそなダンスを見て、あなたを好きになったんだもの」

マリのジャズ・バンド、〈デザート・ファンク〉も空いていて、タマラは彼らを予約した。招待状はメールで送った。

午後、タマラはタブのクローゼットのドアを開けて品定めにかかり、そこに懸かっている彼のスーツを見て言った。「わたしたち、どういう服装にする?」

「正装だ」タブが即答した。「たとえ土壇場《どたんば》で決めたことだとしても、これは、何と言うか、その日のうちに結婚できるラスヴェガスの結婚式ではなくて、本物の結婚式だということをみんなに知らしめる必要がある。一生つづく結婚だということをね」

そのあと、タマラはまた彼にキスをしなくてはならなかった。そして、クローゼットに目を戻した。「だったら、タキシードかしら?」

「いい考えだ」

タマラは〈オペラ・クリーニング〉と印刷されたビニールのスーツ・カヴァーに気がついた。パリのオペラ座近くにあるドライクリーニング店だろうと思われた。「このなかは何?」

「燕尾服《えんびふく》にホワイト・タイだ。チャドで着たことは一度もない。だから、そこに入ったままなんだ」

タマラはカヴァーを取り払った。「いいじゃない、タブ、きっとすごくかっこよく見えるわよ」

「馬子《まご》にも衣装だと言われたことがあるよ。だけど、ぼくがこれを着たら、きみはボールガウンを着なくちゃならないぞ」

「問題ないわ。完璧なドレスを持っているもの。一目で気に入ること請け合いよ」

午後八時、〈オアシスの間〉は招待状の数の二倍の人で混んでいた。招待されていなくても追い返されることはなかった。

タマラは見た者が目を剝くほど襟ぐりの深い、アイスピンクのドレスを選んでいた。

二人は友人みんなの前で、短いものであれ長いものであれ生涯を共にし、愛し合い、支え合うことを誓った。二人が夫と妻になったことをクレアが宣言し、ウェイターがシャンパンの栓を抜いて、全員が拍手をした。

〈デザート・ファンク〉が調子のいいブルースを演奏しはじめ、ウェイターがビュッフェの覆いを取り去って、シャンパンを注いだ。タマラとタブはそれぞれ最初のグラスを取り、一口飲んだ。

タブが言った。「いまや二人は一心同体だ。どんな気分かな?」

タマラは言った。「こんな幸せがわたしに訪れるなんて、想像もしていなかったわ」

ピッパが言った。「お母さん、核兵器を使うには三つの条件があると言ったわよね」

ポーリーンはピッパのいまの質問が役に立ってくれたことに気がついた。基本に立ち返らせてくれたのである。「もちろん、憶えているわよ」

「もう一度教えて」

「一つ目は、問題を解決するためにすべての平和的手段を試み、それでも成功しないで万策尽きたときよ」

「いまのお母さんがそうみたいね」

そうだろうか？　確信は持てなかった。「そうね、最善を尽くしたわ」

「二つ目は？」

「核兵器でなく、通常兵器では問題を解決できなかったときよ」

「北朝鮮はそうだったの？」

「わたしはそう信じているわ」ポーリーンは今度も間を取って考え直したが、結論は変わらなかった。「反乱グループが二つの都市を核爆弾で壊滅させたあと、わたしたちは反乱グループの火力を完璧かつ確実に無力にしなくてはならなかった。二度とそういうことができないようにしなくてはならなかったんだけど、通常兵器をどんなに大量に投入しても、それを保証できなかったの」

「そうみたいね」

「三つ目は、アメリカ国民が敵の行為によって殺されたか、殺されようとしているときよ」

「そして、アメリカ国民が韓国で殺された」

「そのとおりよ」

「またやるの？　もっと核ミサイルを撃つの？」

「そうせざるを得ないときはね、ハニー。アメリカ国民が殺されたり、その脅威にさらされたりしたら、答えはイエスよ」

「でも、そうならないよう努力するんでしょ？」

「わたしの力の限りを尽くしてね」ポーリーンは時計を見た。「それをこれからやるの。話し合いが予定されていて、北京はちょうど目を覚ましはじめているところなの」

「幸運を祈ってるわ、お母さん」

シチュエーションルームへ向かう途中で〈国家安全保障問題担当顧問〉と記されたドアの前に通りかかったとき、ポーリーンは思わずそのドアをノックした。

ガスの声が聞こえた。「何だ？」

「わたしよ。準備はいい?」

ドアが開いて、ガスが言った。「ネクタイを締めているところだ。ちょっと入って待っていてくれるか?」

地味なダークグレイのネクタイを締めているガスを見ながら、ポーリーンは言った。

「何であれ中国が何かをするとしたら、それはこれから二十四時間以内だと思うの。明日まで何もしなければ、考えを変えたとみなしていいような気がするんだけど」

ガスがうなずいた。「今回大事なのは、強く見せることなんだ。味方だけでなく敵に対しても、だ」

「そして、それは見栄の問題だけではないのよね。強く見えれば、攻撃される可能性が低くなるわ。それは国際舞台においても、学校の校庭でもおなじよ」

ガスがポーリーンに向き直った。「ネクタイはこれでいいかな?」

これでよかったが、ポーリーンは直す振りをした。燻煙とラヴェンダーの匂いがした。両手をガスの胸に置いて、彼を見上げた。言うつもりのなかった言葉が、思いがけず口を突いた。「わたしたち、五年待てないわね」

自分でも驚いたが、それは事実だった。

「わかってる」ガスが言った。

「五年という時間がそもそもないかもしれない」

「五日すらないかもしれないぞ」

ポーリーンは深く息を吸って熟考し、ついに言った。「今日の終わりまで生きていたら、今夜、一緒に過ごさない？」

「もちろんだ」

「本当にそうしたい？」

「心の底からそうしたい」

「顔に触って」

ガスが彼女の頬に手を当てた。ポーリーンは顔を滑らせ、彼の掌《てのひら》にキスをした。身体の内側で欲望が沸き立った。理性を失ってしまいそうだった。たとえ今夜までででも、待ちたくなかった。

部屋の電話が鳴った。

ポーリーンは後ろめたさに後ずさった。かけてきた相手に見られているような気がした。

ガスが振り返って受話器を取り、一瞬間を置いて応えた。「わかった」そして、電話を切ってポーリーンに言った。「チェン国家主席から、きみに電話がかかってきている」

その瞬間、気持ちが切り替わった。

「早起きなのね」ポーリーンは言った。北京はまだ朝の五時だった。「みんなが聞けるよう、シチュエーションルームで話すわ」

二人は一緒に部屋を出た。

ガスへの想いを脇へ置いて、待ち構えていることに頭を集中した。日々の生活のことは、いまは忘れなくてはならなかった。十代の娘の母であること、不実な夫の妻であること、同僚に恋をしている女であることを。そして、そういう関係を置き去りにして、自由世界のリーダーでなくてはならなかった。それでも、もし自分が判断を間違えば、その結果がピッパやジェリーやガスを苦しめることになるのを忘れるわけにはいかなかった。

ポーリーンは姿勢を正してシチュエーションルームに入った。

壁のスクリーンは入手できる限りの情報源からの情報を映し出していた。衛星、赤外線、アメリカ、北京、ソウルのテレビ・ニュース。最重要な同僚全員がテーブルに着いていた。ついこのあいだまでは閣議を冗談で始めるのを好んでいたが、いまはもうそんな気分ではなかった。

ポーリーンは着席した。「全員が音声を聞けるよう、スピーカーフォンにして電話をつないでちょうだい」そして、友好的な声を作って言った。「おはようございます、チェン国家主席。ずいぶんお早いですね」

部屋を囲んでいる複数のスクリーンにチェンの顔が現われた。いつものダークブルーのスーツを着ていた。「おはようございます」彼が言った。

それだけだった。丁重な前置きも、軽いお喋りもなく、口調は冷たかった。部屋に人がいて、彼の一言一言を聴いているんだわ、とポーリーンは推測した。

彼女は言った。「国家主席、わたしたちは双方ともにこの危機を終わらせなくてはなりません。必ずや同意していただけるものと確信しています」

チェンはすぐさま、しかもほとんど喧嘩腰で言い返した。「中国はこの危機を拡大させてはいません！　アメリカはわが人民解放海軍の空母を沈め、北朝鮮を攻撃し、核兵器を使ったではないですか！　拡大させているのはあなたたちだ！」

「あなたたちは尖閣諸島で日本の自衛隊員を爆撃したではないですか」

「あれは自国を守るための行為です。彼らは中国領土を侵犯したのです！」

「あそこが中国の領土であるとは確定していないはずですが、いずれにせよ、彼らは暴力を用いてはいませんでした。一人の中国国民も害してはいません。しかし、あなた方は彼らを殺しました。それは拡大です」

「では、もし中国の軍隊がサン・ミゲルを占領したら、あなたはどうしますか？」

サン・ミゲルが南カリフォルニアの沖合の大きな無人島であることを思い出すのに、ポーリーンはちょっと時間がかかった。「非常に腹は立てるでしょうが、国家主席、わたしは彼らを爆撃はしません」

「それはどうですかな」

「いずれにせよ、これを終わらせなくてはなりません。わたしはこれ以上の軍事行動を取りません、ただし、同様の約束をあなたがしてくだされば、です」

「よくもそんなことが言えますね。あなたは空母を沈めて数千人の中華人民共和国民を殺し、北朝鮮を核兵器で攻撃したのですよ。それなのに、私に軍事行動を取らないと約束しろと言うのですか？　話になりません」

「世界戦争を阻止したい者であれば、だれでもそうするはずです。それしか道はないのです」

「一つ、はっきりさせておきましょう」チェンが言い、その不吉さを含んだ声を聞いて、ポーリーンは胸がざわついた。「かつて、西欧が力に頼り、報復される心配もなく、東アジアでしたい放題をした時代がありました。われわれ中国人は、それを〈屈辱の時代〉と呼んでいます。大統領、そういう時代は終わったのです」

「あなたとわたしが話すときは常に対等――」

しかし、チェンはまだ終わっていなかった。「中華人民共和国は、あなたの核の攻勢に対応します」彼は言った。「この電話の目的は、その対応が抑制的で釣り合いの取れた、規模拡大につながるものでないことをあなたに伝えることにあります」

ポーリーンは言った。「わたしは可能な限りにおいて、戦争ではなく、平和を選びます。しかし、国家主席、今度はわたしが、あることをこの上なく明確にする番です。それは、あなたがアメリカ国民を殺害した瞬間に平和は終わる、ということです。パク・ジェジン将軍は今朝、それを学びました。彼と彼の国がどうなったかは、あなたもご存じでしょう。自分たちは違うなどとは、ゆめゆめ思わないでください」

ポーリーンは返事を待ったが、電話が切れただけだった。

「くそったれ」ポーリーンは吐き捨てた。

ガスが言った。「まるで人民委員《コミッサール》から頭に拳銃を突きつけられているかのような話しぶりだったな」

ソフィア・マリアーニ国家情報長官が言った。「それは文字通りの事実かもしれませんよ、ガス。北京のCIA支局は、何らかの形で上層部の入れ替えがあった、クーデターの可能性もあると考えています。国家安全部副大臣でもあるチャン・カイ対外情報局長が逮捕されたようです。〝ようです〟としか言えないのは、正式な発表は何もなく、北京支局きっての工作員がチャンの妻から情報を仕入れたからです。チャン・カイは若手の改革派で、彼の逮捕は強硬派が権力を握ったことを示唆しています」

ポーリーンは言った。「そうだとすると、彼らが攻撃的な姿勢を強める可能性が高くなることが考えられるわね」

「そのとおりです、大統領」

「しばらく前に、〈対中国計画〉を読んだことがあります」ポーリーンは言った。国防総省は不測の事態が起こったときのために、複数の戦争計画を策定していた。最大かつ最重要なものは〈対ロシア計画〉だが、二位は中国だった。「わたしたちが何の話をしているかを全員が知るために、それをもう一度おさらいしておきましょう。ルイス？」

国防長官はいつもながらにきちんと身なりを整えていたが、さすがに憔悴《しょうすい》の色は隠せなかった。一睡もしないまま二日目の夜を迎えようとしていた。「核兵器を保有している、あるいは、保有している可能性のある中国のすべての基地に対しては、わが軍の核弾頭を装着した一発または複数の巡航ミサイルが、すでに狙いをつけて発射態勢を整えています。それらを発射することが、われわれの最初の戦争行為です」

ポーリーンが最初にこの計画に目を通したとき、それはまだ抽象的なものに過ぎなかった。慎重に読み進めたが、自分の本当の使命はこの計画が絶対に必要にならないようにすることだと、その間《かん》ずっと考えていた。いまは違っていた。それをやらなくてはならないかもしれないと覚悟し、爆発と同時に噴き上がる忌《い》まわしい紅蓮《ぐれん》の炎、崩れ落ちる建物、激しく焼け焦げた老若男女の死体が、頭に浮かんでいた。

しかし、きびきびした実際的な口調を何とか維持して言った。「中国は数秒もしたら衛星やレーダーで気づくでしょうが、ミサイルは三十分かそこらで中国に到達します」

「そのとおりです。そして、ミサイルが発射されたことを知るや否や、中国は自分たちの核兵器をアメリカに向かって発射します」

そうよ、とポーリーンは思った。ニューヨークの万能の高層建築群が瓦礫と化し、フロリダの浜は放射能に汚染され、西部の大森林地帯はすべてが燃え尽きて灰の絨毯しか残らなくなるんだわ。

彼女は言った。「でも、わたしたちには中国にないものがあります——ミサイル迎撃ミサイルです」

「おっしゃるとおりです、大統領。アラスカのフォート・グリーリイとカリフォルニアのヴァンデンバーグ空軍基地に迎撃サイトがありますし、それより小規模ですが、海上からの迎撃システムもあります」

「成功するの?」

「百パーセントの成功は期待できません」

常にヘッドセットを装着してペンタゴンとつながっているビル・シュナイダーが呻くようにして言った。「それでも、世界一優秀です」

「そうだとしても、完璧ではないわ」ポーリーンは言った。「やってくるミサイルの半分でも撃ち落とせたら、よくやったということでしょう」

ビルは反論しなかった。

ルイスが言った。「われわれの潜水艦も、核を装備して南シナ海をパトロールしています。そういう潜水艦は十四隻あって、半分が中国を射程距離に入れています。どれも二十発の弾道ミサイルを搭載していて、それぞれのミサイルには三発から五発の弾頭が装着されています。大統領、その潜水艦のどれもが、地球上のどんな国をも壊滅させる火力を持っていますし、すぐにも中国本土へ向けて発射することが可能です」

「でも、中国もわたしたちと同じなんじゃないの？」

「それがそうでもないんです。彼らは四隻か五隻の晋《ジン》級潜水艦を保有していて、それぞれが十二発の弾道ミサイルを搭載していますが、一発に装着できる核弾頭は一発だけです。火力はわれわれに及びもつきません」

「彼らの潜水艦がどこにいるかはわかっているの？」

「それはわかりません。現代の潜水艦は非常に静かなんです。われわれの水中音響感知装置が機能するのは、彼らがわが国の沿岸に近づいたときだけです。航空機に装備されている磁気異常検知装置が見つけられるのは、普通は海面近くにいる潜水艦だけなのです。要するに、潜水艦は最後の最後、ぎりぎりまで隠れていられるということです」

ポーリーンは〈対中国計画〉に異議はなかったし、改良の余地があるとも考えていなかったが、それをもってしても、短時間での勝利は保証されなかった。アメリカは勝利するけれども、双方の国民が何百万人も死ぬことになるはずだった。

不意にビル・シュナイダーが叫んだ。「ミサイル発射！　ミサイル発射！」

「何ですって！」ポーリーンは部屋を取り巻いているスクリーンを見たが、ミサイルらしきものの姿はなかった。「どこ？」

「太平洋です」ビルが答え、マイクに向かって指示した。「頼むから、もっと正確な位置を教えろ！」やや間があって、彼がポーリーンに言った。「東太平洋です、大統領」そして、ふたたびマイクに向かって指示した。「近くにいるドローンを飛ばして撮影を開始しろ、急げ！」

ガスが言った。「三番スクリーンにレーダー画像が出ているぞ」

ポーリーンがスクリーンを見ると、青い海の上に赤い弧が現われていた。その弧は移動しつづけていて、スクリーンの左側に見慣れた島があった。

ビルが言った。「弾道ミサイルが一発、それだけです」

ガスが訝った。「どこから発射されたんだ？　中国本土ということはあり得ないだろう――そうであれば、三十分前に見えているはずだ」

ビルが答えた。「きっと潜水艦です。発射してすぐに潜航したんでしょう」

ガスが言った。「ドローンの映像が届いたぞ」

ポーリーンはそれを凝視した。その島は大半が森林地帯だったが、南側は市街地で、大きな空港と天然の港があった。海岸のほとんどは金色の帯のような砂浜だった。彼女は言った。「大変、ホノルルだわ」

「あいつら、ハワイを爆撃する気か」チェスが信じられないというように声を上げた。

ポーリーンは訊いた。「ミサイルまでの距離は？」

ビルが答えた。「一分で着弾です」

「何てこと！　ハワイにミサイル防御システムはあるの？」

「あります」ビルが言った。「地上にも、港にいる艦船にも配備されています」

「それを発射するよう命令して！」

「その命令はすでに発してありますが、低空を高速で飛んでくるので命中は難しいと考えます」

いまやすべてのスクリーンに、それぞれにホノルルの景色が映し出されていた。ハワイは午後三時だった。ワイキキ・ビーチでは、明るい色のパラソルがまっすぐに何列も並んでいた。ポーリーンはそれを見たとたんに泣きたくなった。大型ジェット機がホノルル空港を離陸しつつあった。たぶん帰国する観光客で満席になっているのだろう、彼らは間一髪で死を免れられるかもしれない。真珠湾にはアメリカ海軍の戦闘艦と潜水艦が錨《いかり》を降ろしていた。

真珠湾――ポーリーンは思い出した。何てこと、以前にもそこで同じことが起こっているじゃないの。それが再現されるなんて、わたしに耐えられるとは思えない。

ビルが報告した。「着弾まで三十秒です。赤外線偵察衛星が中国のミサイルだと確認しました」

自分が何をしなくてはならないかはわかっていた。胸が塞がってほとんど話すことができなかったが、何とか指示を出した。「わたしが命令し次第〈対中国計画〉を実行に移すよう、ペンタゴンに伝えてちょうだい」

「了解、マム」

ガスが低い声で訊いた。「本当にいいのか?」

「でも、まだよ」ポーリーンは言った。「あのミサイルが搭載しているのが通常弾頭なら、核戦争を避けられるかもしれないから」

「だが、そうでなかったら、避けられないんだな?」

「そうよ」

「わかった、いいだろう」

「二十秒」ビルが告げた。

ポーリーンは自分が立ち上がっていることに気がついた。部屋の全員がそうだった。立ち上がった記憶がなかった。

ドローンの映像は刻々と変わりつづけ、一本の白い航跡雲が森や収穫の終わった畑、さらには車やトラックで混雑するハイウェイ、澄み渡った陽光の下のすべてのものの上に伸びていくのを映し出していた。ポーリーンは胸が張り裂けそうだった。これはわたしのせいだ、わたしが間違ったんだ、と自分の声が言っていた。

「十秒」

突然、六本の航跡雲がスクリーンに現われた。真珠湾の迎撃ミサイルが放たれたのだった。「一発ぐらいは当たりなさい！」彼女は叫んだ。

そのとき、港の東と空港の北の市街地に、見憶えのあるオレンジがかった赤い輪が現われた。人々に死をもたらす、おぞましい輪だった。

その炎の輪は人々や建物を包み込み、てっぺんが茸の形をした煙の柱となって立ち昇った。港では、巨大な波がフォード島を丸ごと水浸しにした。空港の建物はすべてがいきなり倒壊し、搭乗ゲートで待機していた旅客機が燃え上がった。ホノルルの街は炎に包まれ、すべての車やバスでガソリンが爆発した。

ポーリーンはうずくまってしまいたかった。顔を覆って泣きたかった。が、何とか気を確かに持って冷静を保った。「ペンタゴンのウォー・ルームへスピーカーフォンにして電話をつないで」彼女は言ったが、声の震えは最低限に抑えることができた。そして、〈ビスケット〉を取り出した。封は今朝、すでに切ってあった。本当に今日のことだろうか？

スピーカーフォンから声が返ってきた。「国防総省ウォー・ルームのエヴァーズ大将です、大統領」

シチュエーションルームが静かになった。全員がポーリーンを注視していた。

「エヴァーズ大将、これから読み上げる認証コードが正統なものであると確認したら、〈対中国計画〉を実行に移してください。わかりましたか？」

「わかりました、マム」

「何か質問がありますか？」

「ありません、マム」

ポーリーンはもう一度スクリーンを見た。人類の悪夢が映し出されていた。わたしがこの認証コードを読み上げなければ、アメリカの半分がこれと同じ地獄のような場所になってしまうのだ、と彼女は腹を決めた。

だが、読み上げても、同じことかもしれない。

ポーリーンはコードを読み上げた。「オスカー・ノヴェンバー・スリー・セヴン・

スリー。繰り返します、オスカー・ノヴェンバー・スリー・セヴン・スリー」

エヴァーズが言った。「計画実行命令を受け取りました」

「ありがとう、大将」

「ありがとうございます、大統領」

ポーリーンは本当にゆっくりと腰を下ろした。テーブルに両手をついてうなだれた。ハワイの死者と瀕死《ひんし》の人々のことを、そして、もうすぐ死ぬことになる中国の人々のことを、さらに、間もなくアメリカ本土の大都市で死ぬことになる人々のことを考えた。固く目を閉じたが、それでも見えていた。まるで動脈の傷から血が流れ出ていくように、平静と自信がすべて失われた。絶望的な悲嘆にがんじがらめにされ、それに圧倒されて全身が震え出した。心臓が破裂して死んでしまいそうだった。

ポーリーンはとうとう泣き出した。


（完）

謝辞

この作品に関して相談に乗ってくれた、キャサリン・アシュトン、ジェイムズ・コーワン、キム・ダロック、マルク・ランテーヌ、ジェフリー・ルイス、キム・セングプタ、そして、トン・チャオ。

インタヴューに応じて、有益な情報を提供してくれた人々、特にゴードン・ブラウン、デス・ブロウン、そして、エナ・パク。

編集者のギリアン・グリーン、ヴィッキー・メラー、ブライアン・タート、そして、ジェレミー・トレヴァサン。

手助けをしてくれた友人と家族、そこに含まれるエド・ボールズ、ルーシイ・ブライス、ダレン・クック、バーバラ・フォレット、ピーター・ケルナー、クリス・マナーズ、シャーロット・クウェルチ、ジャン・ターナー、キム・ターナー、そして、フィル・ウーラス。

あなたたち全員に感謝する。

訳者あとがき

ケン・フォレットの最新作『ネヴァー』をお届けします。

舞台として設定されている時代は現代（まさに今日、あるいは明日であっても不思議はありません）、場所は中央アフリカのチャド、アメリカのワシントン、中国の北京、北朝鮮のピョンヤン、韓国のソウル、南シナ海、そして、日本の東京です。

物語は中央アフリカのチャドから始まります。テロリストの絡んだ些細な行き違いから、チャド－スーダン国境で小規模な武力衝突が起こり、それが双方の背後にいるアメリカと中国（アメリカはチャド側、中国はスーダン側）に飛び火します。その結果、アメリカと中国も自国の面子を潰さないために仕方なく対峙することになります。しかし、ここでも些細な誤解から小規模とはいえ武力による報復合戦をするはめになり、双方ともにその拡大を避けようと外交交渉を始めます。ところが、その矢先に北朝鮮で軍事クーデターが起こり、またもやアメリカと中国は不本意ながら巻き込まれることになります。米中両国ともに衝突の規模拡大を阻止しようとするのですが、ことは思惑通りに進まず、ついには核兵器使用をうんぬんする事態に至ってしまいます。果たして米中の核戦争になるのか、第三次世界大戦になってしまうのか、人類の破滅をも招来しかねない危機が目前に迫ります。

まさに、国際政治、軍事、陰謀、戦争をテーマに据えた、見事なポリティカル・スリラー、冒険小説に仕上がっています。また、フォレットが冒頭で言っているとおり、戦争というのは第一次世界大戦がそうであるように、小さな偶発事件と些末な行き違いが引鉄《ひきがね》になって始まることを、改めて教えてくれる作品でもあります。

これは訳者の私見ですが、フォレットは昨今の米中経済摩擦、中国の南シナ海人工島建設、アメリカの航行の自由作戦、北朝鮮のミサイル発射実験などを見て、そういう過ちが起こりかねないことを危惧し、警鐘を鳴らす意味でこの作品を構想したのではないでしょうか。

実は本作はわが国も含めて世界同時刊行となっているのですが、著者は米中を含めた世界の現状に鑑《かんが》みて、いまを逃すと手遅れになると考えたのかもしれません。

ケン・フォレット（本名はケネス・マーティン・フォレット）は、一九四九年六月五日、ウェールズのカーディフに生まれました。ロンドン大学ユニヴァーシティ・カレッジを卒業して故郷で新聞記者になり、七三年にロンドンへ戻って〈ロンドン・イヴニング・ニューズ〉に入社します。翌年、〈エヴェレスト・ブックス〉に移り、後に取締役に昇進するものの、七七年にそこを辞し、ケン・フォレット名義で『針の眼』を発表します。それが好評を持って迎えられ、アメリカ探偵作家クラブ最優秀長編賞を勝ち得て、以降、ベストセラーを発表しつづけています。

代表作に、いずれもイギリスの架空の町キングズブリッジを舞台とした、『大聖堂』、『大聖堂――果てしなき世界』、『火の柱』、などがあります。

実は、イギリス本国では、やはりキングズブリッジを舞台にした四作目の作品 *THE EVENING AND THE MORNING* が昨年秋にすでに刊行されています。わが国でもこの秋に出版される予定だったのですが、本作が緊急出版として先行する形になったというわけです。*THE EVENING AND THE MORNING* も早晩、日本の読者のみなさんにもお目見えするはずです。これまでのキングズブリッジ・シリーズ三作を凌《しの》ぐと言って過言ではない出来栄えになっています。どうぞ、ご期待ください。

（二〇二一年十一月）

◉訳者紹介　**戸田裕之（とだ　ひろゆき）**
1954年島根県生まれ。早稲田大学卒業後、編集者を経て翻訳家に。訳書に、フリーマントル『顔をなくした男』、アーチャー『15のわけあり小説』『クリフトン年代記』（全7部）『嘘ばっかり』『運命のコイン』『レンブラントをとり返せ』（以上、新潮文庫）、フォレット『巨人たちの落日』『凍てつく世界』『永遠の始まり』（以上、ソフトバンク文庫）、『火の柱』（扶桑社ミステリー）、ミード『雪の狼』（二見文庫）、ネスボ『レパード』『ファントム』（集英社文庫）など。

ネヴァー（下）

発行日　2021年12月10日　初版第1刷発行

著　者　ケン・フォレット
訳　者　戸田裕之

発行者　久保田榮一
発行所　株式会社 扶桑社
〒105-8070
東京都港区芝浦1-1-1　浜松町ビルディング
電話　03-6368-8870(編集)
03-6368-8891(郵便室)
www.fusosha.co.jp

印刷・製本　図書印刷株式会社

ISBN 978-4-594-08888-0　C0197